KB052223

난쟁이가
사는
저택

난쟁이가 사는 저택

황태환 장편소설

황금가지

목차

옥상으로 가는 남자 ———————— 9

쓰레기 배출구 ———————— 38

수상한 생존자들 ———————— 53

아버지를 찾아서 ———————— 81

두 번째 계획 ———————— 102

리더 ———————— 124

괴물을 깨우다 ———————— 144

부러진 송곳니 ———————— 169

모자(母子) ———————— 189

빨갛게 물든 나날 ———————— 210

원더랜드로 가는 길 ———————— 228

죽음은 죽지 않는 유일한 것이다

— 존 페인

1
옥상으로 가는 남자

거짓말은 나를 전쟁터로 내몰지만, 나를 믿는 이들은 지옥으로 떨어트린다.

그날 거인에게 쫓길 때까지만 해도 일이 어떻게 흘러갈지 몰랐다. 적어도 여기서 더 나빠지진 않으리라고 생각했다. 이미 감당하지 못할 일들이 벌어졌고, 나는 살아남는 것만도 벅찼다.

복도는 깨진 창문으로 스며든 안개가 자욱했다. 아무리 힘껏 달려도 계속 똑같은 풍경만 반복됐고, 나중에는 같은 자리를 맴도는 듯한 기분마저 들었다. 하지만 멈춰 서서 천천히 상황을 둘러볼 여유는 없었다.

팔을 허우적거리며 내달리다가 뒤를 힐끔 돌아봤다. 자신의 저택에 침입한 난쟁이를 잡아먹으려고 눈이 벌게진 거인의 얼굴을 보자 목덜미에 소름이 돋았다. 거인이 움직일 때마다 놈의 왼쪽 눈에 꽂힌 드라이버가 리드미컬하게 흔들렸다. 그러나 저 크고 창백한 얼굴에는 조금도 고통스러운 기색이 없었다. 신음조차 내지 않았다. 놈은 진정 불사의 괴물이었다.

바지 호주머니에 넣어둔 커터 칼을 잠시 떠올렸지만, 꺼내서 휘두르진 않았다. 팔을 위로 뻗어봤자 상대의 가슴에도 못 미칠 정도로 체급 차이가 나면 공격이 무의미한 법이었다. 어쭙잖은 시도는 죽음을 재촉할 뿐이다.

힘껏 달려 복도 끝에 도착하자 출입구가 보였다. 그러나 철문은 쇠사슬로 단단히 잠긴 탓에 밖으로 나갈 수가 없었다. 다른 출구도 마찬가지였다. 완벽하게 밀폐된 장소에서 거인과 나는 목숨을 걸고 술래잡기를 하는 중이었다. 머뭇거리다가 오른편에 보이는 계단으로 재빨리 내달렸다.

계단은 한 칸이 거의 내 무릎 높이였다. 도약하듯 몸을 껑충껑충 뛰며 계단을 올라갔다. 거인이 나보다 서너 배는 긴 다리로 계단을 성큼성큼 걸으며 따라붙었다. 놈은 느리지만 결코 지치는 법이 없었다.

거인이 뱉어내는 역겨운 숨결이 뒤통수를 간질였다. 미세한 벌레 수십 마리가 살갗을 파고드는 듯해 자꾸만 다리가 후들거렸다. 어깨를 잔뜩 움츠리고 발을 놀렸다. 계단을 다 올라오자 숨이 턱까지 차서 가슴이 지끈거렸다. 바닥에 낀 살얼음을 밟은 줄도 모르고 땅을 박차다 그대로 바닥에 고꾸라졌다.

거인이 흉포하게 울부짖으며 넘어진 내게 달려들었다. 비명을 삼키고 발로 놈을 마구 후려 찼다. 어깨와 가슴이 냉동된 고기처럼 딱딱했다. 놈은 기어코 내 코앞에 커다란 얼굴을 들이밀고 시커멓

10

게 변색된 이빨을 딱딱 맞부딪쳤다. 온통 새빨간 놈의 눈이 광기로 번들거렸다. 검게 썩은 입에서는 지독한 냄새가 났다.

물리기 직전 놈이 움켜쥔 외투를 허물처럼 벗고 빠져나왔다. 바닥을 데굴데굴 구르다가 벌떡 일어나 다시 복도를 내달렸다. 빈 외투를 물어뜯던 거인이 양손으로 옷을 찢어버리고 나를 쫓았다.

'저 놈은 절대로 포기하지 않아.'

진저리를 치며 달리고 있자니 눈앞이 아뜩했다. 뒤에서 울리는 놈의 발소리에 현기증마저 일었다. 지독한 악몽 속에 갇힌 기분이었다. 그러나 숨을 쉴 때마다 욱신거리는 가슴의 통증이 이게 다 현실이라는 것을 일깨워주었다.

그렇게 달려 복도 모퉁이를 돌자 막다른 길이 나왔다. 순간 몸이 굳었다. 보이는 거라곤 무너진 천장으로 봉쇄된 길과 찌그러진 철제 책상, 그리고 피로 물든 하얀색 벽뿐이었다. 넘어지면서 방향을 착각한 탓에 엉뚱한 길로 와버린 것이다. 어찌할 바를 모르고 우왕좌왕하는 동안 거인의 발소리가 차츰 가까워졌다. 이제 어떡하지? 우물쭈물하다가 재빨리 달려가 바닥에 넘어진 책상을 일으켜 세우고 그 뒤에 몸을 웅크렸다.

동시에 거인이 모습을 드러냈다. 놈은 막다른 길을 보더니 멈춰 서서 숨을 씩씩 몰아쉬었다. 깨진 창으로 들이친 바람에 놈이 입은 하얀 가운이 펄럭거렸다. 잠시 주변을 둘러보던 놈이 냄새를 맡는 듯 코를 벌름거렸다. 그러다 이쪽으로 천천히 다가왔다. 책상 뒤에서 그 모습을 고스란히 지켜보고 있자니 심장이 오그라들었다.

책상을 사이에 두고 놈이 다가오는 방향의 반대쪽으로 조금씩 움직였다. 이렇게 돌다가 놈과 내 위치가 바뀌는 순간 달아날 계획이었다. 그러나 반도 가기 전에 거인이 나를 발견하곤 책상을 발로 걷어찼다. 재빨리 옆으로 몸을 날렸지만, 넘어진 책상은 기어코 내 발목을 후려쳤다. 시큰한 통증에 눈앞이 노래졌다.

이를 악물고 일어나 다리를 절뚝거리며 황량한 복도를 가로질렀다. 거인은 추적 프로그램을 입력한 기계처럼 집요하게 나를 뒤쫓았다. 걸음이 느려진 탓에 놈과의 거리가 점차 줄어들었다. 이대로 가다간 잡히고 만다. 그럼 잘게 찢겨 저 추악한 놈의 입속으로 들어갈 터였다.

'내가 죽으면 불쌍한 우리 아버지는 누가 돌보지?'

젖어드는 눈시울을 손등으로 문질러 닦았다.

그때 저 멀리서 벽에 연결된 몇 개의 줄이 나타났다. 그걸 보자 가슴을 꽉 틀어막았던 불안이 가시는 듯했다. 그토록 찾아 헤맨 목적지였다. 바지 호주머니에서 커터 칼을 꺼내 칼날을 세웠다. 그러는 동안에도 거인은 점점 더 가까워졌다. 놈과 내 거리는 이제 고작 몇 걸음이었다. 뭔가가 내 목덜미를 스쳤다. 놈의 손톱이라고 생각하자 머리카락이 올올이 곤두섰다.

마침내 목적지에 도착한 순간 시커먼 손이 내 어깨를 붙잡았다. 손을 홱 뿌리치고 앞으로 슬라이딩하듯 점프하며 커터 칼로 벽에 매달아둔 끈을 잘랐다.

"잘 가라."

천장에 설치한 도끼가 바람을 가르며 떨어졌다. 놈을 잡으려고 오랫동안 공들여 준비한 무기였다. 바닥에 넘어진 채로 뒤를 돌아봤다. 도끼는 정확히 거인의 머리를 향해 날아갔다.

그런데 갑자기 거인의 몸이 휘청 기울었다. 표적을 잃은 도끼가 허공을 갈랐다. 다시 몸을 곧추세우고 내게 성큼성큼 다가오는 놈을 보자 숨이 막혔다. 이젠 머리까지 쓴다고?

아니다. 그저 우연히 발을 헛디뎌서 도끼가 빗나간 것뿐이다. 놈은 결코 생각 따윈 하지 않는다. 다시 일어나서 뒷걸음질을 치며 놈을 유인했다. 이번에는 용케 피했지만, 준비한 무기는 이게 다가 아니었다. 이곳에 연결한 여러 개의 끈은 모두 거인을 표적으로 한 치명적인 무기의 방아쇠였다. 놈은 결코 빠져나가지 못할 터였다.

칼로 눈앞에 보이는 다른 끈을 잘랐다. 창틀에 설치해 두었던 쇠망치가 호를 그리며 거인의 가슴을 후려쳤다. 왼쪽 갈비뼈가 으스러지며 놈의 가슴이 움푹 함몰됐다. 그러나 놈은 조금 비틀거리더니 끄떡하지 않고 다시 내게 다가왔다.

'대체 저놈은…….'

벌벌 떨리는 손으로 또 다른 끈을 잘랐다. '핑' 소리를 내며 송곳이 날아와 내 허벅지에 박혔다. 외마디 비명을 지르며 풀썩 쓰러졌다. 전기로 지진 듯 온몸의 근육이 파르르 떨렸다. 덫의 무게 때문에 각도가 틀어진 것이다. 쓰러진 내 눈앞으로 천천히 다가오는 거인이 보였다.

머리 위로 뻗어오는 시커먼 손을 피해 옆으로 기다가 힘겹게 일어났다. 눈앞이 가물거려서 중심을 잡기가 힘들었다. 손으로 벽을 짚고 다리를 절뚝거리며 복도 안쪽으로 계속 걸어갔다.

남은 무기는 소화전에 묶어둔 두 개의 끈이 전부였다. 간신히 도착해서 커터 칼로 한꺼번에 자르려고 했지만, 워낙 끈이 단단히 엉켜서 쉽지 않았다. 톱질하듯 칼로 끈을 슬근슬근 썰었다. 힘을 줄

때마다 허벅지에서 점점 더 많은 피가 흘러나왔다. 머리가 멍하고 귀에서 이명이 울렸다.

코앞으로 다가온 거인이 포효하며 내게 달려들었다. 이제 잡혔다고 생각한 순간 가닥가닥 끊기던 끈이 완전히 잘렸다. 재빨리 바닥에 몸을 웅크렸다. 머리 위로 커다란 작살과 중식도가 동시에 날아가며 위협적인 소리를 냈다. 둔중한 마찰음이 울리고, 바닥에서 불꽃이 튀었다.

마침내 쿵 하고 통나무 쓰러지는 소리를 끝으로 소음이 잦아들었다. 천천히 고개를 들자 눈앞에 꽂힌 작살이 보였다. 조금만 각도가 비틀어졌어도 내 머리에 박힐 뻔했다. 마른침을 삼키며 자리에서 일어났다.

거인은 머리에 중식도가 박힌 채로 바닥에 쓰러져 있었다. 또 일어날까 싶어 한참을 제자리에 서서 지켜봤지만, 놈은 꿈쩍하지 않았다. 작살을 뽑아 들고 다가가 거대한 어깨를 쿡 찔러 봐도 마찬가지였다. 놈을 잡았다는 확신이 들었다.

하지만 아직 기뻐하긴 일렀다. 비틀거리며 다가가 거인의 머리맡에 주저앉았다. 왼쪽 눈에는 드라이버, 정수리에는 중식도가 박힌 거인의 몰골은 전보다 한층 끔찍했다. 떨리는 손으로 놈의 품을 뒤적였다. 차갑고 서늘한 살갗에 손이 닿을 때마다 소름이 돋았다. 모든 주머니를 샅샅이 뒤졌지만, 내가 원하는 물건은 나오지 않았다.

"분명히 가지고 있을 텐데."

혼잣말을 중얼대며 다시 거인의 몸을 더듬었다. 가슴 언저리를 만지는데 딱딱한 것이 느껴졌다. 상의를 들어 올리자 줄에 꿰어 놈의 목에 걸린 열쇠가 보였다.

"찾았다."

그렇게 외친 순간 거인이 눈을 번쩍 뜨더니 커다란 손으로 내 발목을 붙잡았다. 펄쩍 뛰며 뒤로 물러나려다 붙잡힌 손에 걸려 바닥에 넘어졌다. 어찌나 손아귀 힘이 센지 발목이 떨어져나갈 듯했다.

비명을 지르며 남은 발로 놈의 손을 마구 걷어찼다. 손이 풀리자마자 벌떡 일어나 한쪽 다리를 질질 끌고 반대편으로 내달렸다. 한참을 달리다 멈춰 서서 뒤를 돌아봤다. 거인이 특유의 느릿한 동작으로 몸을 일으키는 중이었다.

"이건 반칙이야."

멍한 눈으로 놈의 뒷모습을 바라보고 있자니 입술이 파르르 떨렸다. 놈은 정말 불사신일까? 열쇠는 영영 못 찾는 걸까? 다시 걸음을 내디디며 고개를 저었다. 아니다. 내가 서툴렀을 뿐이다. 일단 돌아가서 체력을 회복한 뒤에 다른 방법을 궁리해서 재차 시도하면 그만이다.

놈이 눈치채기 전에 서둘러 계단을 내려갔다. 1층에 도착하자 다리가 후들거렸다. 송곳이 박힌 허벅지는 이제 남의 다리처럼 아무런 감각이 없었다. 다리를 절뚝거리며 쉼터로 걸음을 옮겼다.

계단 왼편의 복도를 따라 늘어선 방을 지나쳤다. 첫 번째 방문에는 '영상의학과'라는 팻말이 붙어 있었다. 그 뒤로 '약제실', '주사실', '경리과' 따위가 차례로 이어졌다.

문짝이 떨어져 나간 방들을 지나칠 때마다 폭풍이 휩쓸고 지나간 듯 엉망진창인 내부가 보였다. 찌그러진 의료카트며 산산조각 난 엑스레이 촬영기의 잔해가 바닥을 함부로 굴러다녔다. 어느 방에서는 '김덕규 의원'이라는 글자 모양의 시트지가 벽에서 반쯤 떨어져 나풀거렸다.

그랬다. 이곳은 거인의 대저택이 아니라 폐쇄된 5층짜리 병원이었다. 나는 아버지와 함께 이곳에서 숨어 지내는 중이었다. 복도를 배회하는 거인의 정체는 의문의 바이러스에 감염되어 죽었다 되살아난 병원장 김덕규였다. 사실대로 말하자면 그는 거인이 아니었다. 그저 내가 왜소증 장애를 가진 탓에 상대적으로 커 보였을 뿐이다.

길게 이어진 복도를 지나 유일하게 문이 닫힌 마지막 방에 도착했다. 문에는 '직원휴게실'이라는 팻말이 붙어 있었다. 한숨을 훅 내쉬고 눈을 질끈 감았다 뜨니 가물거리던 시야가 조금 선명해졌다. 손을 위로 뻗어 문고리를 잡았다. 끙 하고 신음하며 밀자 녹슨 쇳소리를 내며 문이 열렸다.

가재도구가 단정하게 정리된 방안에서 아버지의 코 고는 소리가 흘러나왔다. 순간 또 다른 현실이 공포로 무뎌진 내 정신을 일깨웠다. 이곳은 내 보금자리이자 두 번째 전쟁터였다. 잠시 그대로 서서 아버지의 상태를 살폈다. 다행히 깨어날 기미는 보이지 않았다. 조용히 문을 닫고 발소리를 죽이며 화장실로 걸어갔다.

걸음을 내디딜 때마다 허벅지가 쿡쿡 쑤셨지만 이를 악물고 신음을 삼켰다. 그렇게 비틀거리며 걷다가 수납장에 부딪치고 말았다. 수납장 위에서 휘청 기울며 쓰러지려는 라디오를 간신히 붙잡아 세웠다.

숨까지 꾹 참고 아버지를 바라봤다. 코골이를 멈추고 잠꼬대를 중얼거리던 아버지가 다시 고르게 숨을 뱉어냈다. 한숨을 내쉬며 고양이처럼 살금살금 걸어 화장실에 들어갔다.

화장실은 변기와 수납장이 마주보고, 그 너머에 욕조가 들어찬 구조였다. 절뚝거리며 걸어가 욕조에 가득 쌓인 눈을 한주먹 집어 입에 넣었다. 타는 듯한 목마름이 조금 가시는 듯했다.

그제야 수납장에서 구급함과 수건을 꺼냈다. 구급함은 바닥에 내려놓고, 변기에 주저앉아 수건을 입에 물었다. 송곳에 손가락이 스치자 칼로 살을 저미는 듯한 통증이 일었다. 땀방울이 관자놀이에서 주르륵 미끄러지는 게 느껴졌다.

시간 끌어봐야 내 손해였다. 눈을 질끈 감고 심호흡을 하다가 송곳을 단숨에 잡아 뺐다. 온몸의 솜털이 모조리 곤두서는 기분이었다. 앙다문 입술에서 침이 줄줄 흘렀다. 이만한 고통은 내 평생 다시는 없을 터였다.

그래도 시간이 지나자 조금 견딜 만해졌다. 피가 엉겨 붙은 바지를 무릎까지 내리고 구급함에서 소독약을 꺼내 들었다. 머뭇거리다 눈을 질끈 감고 상처에 소독약을 부었다. 허벅지를 불쏘시개로 후벼 파는 듯했다. 손가락, 발가락을 오그라트린 채로 꼼짝도 못하고 있다가 간신히 숨을 뱉었다. 축축해진 눈자위를 손바닥으로 눌렀다. 아까 한 말은 취소다.

벌벌 떨리는 손으로 힘겹게 지혈제를 꺼냈다. 상처에 투명한 액체를 뿌리자 쉼 없이 흘러내리던 피가 멎었다. 벌어진 피부는 의료용 접착제를 발라 붙여버렸다. 압박붕대까지 허벅지에 꽁꽁 동여매니 어느덧 등허리가 땀으로 흠뻑 젖었다.

고통에 멍해지는 정신에도 약통을 뒤져 항생제를 꺼내 입에 털어 넣었다. 남은 항생제는 이제 고작 4알뿐이었다. 이래선 상처가 아물 때까지 사용하기엔 턱 없이 부족하지만, 달리 방법이 없다. 한숨을 훅 내쉬고 벽에 등을 기대자 귀에서 이명이 울렸다. 정신이 아득해지며 대책 없이 잠이 쏟아졌다.

그때 멀리서 사이렌이 울렸다. 길게 한 번, 연달아 울리는 짧은 소리. 화들짝 놀라 눈을 떴다. 그건 식량 보급 헬기가 온다는 신호였다. 당장엔 상처도, 거인도 중요한 문제였지만, 이틀 전에 바닥난 식량만큼은 아니었다. 건물에 갇힌 후로 헬기가 조달하는 식량이 유일한 생명줄이었기 때문이다.

"타이밍 참."

손으로 미간을 누르며 마른 입술에 침을 적셨다. 식량 보급 헬기는 일주일에 한 번씩 왔지만, 항상 규칙적이진 않았다. 이번에만 해도 열흘 만에 듣는 소리였다. 그렇게 멋대로 구는 녀석들에게도 나름의 규칙은 있었다. 바로 사이렌이 울리고 15분 안에 옥상에 가야한다는 것이다. 조금이라도 늦으면 놈들은 바로 떠나버리고 만다.

손목시계를 확인하니, 오후 5시가 다 되어가는 중이었다. 힘겹게 몸을 일으켜 세웠다. 실컷 두들겨 맞은 사람처럼 온몸이 아프고 눈앞이 핑핑 돌았다. 그 고생을 하고 돌아왔는데 쉬지도 못하고 다시 나가야 하는 현실에 기가 막혔다. 하지만 머뭇거릴 때가 아니었다. 바지를 추켜올리고 화장실을 나왔다.

그런데 뜻밖에도 휴게실이 조용했다. 아버지의 코 고는 소리가 들리지 않았다. 낡고 때가 잔뜩 탄 간이침상에는 구겨진 담요만 덩그러니 놓여 있었다. 방안 어디에도 아버지의 모습은 보이지 않았다. 멍한 표정으로 서 있자니 현기증이 일었다.

'설마 밖으로 나갔나?'

그때 옆에서 덜그럭거리는 소리가 들렸다. 깜짝 놀라 고개를 돌렸다. 그제야 창고 문이 살짝 열렸다는 사실을 깨달았다. 이 방에는 밖으로 나가는 길이 두 군데였다. 하나는 내가 들어온 출입구고, 다른 하나는 창고에 있었다. 벽을 따라 걸어가 창고에 들어갔다.

창고는 방 절반 크기에 3인용 소파 하나와 철제 캐비닛 4개가 마주보고 늘어선 단순한 구조였다. 바깥으로 통하는 출입구는 셔터를 내려서 잠가두었다.

셔터 앞에 웅크리고 앉은 아버지가 보였다. 셔터에 채웠던 자물쇠는 맥없이 풀려 아버지 발아래 널브러져 있었다. 내가 머뭇거리는 사이 아버지가 셔터를 붙잡아 힘차게 들어 올렸다.

내 머리까지 올라간 셔터 너머로 찬바람과 함께 흐느적대며 걸어 다니는 놈들의 썩은 체취와 괴괴한 신음이 흘러들었다. 머리털이 올올이 곤두섰다. 황급히 달려가 아버지 옷자락을 홱 끌어당겼다. 뒤뚱거리다가 바닥에 엉덩방아를 찧고 앓는 소리를 내던 아버지가 미간을 좁혔다.

"얘가 왜 이래?"

'누가 할 말인데요.'

입안에서 맴도는 말을 주워섬기며 입술을 깨물었다. 괜히 말대꾸해서 아버지를 자극해 봐야 내 손해였다. 손으로 바닥을 짚고 일어난 아버지가 바닥에 굴러다니는 공구함을 성큼 타넘어 재차 셔터로 다가갔다. 기어코 밖에 나가야 직성이 풀릴 모양이었다.

'무조건 막아야 돼.'

이를 악물고 아버지에게 달려들어 다리를 힘껏 붙들었다. 늙고 병든 아버지는 왜소했지만 나는 딱 그 절반 크기였다. 내게 왜소증 장애가 없었다면 이 모든 일이 조금은 더 수월했을 텐데.

"제발 들어가세요. 빨리 식량을 받으러 가지 않으면 또 얼마나 굶어야 할지 모른다고요."

"얘가 무슨 엉뚱한 소릴 하고 있어. 지금 원장님이 밖에서 부르고 있는데."

아버지는 다시 셔터 쪽으로 걸어갔다. 내가 다리에 달라붙어 필사적으로 끌어당겼지만 막무가내였다. 밖에 있는 놈들에게 들킬까 봐 입안이 바짝 타들어갔다. 아버지가 걷는 쪽으로 조금씩 질질 끌려가다 보니 어느새 셔터가 코앞이었다. 깡마른 체구 어디에서 이런 힘이 나오는지 모를 일이었다.

"원장님은 죽었어요. 병원 식구들은 아무도 살아남지 못했다고요."

내 말에 아버지가 눈살을 찌푸렸다.

"밖에 저 많은 사람들이 넌 안 보이냐?"

때마침 시체 하나가 실핏줄에 매달린 왼쪽 안구를 덜렁거리며 셔터 밖에 나타났다. 근무복을 입은 것으로 보아 과거 병원 직원인 듯했다. 누군가의 잘린 팔을 게걸스럽게 뜯어먹는 놈을 보자 몸이 굳었다. 아버지 다리를 움켜쥔 채로 숨도 못 쉬고 놈을 주시했다.

한동안 배를 채우던 놈은 다행히 우리를 보지 못하고 지나쳤다. 그제야 참았던 숨을 뱉어냈다. 아버지는 놈의 뒤통수에 대고 고개를 꾸벅 숙이더니 나를 돌아봤다. 이제 알겠냐는 듯 어깨를 으쓱하는 아버지를 보자 말문이 막혔다. 건물에 드나드는 사람이면 어린아이까지 모조리 기억하던 꼼꼼한 경비원의 얼굴이 아니었다.

모든 일이 시작된 그날, 폭발에 휩쓸려 머리를 다친 후로 아버지는 서서히 현실감을 잃어갔다. 요즘 들어 증세가 더 깊어진 듯했지만 이 정도인 줄은 몰랐다. 내가 계속 다리를 놓지 않자 아버지 얼

20

굴이 붉으락푸르락해졌다.

"얼른 놔 이놈아."

높아진 목소리 톤에 어깨를 움찔했다. 더 있다간 고함이라도 지를 기세였다. 그런 상황은 절대로 피해야 했다. 놈들은 시각이 퇴화한 반면 냄새나 소리에는 들짐승처럼 예민하게 반응하기 때문에 자칫하면 떼로 몰려들 터였다. 그러면 셔터를 닫는다고 해도 안전을 장담할 수가 없다.

하지만 다리를 놓으면 아버지는 밖으로 나가버릴 터였다. 헤쳐나갈 길이 보이지 않아 머뭇거리고 있자니 아버지 얼굴이 터지기 직전의 폭탄처럼 달아올랐다. 이제 한계라고 생각한 순간 나도 모르게 말을 내뱉었다.

"원장님은 밖이 아니라 저 안에 있어요. 아까부터 아버지를 찾는다고요. 엄청 화가 나신 것 같던데 이러고 계셔도 괜찮겠어요?"

아버지가 흠칫하며 몸에 힘을 뺐다. 흐리멍덩한 눈에 처음으로 긴장한 기색이 흘렀다.

"확실해?"

"그렇다니까요."

지금 내가 아버지를 상대할 수 있는 유일한 수단은 거짓말뿐이었다. 입술을 벙긋거리며 어디냐고 묻는 아버지에게 손가락으로 문밖을 가리켰다. 아버지는 손으로 숱 없는 백발을 쓸어 넘기더니 휴게실로 넘어갔다.

잽싸게 셔터를 내리고 자물쇠를 도로 채웠다. 캐비닛을 뒤져 주사기와 수면제 앰풀을 꺼내 들고 창고를 나왔다. 아버지는 간이침상 앞에 구부정하게 서서 주변을 두리번거리는 중이었다.

"안 계시잖아."

"화장실 가셨어요. 잠깐 앉아서 기다리세요."

아버지 팔을 끌어 간이침상에 앉혔다. 주사기에 약물을 가득 채웠다.

"뭣 때문에 그러지? 아침까지만 해도 기분 좋아 보이셨는데. 혹시 너 비품 창고 얘길 한 건 아니지?"

아버지가 굳은 얼굴로 나를 쳐다보며 말했다.

"그걸 왜 말해요. 저도 옆에서 거들었는데."

세상이 망하기 전에 병원 비품 창고에 도둑이 들어 물건을 싹 털어간 적이 있었다. 문을 잠가두었는데도 도둑을 막지는 못했다. 나는 경찰에 신고하자고 했지만, 아버지는 함구하는 쪽을 택했다. 창고 책임자는 아버지였기 때문이다. 그러곤 장부를 조작해서 물건을 다시 채워 넣었다. 그 일 이후로 창고 열쇠를 교체하기까지 했다.

혼잣말을 중얼대며 화장실 통유리를 가만히 주시하는 아버지의 팔뚝에 주삿바늘을 찔렀다. 아버지가 몸을 움찔하며 충혈된 눈으로 나를 바라봤다. 무슨 말을 하려는 듯 입술을 달싹이다가 점차 눈동자에 초점이 흐려지더니 이내 눈을 감고 고개를 떨궜다.

아버지를 부축해 침상에 눕혔다. 혹시 몰라 가죽 벨트로 아버지의 깡마른 다리를 침상에 묶어두기까지 했다. 가죽 벨트는 가운데 버클을 누르고 위로 당기면 풀리는 간단한 구조였다. 그러나 정신이 온전하지 않은 아버지는 무조건 힘으로 당겼다. 그래서는 절대로 풀지 못한다.

바닥에 쭈그리고 앉아 손으로 미간을 누르다 화들짝 놀라 손목시계를 들여다봤다. 벌써 10분이 지났다.

'서둘러야 돼.'

벌떡 일어나 출입구로 걸어갔다. 벽에 기대어둔 배낭을 둘러메고, 문 옆에 놓인 라디에이터 온도를 조금 높인 뒤 밖으로 나왔다.

복도를 빠르게 훑어봤지만, 별다른 기척은 없었다. 그러나 거인, 아니 김덕규 원장이 어디서 튀어나올지 몰라 신경이 날카롭게 곤두섰다.

사실 건물은 미로나 다름없었다. 옥상으로 가는 계단은 층별로 위치가 달라서 엉뚱한 계단을 올랐다간 막다른 길을 만나고 만다. 또한 막다른 길처럼 보이지만, 실은 그게 올바른 방향인 장소가 있기도 하다.

한때 여기서 숨어 지내던 군인들이 좀비와 격전을 벌이면서 사용한 폭발물로 군데군데 천장과 계단이 무너졌기 때문이다. 그들은 떠났지만, 그 흔적은 흉터처럼 고스란히 남았다. 어쩌면 그들이 설치만 해두고 터트리지 않은 폭발물도 어딘가에 남아 있을지 몰랐다. 아무리 찾아보려고 해도 나오지 않았지만, 내가 못 찾았다고 없는 것은 아니니까.

그런 곳을 내키는 대로 돌아다니는 원장은 그야말로 눈엣가시였다. 게다가 놈은 이따금 어두컴컴한 벽 뒤에 숨어서 움직이지 않을 때도 있었다. 그런 사실을 몰랐을 적엔 소리에만 집중하고 다니다 코앞에서 놈과 마주쳐 목숨을 잃을 뻔하기도 했다. 여러모로 상대하기 까다로운 놈이었다.

기척을 최대한 죽이고 한 층씩 위로 올라갔다. 허벅지가 아파서 좀처럼 속력이 나질 않았다. 4층에 도착하자 헬기 소리가 바로 건물 위에서 울렸다. 그 소리에 자극을 받은 듯 아래층에서 원장이 괴성을 질렀다.

'거기 있었구나.'

놈은 피했지만 시계는 벌써 5시 15분을 지나는 중이었다.

'제발, 조금만 기다려라.'

땀을 뻘뻘 흘리며 정신없이 발을 놀렸다. 옥상에 도착해 비상구 문을 열고 밖으로 나왔다. 거센 바람에 머리칼이 흩날렸다. 찬 공기를 들이켜자 폐가 찢기는 듯했다. 헬기가 건물을 막 지나치는 중이었다. 눈을 가늘게 뜨고 문 아래 놓인 깃발을 집어 들었다. 그러곤 옥상 한복판으로 달려가 깃발을 마구 흔들었다.

"나도 주고 가!"

그러나 헬기는 조금도 망설이지 않고 다음 건물로 이동해 식량을 내려 보냈다. 목이 쉴 때까지 소리를 질렀지만, 역부족이었다. 다음 건물로, 그다음 건물로 이동하던 헬기는 끝내 작은 점이 되었다.

"염병할!"

깃발을 바닥에 내팽개치며 소리쳤다. 배급에 목숨 걸고 사는 처지 뻔히 알면서 그거 조금 늦었다고 뒤도 안 보고 사라져? 어쩌면 저렇게 냉정하단 말인가. 이를 꽉 깨물고 멀어지는 헬기를 노려보고 있자니 턱이 다 욱신거렸다. 이제 다음 식량 보급이 올 때까지 일주일을 굶어야 했다. 그건 죽으라는 말이었다.

"난 어쩌라고……."

손으로 미간을 눌렀다. 식량이 떨어져 욕조에 쌓아둔 눈을 퍼먹으면서 버티길 이틀째였다. 그것만으로도 이미 죽을 지경이었다. 만

성화된 속 쓰림은 차라리 견딜만 했다. 이제는 가만히 있어도 현기증이 일고, 헛구역질이 나왔다. 자다가도 벌떡 일어나 휴지통을 붙잡고 위액을 토하곤 했다. 그러고 나면 내 자신이 시체라도 된 기분이었다.

하지만 진짜 문제는 따로 있었다. 바로 아버지였다. 나 혼자라면 눈이라도 씹어 먹으며 어떻게든 버티겠지만, 늙고 병든 아버지는 이제 한계였다. 잘 먹어도 제대로 정신을 차리지 못하는 양반인데, 여기서 일주일을 더 굶었다간 정말로 죽고 말 터였다. 무슨 방법을 찾아야 했다. 하지만 손으로 머리를 쥐어뜯으며 아무리 고민해 봐도 답이 없었다.

병신새끼. 어떻게 식량 보급 헬기를 놓칠 수가 있을까. 병신 짓도 정도껏 해야지. 병신! 병신!

어깨를 축 늘어트리고 옥상을 가로질렀다. 콘크리트 기둥에 철창살을 고정시킨 난간 앞에 서자 도시의 살풍경이 드러났다. 안개 낀 거리에는 시커먼 그림자들이 개미떼처럼 바글거렸다. 저들은 한때 인간이었다. 그러나 지금은 살아있는 인간의 피와 살점을 먹고 싶다는 욕망만 남은 식인귀가 되었다.

놈들 때문에 이 건물에 갇힌 지도 벌써 일 년째였다. 그동안 밖에 나가 식량을 찾아보려고 했지만 번번이 실패했다. 놈들에게 들키지 않고 나갈 방법이 없었기 때문이다. 놈들은 바퀴벌레처럼 온갖 곳에 죄다 기어들어가 자리를 잡고 도저히 여지를 주지 않았다. 놈들에게 붙들려 먹잇감이 되는 것도 끔찍하지만, 어정쩡하게 물려서 그들과 똑같은 모습으로 변할까봐 더 두려웠다.

이 건물은 위험한 감옥이자 세상에서 가장 안전한 은신처였다.

하지만 그것도 굶주림 앞에서 서서히 의미를 잃어가고 있었다.

고개를 들고 맞은편 건물로 시선을 옮겼다. 건물 옥상에서 보급 식량을 챙기는 또 다른 생존자들이 보였다. 왕복 4차선 도로를 중심에 두고 양쪽으로 끝없이 늘어선 건물은 몇 차례의 전쟁을 거치는 동안 대부분 파괴되거나 시체들에게 점령당했지만, 개중에 멀쩡한 곳에는 아버지와 나처럼 다른 생존자들이 모여 살았다. 그들이 챙기는 식량을 하염없이 바라보다가 손나발을 만들어 입에 대고 외쳤다.

"저기요."

목소리가 가늘게 떨렸다. 생기 없는 얼굴들이 일제히 이쪽을 쳐다봤다. 숨을 깊게 들이마신 다음 재차 소리쳤다.

"보급을 놓쳤습니다. 병든 아버지가 이틀째 굶고 있어요. 식량 조금만 빌려주시면 반드시 은혜를 갚겠습니다."

이쪽을 물끄러미 보던 사람들은 대꾸없이 각자 식량을 챙겨 비상구로 들어갔다. 거절당할 거라고 예상은 했지만 막상 저런 반응을 보자 참담한 기분이었다.

"제발……."

그때 옥상에 남아 이쪽을 쳐다보는 사내아이와 눈이 마주쳤다. 열 살이나 됐을까 싶은 앳된 얼굴이었다. 밤송이처럼 뻗친 짧은 머리칼에 어깨에는 활을 둘러맸다. 우물쭈물하던 아이가 손에 쥔 식빵 봉지를 들어보였다.

"이거 줄게요."

멍한 표정으로 아이를 바라봤다. 화살에 식빵을 매달고 활에 장전하는 품이 어린아이치고 꽤나 능숙했다. 거리를 재듯 잠시 동작을 멈추고 이쪽을 바라보던 아이가 시위를 팽팽하게 당겼다. 저 애는 진심으로 자기 식량을 내게 주려는 듯했다. 묘한 감동으로 가슴이 뜨거워졌다.

그때 누군가 비상구에서 뛰어나와 아이의 뒤통수를 후려쳤다. 크게 흔들리며 시위를 떠난 화살은 허공에 잠시 머물다 곧장 바닥으로 곤두박질했다. 머리가 반쯤 벗겨진 중년 남자가 험악한 얼굴로 아이의 귀를 잡아 건물 안으로 끌고 들어갔다.

길바닥에 떨어진 식빵은 금세 시체들에게 짓밟혀 엉망이 됐다. 그 광경을 보자 가슴이 찢기는 듯했다. 끝까지 되는 일이 없다. 망하기 전이나 후나 세상일은 정말이지 녹록지 않았다. 어쩌면 이 우주에는 보이지 않는 의지가 있어서 나 같은 잉여인간을 가지치기하듯 쳐내는지도 몰랐다.

하지만 떨어진 식빵을 가만히 내려다보고 있자니 문득 오기가 치밀었다. 한두 번도 아니면서 앓는 소리는 관두자. 어차피 죽을 거라면 발버둥은 쳐봐야 하지 않겠는가. 옥상 끝으로 걸어가 병원 옆에 붙은 카페를 내려다봤다. 여기보다 두 층 낮은 3층짜리 건물이었다. 카페 옥상에는 피부가 너덜너덜한 시체 하나가 다리를 질질 끌며 걸어 다녔다.

눈으로 뒤덮인 옥상 중간에 무덤처럼 불룩 튀어나온 지점으로 눈길을 옮겼다. 저 아래 있는 물건은 쌀자루였다. 그건 유일하게 내가 알고 있는 주인 없는 식량이었다. 지난 달, 옥상에서 배회하는 시체를 생존자로 착각한 헬기가 내려 보낸 것이었다. 도시에 넘실대는 안개는 때때로 기묘한 조화를 부리곤 한다.

오랫동안 방치되긴 했어도 이런 날씨라면 아직 먹어도 괜찮을 터였다. 저것만 가져올 수 있다면…….

'하지만 어떻게?'

입술을 질끈 깨물었다. 거리에 바글거리는 놈들도 문제지만, 옥상을 배회하는 시체도 결코 만만치 않았다. 걸음을 멈추고 물끄러미 나를 올려다보는 놈과 눈을 마주쳤다. 안개 너머에서 구부정하게 선 놈은 꼭 진짜 사람처럼 보였다.

'진짜 사람?'

터무니없는 생각에 실소를 뱉었다. 놈들은 그저 인간의 가죽을 뒤집어쓴 좀비였다. 차라리 사나운 맹수가 놈들보다 인간적인 구석이 많을 터였다. 저런 놈들로 뒤덮인 세상은 이미 가망이 없었다.

유일한 희망은 게토로 탈출하는 것뿐이다. 게토는 보급 헬기가 출발하는 곳이자 아직까지 문명이 남아 있는 지상 유일의 공동체였다. 하지만 보급 헬기는 아무도 구조하지 않는다. 그저 일주일에 한 번씩 허름한 쌀자루 하나만 획 던져주고는 자신의 의무를 다했다고 생각하는 무책임한 놈들이다.

결국 스스로 방법을 찾는 수밖에 없었다. 구해주지 않는다고 손을 놓고 있다간 언젠가 저런 끔찍한 놈들과 같은 최후를 맞게 될 터였다. 비상구 옆에 나란히 붙은 창고로 걸어갔다. 바닥에 주저앉아 셔터 끝에 손가락을 끼워 넣고 위로 활짝 들어올렸다. 창고 안에 들어찬 물건에서 빛이 번뜩였다.

그건 헬리콥터를 작게 축소한 듯한 형체였다. 하지만 미니어처는 아니었다. 프로펠러와 물리엔진, 그리고 조종석을 갖춘 1인용 초경량헬기 자이로콥터였다. 작지만 엄연히 사람을 태우고 날 수 있는 물건이었다. 레저용이라 면허가 필요 없을 정도로 조작법도 간단했다.

28

연료도 가득했고, 상태도 좋았다. 이놈은 내게 남은 유일한 밑천이었다.

하지만 이걸 운전하려면 원장이 목에 걸고 다니는 열쇠가 필요했다. 오늘 내가 죽을 고생을 한 이유도 그래서였다.

만약 열쇠를 구했는데 작동하지 않으면 어쩌지?

문득 밀려드는 불안감에 고개를 저었다. 그래서 지금까지 닦고, 조이고, 기름 치며 철저하게 관리하지 않았던가. 아무리 절망적인 상황이 닥쳐도 그것만은 빼먹지 않았다.

세상이 망하기 전부터 이놈의 관리는 내 몫이었다. 원장은 매주 취미로 자이로콥터를 타곤 했는데, 늘 나를 데리고 다녔다. 휴일도 없이 불려나가 이런저런 잔심부름을 할 때면 원장이 무척 원망스러웠다. 병원에서 무소불위의 권력을 휘두르는 원장을 볼 때마다 영화에서 본 거인이 생각났다. 거대한 저택에 살면서 내키는 대로 사람을 잡아먹는 거인. 나라는 존재는 그 거인에게 붙잡혀 노예가 된 난쟁이 같다는 생각마저 들었다.

간혹 그가 일이 생겨서 자리를 비우면 나는 몰래 자이로콥터를 타보곤 했다. 일종의 반항 심리였지만, 그때의 경험이 지금 내가 살아갈 힘이 되고 있으니 세상일이란 참으로 아이러니했다.

창고에서 나와 셔터를 내렸다. 언젠가는 반드시 열쇠를 구해서 탈출하고 만다. 하지만 그러려면 살아 있어야 했다. 한숨을 훅 내쉬고 난간 앞으로 걸어갔다. 바지 주머니를 뒤져 쌀알 몇 톨을 집어 입에 털어넣었다. 비상용으로 조금씩 지니고 다녔지만 이젠 거의 다 떨어져 얼마 안 남았다. 이렇게라도 조금씩 먹어야 마지막 기력이라도 뽑아낼 수 있다.

배낭을 벗어 지퍼를 열었다. 안에 손을 넣어 둘둘 말린 밧줄을 꺼냈다. 그것을 철창살에 묶고, 나머지 부분을 난간 너머로 던졌다. 밧줄은 카페 옥상 언저리까지 늘어져 좌우로 흔들렸다. 심호흡을 하고 난간에 올라섰다.

카페 옥상의 좀비는 난간을 따라 끊임없이 같은 지점을 맴돌았다. 놈이 이쪽을 등진 사이 잽싸게 움직이면 식량을 챙길 수도 있을 듯했다. 평소라면 엄두도 못 낼 행동이었지만 먹지 못하면 어차피 죽긴 마찬가지였다. 벼랑에 몰리자 용기가 났다.

하지만 아래를 슬쩍 내려다보니 그런 생각이 연기처럼 흩어지며 다리가 후들거렸다. 15미터 높이였다. 떨어지면 온몸의 뼈가 산산조각 날 터였다. 팔다리가 기괴한 방향으로 꺾인 채 길바닥에 널브러진 내 모습이 눈앞에 보이는 듯했다. 자꾸만 머릿속에 부정적인 생각만 떠올랐다.

'겁먹지 말자. 그냥 내려가서 쌀만 가지고 오면 돼. 그뿐이라고. 여기서 더 잃을 것도 없잖아.'

스스로에게 계속 그런 말을 되뇌며 마인드 컨트롤을 했다. 이내 호흡이 가라앉으면서 마음도 침착해졌다.

밧줄을 손에 감고 배에 힘을 줬다. 욱신거리는 허벅지의 통증을 꾹 참고 천천히 아래로 발을 뻗었다. 체중이 실리자 밧줄이 팽팽해졌다. 줄에서 조금씩 미끄러지며 아래로 내려갔다. 생각보다 어렵지 않았다.

'괜한 걱정이었어.'

그렇게 생각한 순간 머리 위에서 어떤 기척이 들렸다. 고개를 들자 난데없이 뭔가가 날아와 내 얼굴에 달라붙었다.

비명을 지르며 고개를 흔들었다.

비둘기였다. 놈은 뾰족한 부리로 사정없이 내 얼굴을 쪼아댔다. 한 손으로 밧줄을 붙잡고 나머지 손을 마구 휘저었다. 비둘기는 잠시 떨어졌다가 다시 날아들었다. 날갯짓에 뺨을 마구 얻어맞다 보니 정신이 하나도 없었다. 밧줄을 팔에 감고, 다리를 벽에 단단히 디딘 다음 주먹을 힘껏 휘둘렀다. 흐르는 주먹에 묵직한 감촉이 느껴졌다.

"꺼져, 꺼지란 말야."

놈은 내 팔이 닿지 않는 거리에서 날아다니며 나를 바라봤다. 충격에서 회복하길 기다리는 듯했다. 어쩌면 내 빈틈을 찾는지도 몰랐다. 도대체 내가 뭘 잘못했다고. 여기는 자기 구역이니 나야말로 꺼지라는 뜻일까?

하지만 놈은 이제 섣불리 덤비지 않았다. 그대로 대치하고 있자니 칼바람에 몸이 점점 얼어갔다. 나는 식량을 포기하고 다시 밧줄을 기어올랐다. 내려갈 때보다 훨씬 힘들었지만, 기어코 옥상으로 돌아왔다.

벽에 기대어 숨을 몰아쉬었다. 비둘기는 옥상 난간에 내려앉아 작은 눈으로 나를 쳐다봤다. 울화가 치밀었다. 바닥에서 돌조각을 집어 놈에게 던졌다. 놈은 훌쩍 날아올랐다가 공중을 한 바퀴 돌아 다시 제자리로 돌아오더니 유유히 부리로 깃털을 골랐다.

'하다하다 이젠 비둘기까지……'

놈을 노려보고 있자니 점차 마음이 차갑게 식었다. 내부에서 들끓는 분노의 열기가 한곳으로 집약됐다. 놈을 잡아먹어야겠다. 요컨대 그런 심정이었다. 배낭 주둥이를 조이는 얇은 끈을 빼내 바람이 잘 통하지 않는 비상구 옆으로 걸어갔다. 바닥에 주저앉아 끈을 올가미 모양으로 묶었다. 바닥에 가득 쌓인 눈을 손가락 깊이로 파내고, 그 위에 올가미를 올려놓았다. 반대편 줄은 난간 쇠창살에 묶었다.

바지 주머니를 뒤져 쌀알을 몇 톨 꺼냈다. 비둘기가 쌀알을 쪼으려고 구멍에 머리를 집어넣으면 그 힘으로 조여든 올가미가 놈을 붙잡을 터였다. 이제 기다리기만 하면 된다. 비둘기가 내 행동을 낱낱이 지켜봤지만 상관없었다.

배낭을 집어 들고 비상구로 들어갔다. 아래에서 들리는 기척을 주의하며 천천히 1층으로 내려왔다. 그런데 1층 복도 끝에 닫아둔 철문이 내 눈길을 잡아끌었다. 철문은 외부로 통하는 출입구였다. 두 개의 문고리에 쇠사슬을 칭칭 감아 열리지 않게 해두었다. 그런데 이제 보니 오른쪽 문 상단의 경첩 부분이 떨어져나갔다. 좀비들이 지나가다가 부딪쳤거나 아니면 그저 낡았기 때문일 터였다. 언제부터 그랬는지 판단이 서지 않았다.

그때 계단에서 원장의 기척이 들렸다. 놈이 이쪽으로 오는지 발소리가 점차 커졌다. 지금은 놈을 따돌릴 힘이 조금도 남아 있지 않았다. 문도 이 정도면 당분간은 버텨줄 듯해서 일단 숙소로 이동했다.

직원휴게실 앞에 서자 기운이 쭉 빠졌다. 고생은 고생대로 하고 아무런 수확도 얻지 못했다. 조잡한 덫으로 비둘기가 잡힐지도 의문이었다. 머릿속에 온갖 부정적인 생각만이 가득했다. 너무 피곤한 탓이었다. 일단은 잠을 자야 했다.

문을 열자 딱딱한 것이 내 이마를 후려쳤다. 그 충격에 뒤로 벌렁 넘어졌다. 이마에서 무서운 통증이 일었다.

"아아악, 아버지."

모서리가 찌그러진 통조림이 바닥을 굴러갔다. 나는 손으로 이마를 붙잡고 바닥을 뒹굴었다. 이마에서 흐른 피가 볼을 타고 미끄러져 턱 끝에 맺혔다가 바닥에 점점이 박혔다. 얼굴을 붙잡은 손가락 틈새로 아버지의 일그러진 표정이 보였다.

"원장님이 밖에서 한참이나 문을 두드리다가 가셨다. 비품 창고 일을 눈치챈 게 틀림없어. 난 이렇게 묶여 있어서 문도 열어드리지 못했지. 이제 어쩔 거냐?"

아버지의 흐리멍덩한 눈동자에는 오로지 분노만 가득했다. 벌써 깨어나다니 수면제에 내성이라도 생긴 듯했다.

"그게 아니라요……."

바닥에서 버르적거리며 몸을 일으키려고 했지만, 눈앞이 빙빙 돌아 휘청거리며 넘어졌다. 미간에 내천자로 주름이 파인 아버지가 아니긴 뭐가 아니냐며 소리를 질렀다. 간신히 벽에 기대어 앉는데 아버지의 목소리가 재차 들렸다.

"저런 걸 아들이라고 키운 내가 병신이지."

순간 가슴이 울컥했다. 그건 머리를 후려친 통조림 깡통보다 더 아픈 말이었다.

"저도 힘들어요." 경련이 이는 손으로 이마를 누르며 말을 이었다. "힘들어서 못 살겠어요. 제발 정신 좀 차리세요."

"누가 누구보고 정신을 차리래?"

아버지가 주름진 얼굴을 잔뜩 찌푸리며 말했다. 그 완고하고 고집스러운 표정에서 나는 보이지 않는 벽을 느꼈다. 하지만 그럴수록 내가 더 정신을 차려야 했다. 거짓말을 해서라도 아버지를 진정시키는 게 급선무였다. 손등으로 눈자위를 누르며 대답할 말을 찾았다.

"방금 원장님 만나고 오는 길이에요."

"뭐라고 하시더냐?"

아버지가 눈을 동그랗게 뜨고 나를 쳐다봤다.

"아버지를 묶어둔 것도 원장님의 지시였어요. 전염병이 도나 봐요. 무슨 검사를 한다고 하더라고요. 비품 창고는 얘기 없었고요."

"확실해?"

"그럼요."

그제야 아버지가 입을 다물고 고개를 끄덕였다. 역시 원장은 아버지를 통제하는 가장 확실한 카드였다. 이걸로 일단은 한숨 돌려도 될 듯했다. 아직도 얼얼한 이마를 손으로 문지르며 한숨을 내쉬었다. 그러곤 바닥에 굴러다니는 통조림을 집어 들었다. 그건 놀랍게도 뚜껑을 따지 않은 햄 통조림이었다. 하지만 뭔가 이상했다. 분명히 남은 음식은 없었다. 더구나 통조림은 한 달 전을 끝으로 보급되지 않았다.

"아버지, 이거 어디서 났어요?"

"네가 들고 있는 걸 왜 나한테 묻냐?"

아버지는 황당하다는 표정으로 나를 쳐다봤다. 이래서는 영영 답을 찾지 못할 듯했다. 고개를 갸웃하며 주변을 둘러봤다. 출입구 옆에 라디에이터, 그 옆으로 문짝 떨어진 옷장과 테이블, 라디오, 전자레인지, 행거, 수납장, 누르스름하게 변색된 벽지 따위가 눈에 들어왔다. 아무리 봐도 음식을 숨길 곳이 없었다.

아버지가 걸터앉은 간이 침상에서 눈길을 멈췄다. 천천히 다가가 매트리스를 들어 올렸다. 평범한 매트리스 받침대가 보였다. 그러나 조금 더 들어 올리자 매트리스 아래 숨어 있던 식량이 드러났다. 안에는 약간의 쌀이 든 검정색 비닐 봉투와 햄 통조림 2개, 그리고 튜브형 고추장이 들어 있었다.

"말도 안 돼."

언제부터 음식을 빼돌렸는지 몰랐다. 많은 양은 아니었지만, 어떻게 이걸 눈치채지 못했을까? 내 자신이 한심하면서도 한편으로는 마음이 놓였다. 아껴서 먹으면 위험한 줄타기를 하지 않아도 다음 보급이 올 때까지 버틸 수 있을 터였다.

"죽으란 법은 없구나."

대접을 들고 화장실에 들어가 욕조에 가득 채워둔 눈을 퍼서 돌아왔다. 대접을 라디에이터에 올려놓자 눈이 녹아 물이 되었다. 그 안에 쌀을 부었다. 햄 통조림도 따서 절반을 잘라 풍덩 담갔다.

전자레인지에 대접을 넣고 시간을 맞춘 다음 조리 버튼을 눌렀다. 위이잉 소리를 내며 전자레인지가 돌아가는 동안 고소한 냄새가 솔솔 풍겼다. 잠시 후 완성된 밥에 고추장을 뿌려 비빈 다음 침상으로 가지고 갔다.

아버지와 마주보고 앉아 정신없이 밥을 퍼먹었다. 금세 대접을 깨끗하게 비웠다. 곡기가 들어간 덕분인지 울적하던 기분이 나아졌다. 아버지도 그런 듯 이제는 얌전히 침대에 누워 말이 없었다. 하지만 또 언제 돌변할지 몰랐기에 아버지의 손이 닿는 범위에서 던질 만한 물건을 전부 치웠다. 남은 식량은 창고 캐비닛에 넣었다.

방안을 대충 정리한 다음 수건을 들고 화장실에 들어갔다. 수건을 물에 적셔 이마에서 흐른 피를 닦아냈다. 허벅지에 감은 붕대도 풀어서 소독을 한 다음 새로 동여맸다. 항생제까지 한 알 더 먹고 나서야 길게 한숨을 뱉었다. 온몸이 상처투성이였지만 그래도 이만 하길 다행이었다.

화장실에서 나와 테이블 위에 정물처럼 올려둔 고물 라디오를 틀었다. 주파수를 맞추자 스피커에서 노이즈 섞인 아나운서의 목소리가 흘러나왔다.

"……정부는 여러분을 포기하지 않습니다. 시체 소탕작전에 돌입한 다국적 연합군이 전투마다 연승을 이어가고 있습니다. 지하 방공호에서는 과학자들이 백신 개발에 주력하고 있으며……. 그러니 희망을 잃지 말고 조금만 더 힘을 내 주십시오……. 이 모든 사태가 끝날 때까지 식량 지원을 아끼지 않을……."

수백, 수천 번을 들어 토씨 하나 안 틀리고 외울 정도가 된 선전 녹음방송이었지만, 그걸 듣고 있으면 안심이 됐다. 게다가 이따금씩 새로운 소식이나 정보를 속보로 전해주기도 했기에 라디오는 망한 세상에서 나의 보물 1호였다.

1년을 살아남았으니 남은 시간이라고 버티지 못할 이유가 없었다. 오늘 같은 실수만 되풀이하지 않는다면 살아남는 것은 물론이고, 열쇠를 구해서 게토로 탈출할 수도 있을 터였다. 바닥에 깔아둔 모포에 누워 반복되는 아나운서의 목소리를 듣고 있자니 눈꺼풀이 무겁게 내려앉았다. 아나운서의 목소리가 의식 저편으로 희미해졌다.

얼마나 잤을까? 복도에서 어떤 기척이 들리는 듯했다. 누군가 복도에서 걸어 다니는 소리였다. 원장인가 싶었지만, 어쩐지 평소와 발소리가 달랐다. 고개를 갸웃하며 일어나 출입구로 걸어갔다. 문을 열자 복도 끝에서 반쯤 잘린 손을 덜렁거리며 문 앞을 서성이는 남자가 보였다.

원장이 아니었다. 놈의 어깨너머로 완전히 떨어져 나간 철문이 보였다. 그곳으로 지옥에서 기어 나온 무리가 쏟아지듯 밀어닥쳤다. 그 중 한 놈이 나를 보더니 사납게 달려들었다. 황급히 문을 닫고 뒷걸음질을 쳤다. 철문에서 투박한 소리가 났다. 짐승의 포효 같은 괴성이 연달아 들렸다.

2
쓰레기 배출구

환청이 아니었다. 건물의 출입구가 뚫렸고, 그 안으로 온갖 놈들이 다 기어들어온 것이다. 도저히 믿기지 않았다. 놈들이 철문을 띠려고 손톱으로 마구 긁어댔다. 휴게실 철문은 이중삼중으로 철판을 덧대어 무척 튼튼했기에 결코 열리지 않을 터였다. 하지만 그건 이제 무의미했다.

이 비좁은 곳에 갇히고 말았다. 더 이상 옥상에도 가지 못할 터였다. 그럼 식량도 받지 못할 테고 결국…….

결국 여기까지였다.

비틀거리다가 손으로 벽을 짚었다. 어떻게 이럴 수가 있을까? 호시탐탐 나를 노리는 원장과 혹한의 추위를 버티며 그동안 악착같이 살아남았다. 상한 음식을 먹고 열이 40도까지 오르며 사경을 헤매기도 했지만, 그때도 죽음은 나를 비켜갔다. 내 작은 몸뚱이로 매

번 한계에 부딪히면서도 언젠가 이곳을 탈출하리라는 희망을 놓지 않았다.

하지만 이젠 모든 것이 끝났다. 온몸의 감각이 죄다 사라지고 무력감이 나를 지배했다. 지금까지 나를 지탱해 주던 내면의 기둥이 무너진 기분이었다. 남은 건 절망뿐이었다.

철문을 주먹으로 후려쳤다. 밖에서 한층 발광이 심해졌지만, 나는 연달아 주먹질을 해댔다. 문 너머의 것들에게 있는 대로 소리를 질렀다.

"이 암세포 같은 놈들!"

헛손질을 하고 바닥에 쓰러졌다. 구겨진 종이처럼 바닥에 널브러진 채로 몸을 부르르 떨었다. 주먹이 욱신거렸다. 숨이 막히고 답답해서 정신이 나갈 것만 같았다. 바닥에 엎드려 헛구역질을 했다. 입에서 침이 길게 늘어졌다.

"왜 하필이면 여긴데."

그렇게 중얼거렸지만 사실 누구를 탓할 일이 아니었다. 계단을 내려오면서 헐거워진 경첩을 봤으면서도 외면한 내 잘못이었다. 아무리 피곤해도 미루면 안 되는 일이었다. 적당히 괜찮을 거라고 생각한 내 안일함이 최악의 상황을 불러오고 말았다.

눈가에 차오른 눈물을 손등으로 훑어내며 아버지를 바라봤다. 모포를 뒤집어쓰고 잠든 아버지의 얼굴이 오늘따라 유난히 초췌해 보였다. 이렇게 되고 싶지 않았는데.

"죄송해요."

"뭐가 죄송해?"

아버지가 눈을 뜨고 나를 쳐다봤다. 나는 무슨 말을 하려다가

입을 다물었다. 사정을 설명한들 아버지가 알아들을 리도 없을뿐
더러 알아듣는다고 해도 이런 소식을 전하긴 싫었다.

"아무것도 아니에요."

시간이 지나면서 감정이 가라앉자 그저 허탈하기만 했다.

'이제 뭘 하지?'

가만히 앉아서 죽음을 기다리는 사람이 할 적당한 행동이 무엇
인지 도무지 알 수 없었다. 벽에 기대어 앉아 눈을 감자 이내 어떤
생각이 떠올랐다. 그래, 그거 말고 뭐가 있겠는가. 자리에서 일어나
창고에 들어갔다. 캐비닛을 열고 안에 넣어둔 쌀과 통조림, 고추장
을 꺼내 휴게실로 돌아왔다.

전자레인지에 밥을 지었다. 완성한 밥에 햄과 고추장을 버무려
주먹밥을 만들었다. 음식은 어느 때보다 먹음직스러워 보였지만, 그
래서 더 서글펐다. 주먹밥을 접시에 담아 침상으로 가져갔다.

침상 테이블 위에 접시를 내려놓고 아버지 발복에 채워둔 벨트
를 풀었다. 깡마른 발목에 벨트 자국이 선명했다. 아버지는 상체를
일으키고 앉아 접시에 코를 대고 쿵쿵거리다가 손으로 주먹밥을 집
어 입에 넣었다. 홀쭉한 얼굴로 맛있게 먹는 아버지를 보니 마음이
짠했다.

나도 주먹밥을 하나 집어서 입에 넣었다. 모래 알갱이를 씹는 것
처럼 입안이 껄끄러웠지만, 억지로 밥알을 삼켰다. 아직도 가슴 속
에는 뜨거운 불덩이가 열기를 내뿜었다. 아쉬움 때문일까? 아니면
놓지 못한 희망? 그렇다고 해도 이 비좁은 휴게실 안에서 뭘 어쩐
단 말인가? 한숨을 내쉬며 방안을 둘러봤다. 그간 사용해 온 가구
며 집기들을 하나씩 눈에 담았다. 모두 낡았지만, 추억이 깃든 물건

들이었다. 넌더리나는 추억 말이다.

그러다 한 곳에 눈길이 멈췄다. 뭔가 퍼뜩 아련한 기억이 떠오른 것이다. 눈길이 멈춘 곳은 옷장이었다. 군데군데 금이 가고 곰팡이가 슨 나무 옷장. 그건 처음부터 저 자리에 있진 않았다. 그 전에 저 자리에 있던 것은…… 나는 뭐에 홀린 사람처럼 기억을 더듬었다.

오랫동안 잊고 있던 기억이 차츰 수면으로 떠올랐다. 자리에서 일어나 옷장 앞으로 가, 옷장을 붙잡고 힘껏 당겨 옆으로 잡아 뺐다. 그러자 벽에 붙은 환풍기 크기의 사각 판자가 드러났다. 판자에는 귀퉁이마다 대못이 박혀 있었다.

그랬다. 이건 쓰레기 배출구였다. 아주 어린 시절, 쓰레기 배출구를 사용했던 기억이 난 것이다. 그러다 미관상 보기가 좋지 않다는 원장의 말에 봉해버린 것이다. 하지만 지금 이 배출구 때문에 가슴이 두근거렸다. 얼른 창고에 가서 장도리를 꺼내 왔다. 아버지가 밥 먹다 말고 저 녀석이 뭐하나 하는 표정으로 빤히 나를 쳐다보았다. 시선에 아랑곳 않고 박힌 못을 뽑아냈다. 녹슬고 휘어져 있어 쉽지는 않았지만 모두 뽑아낼 수 있었다. 그리고 판자를 치우고 칸막이를 들어올리자, 어두컴컴한 통로에서 썩은 내가 풀풀 풍겼다.

내 기억이 맞는다면 이 통로는 각층으로 연결되어 있었다. 보통 성인이라면 결코 들어갈 수 없을 정도로 비좁은 공간이지만, 내겐 가능성이 있었다. 어쩌면 이곳을 통해 옥상에 갈 수 있을지도 몰랐다. 그런 생각이 들자 심장이 세차게 뛰었다.

점퍼를 벗어 몸피를 줄였다. 심호흡을 하고 배출구 안으로 머리를 집어넣어 보았다. 비좁긴 해도 무난하게 어깨와 허리까지 들어갔다. 코를 찌르는 악취를 참으며 다리를 안으로 욱여넣었다.

그때 뭔가가 내 발목을 붙잡아 끌어당겼다. 휴게실로 끌려나오다 배출구 턱에 이마를 찧었다. 눈앞에 불꽃이 튀었다. 몸을 웅송그리고 신음하는 내 눈에 아버지가 보였다. 잔뜩 일그러진 표정으로 서서 나를 내려다봤다. 경황이 없어 아버지를 깜빡했다.

"이제 알겠다. 도둑놈이 어떻게 창고를 털어갔는지."

뜻밖의 말에 심장이 철렁했다.

"그게 무슨 말이에요."

"뚫린 입이라고 잘도 지껄이는구나."

분노에 휩싸인 아버지는 쓰러진 나를 발로 마구 걷어찼다. 나는 팔과 다리를 웅크리고 발길질 견디다가 아버지의 다리를 붙잡았다.

"그만해요."

"주둥이 다물어."

이를 악물고 다리를 밀어내며 몸을 일으켰다. 아버지는 비틀대다가 뒤로 넘어졌다. 그러나 곧장 일어나 소리를 지르며 내게 달려들었다. 깡마른 손에 머리채를 잡히고, 발에 걷어차이면서도 아버지 허리를 꼭 붙잡았다. 그대로 힘겹게 창고 쪽으로 밀어붙였다. 밖에서 그 소리를 들은 좀비들이 발광하며 문을 긁어댔다. 창고에 들어가 캐비닛을 열고 수면 앰풀 쪽으로 손을 뻗었다.

"병신이면 정직하기라도 해야지."

몸부림치던 아버지가 캐비닛에 부딪치는 바람에 안에 든 앰풀이 바닥으로 쏟아져 산산조각 났다. 아버지가 손으로 내 뺨을 힘껏 후려쳤다. 눈앞에서 섬광이 번쩍했다. 한 번 더. 그리고 다시 한 번. 순간 머릿속이 하얘지며 억눌렀던 울화가 터져 나왔다.

"그래요. 내가 훔쳤어요!"

아버지가 어깨를 움찔했다.

"내가 했다고요. 그래서 뭐요? 아버지는 뭘 그렇게 잘했는데요? 내가 월급도 못 받고 일하는 동안 아버지는 옆에서 원장 비위밖에 더 맞췄어요? 그래서 훔쳤어요. 그거 팔아서 받은 30만 원으로 뭘 했는지 알아요? 공과금 내고 남은 돈으로 아버지랑 같이 고기 구워먹었어요. 그게 다예요. 나도 돈 벌어서 사람답게 살고 싶었다고요."

"이 놈이 그래도……."

"얘기 안 끝났어요." 나는 주먹으로 캐비닛을 후려쳤다. "다 지난 일이잖아요. 이젠 세상이 망했다고요. 어떻게든 살아남으려고 발버둥치는 게 안 보여요? 내가 얼마나 힘든지 아냐고요. 아버지가 여기서 놀고먹는 동안 나는 하루에도 몇 번이나 목숨 걸고 살아요. 그런데도 아버진 뭐냐고요. 왜 이렇게 사람을 괴롭히는데요? 차라리 아버지 따위 없었으면 좋겠어요. 아시겠어요?"

무너진 제방에서 물이 터져 나오듯 나는 참았던 말을 마구 쏟아냈다. 숨을 씩씩대며 아버지를 노려봤다. 무슨 정신으로 그렇게 소리를 질렀는지 나조차도 믿기지 않았다. 난동을 부리던 아버지는 동작을 멈추고 멍한 표정으로 나를 바라봤다. 갑자기 아버지 코에서 피가 주르륵 흘러내렸다. 아버지는 허물어지듯 바닥에 쓰러졌다.

"아버지."

황급히 달려가 어깨를 흔들었다. 코에 손을 대자 숨결이 느껴졌다. 충격 때문에 잠시 정신을 잃은 듯했다. 아버지의 겨드랑이에 팔을 끼워 넣고 질질 끌어 침상으로 옮겼다. 앙상한 다리에 가죽 벨트를 채우고 바닥에 주저앉아 손으로 얼굴을 덮었다.

내가 뭘 한 거지…….

모르겠다. 이젠 정말 모르겠다. 여기 계속 있다간 미쳐버릴 것만 같았다. 일단은 해야 할 일부터 처리한 다음에 생각하기로 했다. 바닥에서 장도리를 집어 허리춤에 꽂았다. 침대에 누워 꼼짝 않는 아버지를 슬쩍 바라보다가 이내 쓰레기 배출구로 들어갔다.

통로는 속이 텅 빈 사각기둥이 수직으로 길게 뻗은 형태였다. 아래쪽 통로는 지하로 이어졌다. 내가 안으로 들어가자 지하주차장을 배회하는 좀비들이 음울한 소리를 내며 통로 아래로 다가왔다. 바닥이 훤히 뚫린 것으로 보아, 난리 때 붕괴되어 버린 듯했다.

'지독한 놈들.'

양쪽 손발을 벽에 뻗어 몸을 지탱했다. 통로는 어두운데다 벽에 낀 살얼음 때문에 무척 미끄러웠다. 마음을 다잡고 신중하게 팔을 뗀 순간 몸이 아래로 죽 미끄러졌다. 통로에서 떨어지기 직전 간신히 벽에 부착된 파이프를 붙잡았다.

지하주차장 천장으로 뻗어나간 다리를 버둥거렸다.

'조심하자. 제발…….'

떨리는 몸이 진정되길 기다렸다가 다시 위로 올라갔다. 2층에 도착해 쓰레기 배출구 턱을 붙잡고 잠시 쉬었다. 칸막이 틈에 장도리를 끼워 넣고 당기자 녹슨 못이 빠졌다. 칸막이를 슬쩍 들어 올리고 안을 살폈다. 이곳은 원래 소아과 진료실이었다. 좀비들이 바닥에 널브러진 각종 의료 장비를 밟으며 실내를 비틀비틀 걸어 다녔다. 그 중에는 원장도 보였다.

'망할 자식.'

나도 모르게 욕설을 중얼거렸다. 아직도 풀리지 않는 분노가 내 몸을 지배하고 있었다. 그런데 원장의 상태가 이상했다. 놈은 눈을 감고 꼼짝하지 않았다. 이따금 고개만 까딱거릴 뿐이었다. 칸막이 너머로 한참을 쳐다봤지만 변함이 없었다. 마치 잠이라도 자는 듯한 모양새였다. 놈이 목에 걸고 있는 열쇠 쪽에 눈길을 고정했다. 지금이라면 조용히 들어가서 놈이 모르게 가지고 나올 수도 있을 듯했다.

'전에도 그러다 들켜서 죽을 뻔했잖아.'

이성은 놈을 무시하고 위로 올라가라고 외쳤지만, 나는 움직이지 않고 계속 기회를 엿봤다. 다른 놈들이 이리저리 비틀거리다가 옆방으로 건너간 순간 칸막이 너머로 빠져나왔다. 숨을 죽이고 놈에게 다가갔다. 신장 차이 때문에 목걸이를 머리 위로 벗길 수는 없었다. 주머니에서 커터 칼을 꺼냈다. 그립을 손가락으로 밀자 드드득 하는 소리와 함께 칼날이 빠져나왔다. 그 소리가 생각보다 훨씬 커서 심장이 덜컥 내려앉았다. 왜 미리 날을 빼놓지 않았을까.

그대로 굳어 놈의 눈치를 살폈다. 놈은 입맛을 쩝쩝 다시며 몸을 움찔거리다가 이내 동작을 멈췄다. 까치발을 들고 끙끙대며 줄을 잘랐다. 줄이 워낙 두꺼워서 몇 번이나 헛손질을 한 끝에 간신히 잘라냈다. 마침내 열쇠를 얻었다. 너무 기뻐서 하마터면 소리를 지를 뻔했다. 황급히 손으로 입을 틀어막고 천천히 돌아섰다. 그리고 어느새 내 등 뒤로 다가온 좀비들과 눈을 마주쳤다. 잿빛으로 물든 놈들의 얼굴에는 오로지 적의뿐이었다.

"케에에에엑."

쇳소리를 내며 내게 달려드는 놈을 피해 옆으로 몸을 굴렸다. 다른 놈들도 괴성을 지르며 사방에서 덮쳐왔다. 정신이 하나도 없었다. 타이밍을 보다가 쓰레기 배출구로 들어가려고 했지만, 어느새 외팔이 좀비가 입구를 가로막았다.

돌아서서 떨리는 눈으로 주변을 휘둘러봤다. 좀비들 너머로 오른편에 출입구가, 왼편에 응접실이 보였다. 그대로 일어나 응접실 쪽으로 몸을 날렸다. 출입구에는 또 다른 놈들이 기다리고 있을지도 몰랐기 때문이다. 응접실에도 그렇지 않으리라는 보장은 없지만, 지금은 이게 최선이었다.

앞을 가로막는 어떤 놈의 무릎을 장도리로 후려치고 응접실로 뛰어 들었다. 다행히 안은 텅 비었다. 들어가자마자 문을 잠근 다음 등을 돌리고 앉아 숨을 몰아쉬었다. 좀비들이 문에 쿵쿵 부딪치는 충격이 등허리에 고스란히 느껴졌다. 소리는 한참을 더 울리다가 이내 잦아들었다.

"망했다."

눈을 질끈 감았다 뜨고 주변을 살폈다. 응접실은 가운데 놓인 철제 책상을 중심으로 양쪽에 책꽂이가 늘어섰고, 그 뒤는 전면이 탁트인 유리창이었다. 창 앞으로 걸어가 밖을 내다봤다. 창 너머는 베란다도 없는 수직 절벽이었다. 여기서 나갈 뾰족한 수가 없었다. 손에 쥔 열쇠를 멍하니 바라봤다. 이게 다 뭐라고. 왜 욕심을 부렸을까?

"탐욕스러운 새끼."

주먹으로 내 얼굴을 후려쳤다. 볼이 얼얼했지만 아픔이 분노를 희석시켰다. 손이 간질거려 들여다보니 손등에 길게 갈라진 상처가 보였다. 상처에서 피가 뚝뚝 떨어졌다. 응접실에 뛰어들다가 손등이 문틈에 긁혔나 보다. 상황이 상황인지라 별로 아픈 줄도 모르겠다. 그런데 떨어지는 피를 보자 어떤 생각이 떠올랐다.

열쇠를 묶어 목에 걸고 문 앞으로 걸어갔다. 의자를 끌어다가 응접실 문 앞에 받쳤다. 그 위에 올라서서 문에 난 손바닥만 한 창으로 밖을 내다봤다. 좀비 여섯이 벌게진 눈으로 진료실을 걸어 다녔다. 그 너머에 복도 출입구가 있었다. 철문은 반쯤 열린 상태였다.

의자에서 내려와 신발과 양말을 벗었다. 양말을 둥글게 뭉쳐 손등에서 흐르는 피를 닦았다. 양말은 금세 피로 물들었다. 놈들은 시각보다 청각이 예민했고, 후각은 그 이상이었다. 그리고 모기처럼 체취를 통해 죽은 자와 산 자를 구분했다. 이렇게 피를 적신 양말이라면 놈들을 유인할 수 있을지도 몰랐다. 성공한다는 보장은 없지만 어차피 죽기 아니면 죽어서 걸어 다니기였다.

피로 물든 양말을 손에 쥐고 심호흡을 했다. 기회는 딱 한 번뿐이었다. 괜히 엉뚱한 곳에 떨어진다면 오히려 복도에 있는 놈들을 안으로 불러들이는 꼴이 된다.

'제발 성공해라.'

타이밍을 엿보다 적당한 순간 문을 열고 양말을 힘껏 던졌다. 출입구의 살짝 열린 문틈으로 포물선을 그리며 날아가던 양말이 문턱에 맞고 바닥으로 떨어졌다.

"염병할!"

나도 모르게 탄식을 뱉었다. 한 놈이 눈을 희번덕거리며 이쪽을 쳐다봤다. 화들짝 놀라 문을 닫았다. 제자리에 서서 코를 벌름거리던 놈이 떨어진 양말 쪽으로 걸어갔다. 나머지도 피 냄새를 맡았는지 일제히 같은 방향으로 몸을 돌려세웠다. 복도에서도 동요하는 기척이 들렸다. 가장 먼저 반응을 보인 놈이 걸어가다가 양말을 발로 걷어찼다. 순간 양말이 문밖으로 빠져나갔다.

뜻밖의 행운이었다. 실내에 있던 놈들이 모두 피 냄새를 따라 밖으로 나갔다. 하지만 언제 또 들어올지 몰랐다. 응접실에서 나와 출입구로 내달렸다. 문을 닫고 잠금장치까지 채운 뒤에야 안도하며 숨을 내쉬었다.

그때 뒤에서 으르렁대는 소리가 들렸다. 바짝 굳어 천천히 돌아서자 왼쪽 눈에 드라이버가 박힌 얼굴이 보였다. 원장이었다.

소스라치며 쓰레기 배출구로 내달렸다. 원장이 내 뒤를 바싹 따라붙었다. 무작정 안으로 들어갔다간 붙잡혀서 다리를 물릴지도 몰랐다. 욕설을 지껄이며 방향을 틀었다. 의료 카트 뒤로 돌아가 원장과 마주봤다. 놈은 결코 나를 놓치지 않겠다는 듯 이빨을 딱딱 부딪치며 쇳소리를 냈다.

카트를 넘어오는 놈을 피해 응접실로 다시 뛰었다. 다이빙하듯 몸을 날려 안으로 들어갔다. 문을 닫으려는데 놈의 다리가 먼저 안으로 쑥 들어왔다. 이를 악물고 밀었지만 역부족이었다. 문고리를 놓치며 뒤로 나동그라지고 말았다. 우뚝 서서 나를 내려다보던 놈이 입을 쩍 벌리고 달려들었다.

반사적으로 놈의 가랑이를 파고들었다. 놈의 뒤로 빠져나오자마자 응접실 밖으로 나와 문을 닫았다. 그런 다음 근처에 있는 책상을 끌어다 문 앞을 막았다. 안에서 놈이 발광하며 문을 밀어댔지만 열리지 않았다.

'이제 안전해진 걸까?'

모른다. 어쨌든 이곳에서는 이제 한순간도 더 머물고 싶지 않았다. 후들거리는 다리를 억지로 움직여 쓰레기 배출구로 들어갔다. 옥상으로 올라가면서 보이는 칸막이는 이제 손도 대지 않았다.

마침내 꼭대기에 도착하니 온몸이 후들거렸다. 굴뚝 덮개를 장도리로 때려 부수고 밖으로 고개를 내밀었다. 차가운 공기를 힘껏 들이마시자 정신이 들었다. 버둥거리며 굴뚝을 빠져나와 바닥에 무릎을 꿇었다.

한동안 꼼짝 않고 바닥에 널브러진 채로 숨만 쉬었다. 완전히 탈진해 버렸다. 하지만 입가에서 웃음이 비실비실 새어나왔다. 해냈다. 정말로 나는 해낸 것이다. 바닥에서 냉기가 느껴졌지만 당장은 아무래도 상관없었다.

얼마 후 일어나 창고로 걸어갔다. 셔터를 올리고 안에 있는 자이로콥터를 살폈다. 녀석은 전에 봤을 때와 조금도 달라지지 않았다. 의자에 앉아 열쇠를 꽂으니 명치끝이 간질거렸다. 얼마나 기다린 순간이었던가.

시동을 걸고 계기판에 붙은 검정색 단추를 눌렀다. 서서히 돌아가는 프로펠러를 보며 탄성을 질렀다. 녀석은 역시 실망시키는 법이 없었다. 이제 탈출도 꿈이 아니었다. 당장이라도 날고 싶어 견딜수가 없었지만 꾹 참고 시동을 껐다. 일단 아버지를 데리고 갈 방법을 궁리해 봐야 했다.

창고를 나오는데 어디선가 푸드득 거리는 소리가 들렸다. 창고 뒤편이었다. 소리를 따라 걸어가 보니 난간 아래로 덫에 걸린 비둘기가 보였다. 놈은 올가미에서 벗어나려고 사방으로 날뛰었지만 그럴수록 줄이 더욱 목을 파고들었다. 제자리에서 버둥거리던 놈은 이내 동작을 멈추고 축 늘어졌다.

"먹고 사는 게 뭔지."

놈을 어깨에 둘러메고 굴뚝으로 들어갔다. 1층으로 내려오니 기진맥진해서 손이 다 떨렸다. 투입구를 빠져나와 머리와 몸에 내린 먼지를 털었다.

"저 왔어요."

그렇게 말했지만 돌아오는 대답이 없었다. 휴게실은 텅 비었고, 아버지를 묶었던 가죽벨트가 바닥에 아무렇게나 떨어져 있었다. 마른 침을 삼키며 창고로 걸어가 문을 열었다. 창고 역시 휑했다. 활짝 열린 셔터로 찬바람이 밀려들었다.

건물 주변을 비틀대며 걸어 다니는 좀비들이 보였다. 아버지는 그들 사이에 구부정하게 서서 꼼짝도 하지 않았다. 다리에 힘이 풀려 하마터면 주저앉을 뻔했다.

소리쳐 부르려다가 입을 다물었다. 아직 놈들은 아버지를 눈치채지 못한 듯했다. 놈들에게 들키면 끝장이었다. 발소리를 죽이고 밖으로 걸어 나갔다.

얼굴이 반쯤 찢겨 턱이 덜렁거리는 놈이 아버지 곁으로 다가갔다. 스칠 듯이 가까워진 둘을 보자 숨이 막혔다. 놈은 아버지 옆에서 냄새를 맡는 듯 코를 벌름거리다가 이내 그대로 지나쳤다. 작게 한숨을 내쉬며 다시 움직였다. 한참만에 느린 걸음으로 걸어가 아버지 옆에 도착했다.

이제 함께 돌아가면 된다. 고작 20미터 남짓한 거리였다. 아주 간단한 일이다. 아버지의 깡마른 손을 슬며시 붙들었다. 고개를 숙인 채로 몸을 움찔거리는 아버지에게 속삭였다.

"조용해요."

아버지와 함께 병원 쪽으로 걸었다. 다행히 아버지는 순순히 나를 따라왔다. 건물 앞에 도착할 때까지 놈들은 우리를 발견하지 못했다. 그야말로 기적의 연속이었다. 안으로 들어가려고 하는데 갑자기 아버지가 걸음을 우뚝 멈췄다. 내가 손으로 잡아끌어도 요지부동이었다. 답답해서 미칠 지경이었다.

"아버지."

작게 속삭이자 아버지가 나를 쳐다봤다. 순간 나는 숨을 멈췄다. 아버지의 눈이 빨갰다. 왼쪽 목덜미에 물어뜯긴 상처도 그제야 발견했다. 온몸의 솜털이 죄다 곤두섰다. 아버지의 손을 놓고 뒷걸음질을 쳤다.

재빨리 안으로 들어가 벽에 기대어 둔 지팡이를 집어들고 셔터에 걸어 내리려는데 아버지가 내게 달려들었다. 충격에 휩쓸려 바닥에 널브러졌다. 아버지가 내 몸 위에 올라타 나를 물어뜯으려고 이빨을 들이밀었다. 지팡이를 아버지 이빨 사이에 끼우고 힘껏 밀어냈다. 하지만 아버지는 맹수처럼 투레질하며 발광했다. 어찌나 힘이 센지 내가 알던 아버지가 맞나 싶었다. 지팡이가 부러질 듯 조금씩 갈라지는 모습이 보였다.

'어떻게든 해야 돼.'

순간 지팡이를 놓고 옆으로 몸을 굴렸다. 아버지가 휘청하며 앞으로 고꾸라졌다. 셔터 밖으로 달려 나와 아버지를 유인했다. 아버지는 몸을 일으키더니 천천히 건물 밖으로 걸어 나왔다. 그런데 그 동작이 너무나 느렸다. 피가 마르는 기분이었다. 설상가상 그 광경을 본 다른 놈들까지 일제히 내게 다가왔다.

'조금만 더. 조금만……'

이러다 내가 먼저 놈들에게 붙잡힐 지경이었다. 하지만 꼼짝 않고 아버지를 바라봤다. 놈들이 나를 둘러싸기 직전, 아버지가 밖으로 나왔다. 아직 거리가 너무 가까웠지만 이제 한계였다. 재빨리 내달려 놈들에게서 벗어났다.

건물 안으로 들어가 지팡이를 집어들고 셔터 손잡이에 걸었다. 아버지가 돌아서서 내 멱살을 붙잡았다. 그대로 셔터를 힘껏 내렸다. 쾅 소리를 내며 셔터에 부딪친 아버지의 손이 밖으로 빠져나갔다.

셔터를 끝까지 내리고 자물쇠를 채웠다. 숨을 몰아쉬고 있자니 온몸에 경련이 일었다. 다리에 힘이 풀려 그대로 주저앉고 말았다.

3
수상한 생존자들

셔터 앞으로 기어가 감시창을 열었다. 아버지가 새빨갛게 충혈된 눈동자를 희번덕거렸다. 나와 눈이 마주치자 '캬아악'하고 쇳소리를 내며 달려와 머리로 셔터를 마구 들이받았다. 그럴 때마다 아버지의 파헤쳐진 목덜미에서 흘러나온 피가 사방으로 튀었다. 꼼짝도 못하고 그 모습을 바라봤다.

"왜 그랬어요. 도대체 왜……."

셔터에 얼굴을 붙이고 그렇게 중얼거렸지만 돌아오는 대답은 비명뿐이었다. 차츰 세상의 모든 소리가 사라지며 '삐'하고 이명이 길게 늘어졌다. 눈앞에서 벌어지는 일들이 전부 비현실적으로 느껴졌다. 살을 에는 한기도, 코끝을 맴도는 악취도, 위장에 도사린 허기도 내 일이 아닌 듯했다.

셔터 앞에서 발광하던 아버지는 이내 돌아서서 도로 저편으로 비틀비틀 걸어갔다. 정처 없이 방황하는 좀비들을 지나 골목 저편으로 사라져 버렸다.

마침내 완전히 혼자가 됐다.

가슴에 구멍이 뻥 뚫린 느낌이었다. 그 속으로 찬바람이 드나들었다. 달아올랐던 몸이 식으면서 손에 경련이 일었다. 바닥에 웅크리고 앉아 손톱을 물어뜯었다.

"내 잘못이 아니야. 나는 최선을 다했어……."

혼잣말을 더듬더듬 중얼거렸지만 실은 알고 있었다. 이 모든 게 내 탓이라는 걸. 후회와 절망이 머릿속을 마구 헤집었다. 벨트를 더 신경 써서 채웠어야 했다. 그게 아니면 옥상에서라도 서둘러 내려왔어야 했다. 아니, 무엇보다…….

"차라리 아버지 따위 없었으면 좋겠어요. 아시겠어요?"

아버지에게 상처 주는 말을 하지 않았어야 했다. 진심이 아니었다. 그저 격한 마음에 입에서 나오는 대로 지껄였을 뿐이다. 스스로에게 밀려드는 혐오와 자괴감으로 숨을 쉬기가 힘들었다. 캐비닛을 열고 수면제를 꺼냈다. 약물을 가득 채운 주삿바늘을 내 팔에 찔렀다. 약물이 혈관을 타고 온몸으로 퍼지자 파괴적으로 치솟던 감정이 차츰 무뎌졌다.

어깨를 축 늘어뜨리고 휴게실로 돌아와 텅 빈 침대에 걸터앉았다. 아버지의 가래 끓는 숨소리가 사라진 자리에 지독한 한기가 밀려들었다. 모로 누워 이불을 머리까지 뒤집어썼지만 계속 오한이 났다. 무릎을 굽히고 덜덜 떨며 눈을 감았다.

아무것도 먹지 않고 계속 잠만 잤다. 약기운이 떨어지면 다시 수면제를 투약했다. 시간이 어떻게 흐르는지, 내 몸이 얼마나 야위었는지, 바깥세상에서 무슨 일이 일어나고 있는지 몰랐지만, 아무래도 좋았다. 이대로 잠자다가 죽었으면 하고 바랐다. 낮과 밤이 몇 번 바뀌는 동안 바람대로 나는 조금씩 죽어갔다.

난데없이 들린 폭음에 눈을 떴다. 건물이 살짝 진동하는 느낌이 들었다. 가만히 누워 소리에 귀를 기울였지만 더는 들리지 않았다.

'뭐였지? 지진인가? 아니면 착각?'

어쩌면 복도를 배회하던 좀비가 숨겨진 폭탄이라도 건드렸는지 몰랐다. 그래, 그게 가장 가능성 있는 추측이었다. 하지만 무슨 상관이겠는가.

다시 눈을 감은 순간 이번에는 창고에서 가래 끓는 숨소리가 들렸다. 상체를 벌떡 일으켜 세웠다. 창문 틈으로 희붐한 아침 햇살이 새어들어 오는 중이었다. 꿈인지 현실인지 분간이 되지 않았다. 침대에서 내려와 창고로 걸어갔다. 가까이 갈수록 숨소리가 점점 커졌다.

"아버지."

불러도 대답이 없었다. 잠시 머뭇거리다가 문고리에 손을 뻗었다. 문을 여는 순간 소리가 그쳤다. 창고에는 아무도 없었다.

'이러다 미치고 말 거야.'

손으로 눈두덩을 누르며 한숨을 내쉬었다. 손을 떼자 캐비닛 사이에 끼워둔 쪽지가 보였다. 쪽지를 집어 삐뚤빼뚤 적힌 글자를 읽었다.

먼저 가 미안허다. 끝꺼지 살거라.

아버지가 남긴 유언이었다. 그랬다. 아버지의 죽음은 당신의 결정이었다. 짧은 문장을 반복해서 읽고 있자니 눈물이 후드득 떨어졌다. 나를 위해 마지막 선택을 내리는 아버지의 모습을 떠올리자 죄책감으로 가슴이 찢어지는 듯했다. 조용한 흐느낌은 곧 오열로 변했다. 밖에서 내가 우는 소리를 들은 좀비들이 같이 괴성을 질렀지만 이젠 아무래도 좋았다.

한참을 울고 나니 온몸에 기운이 쭉 빠졌다. 비좁은 휴게실에 웅크리고 앉아 간이침상을 멍하니 바라봤다. 허전했다. 그동안 비좁게만 생각했던 방이 이토록 넓었나 싶었다. 늘 아버지가 짐이라고 생각했지만, 그게 아니란 사실을 이젠 안다. 아버지를 위해 행동했던 많은 일들은 모두 날 위한 것이었다. 아버지의 기대가 미치는 곳에 바로 내 자리가 있었다. 그것이 나를 살아가게 만들었다.

하지만 이젠 모두 사라졌다. 이 상실감을 안고 계속 여기서 지낼 자신이 없었다. 모든 것을 잊고 무작정 떠나고만 싶었다. 그래, 떠나자. 자이로콥터를 타고 게토는, 어디든 가버리는 것이다.

손으로 목을 쓸었다. 그런데 목덜미가 허전했다. 당황해서 몸을 더듬어보았지만, 열쇠는 어디서도 만져지지 않았다. 창고와 휴게실을 돌며 방안을 샅샅이 뒤져보아도 마찬가지였다. 순간 내 멱살을 잡던 아버지의 모습이 떠올랐다. 그 깡마른 손이 뜯어가던 열쇠가 활동사진처럼 뇌리를 스쳐 지나갔다.

"……!"

처참한 충격에 그대로 굳어버렸다. 기가 막혔다. 너무 허탈해서 아무런 감정도 일지 않았다. 마지막 대안마저 사라진 지금 내 머릿속에는 한 가지 생각만 오롯이 남았다. 한참을 구부정하게 서서 눈만 끔뻑이다가 멍한 목소리로 중얼거렸다.

"다 끝내자."

쓰레기 배출구에 들어가 통로를 기어올랐다. 싸늘한 바람이 몰아치는 옥상에 도착해 심호흡을 했다. 난간으로 걸어가 그 위에 올라섰다. 아래를 내려다보니 심장이 떨렸다. 그러나 고통은 찰나이고, 그 후에는 영원한 평화가 찾아올 터였다. 그건 망한 세상에서 이성을 가진 인간으로 내릴 수 있는 가장 합리적인 선택이었다. 마른 침을 삼키고 입술을 깨물었다. 딱 한 번만 용기를 내면 된다.

딱 한 번만······.

순간 뭔가가 내 눈길을 잡아끌었다. 어정쩡하게 점프를 뛰려다가 간신히 균형을 잡았다. 병원 앞에 서서 이쪽을 올려다보는 좀비가 보였다. 아버지였다. 물끄러미 나를 주시하는 창백한 얼굴을 보자 차마 뛰어내릴 수가 없었다. 아버지는 나를 버리고 저쪽 세상으로 훌쩍 떠나 버렸지만, 그건 나를 위해 내린 선택이었다. 내가 자살을 하면 아버지의 희생은 덧없는 죽음이 되고 만다.

"끝까지 이러기에요?"

그렇게 중얼대는데 아버지의 팔에 감긴 목걸이가 보였다. 그건 자이로콥터의 열쇠였다. 인생이란 참으로 아이러니했다. 그토록 원하던 것을 손에 넣은 순간 모든 걸 잃어버리다니······. 아버지가 휘적휘적 걸어 골목 저편으로 사라졌다. 죽어서까지 당신의 그늘 아래 나를 붙잡아두는 아버지가 야속했다.

그때 멀리서 헬기 소리가 들렸다. 식량 보급 헬기가 오려면 아직 이틀은 더 있어야 했다. 사이렌도 울리지 않았다. 어디서 작전수행이라도 하러 가는 헬기려니 생각하며 천천히 돌아섰는데, 헬기가 점차 이쪽으로 가까워졌다. 똑바로 다가오는 헬기를 보며 한순간 저들이 내게 오고 있는지도 모른다는 생각이 들었다.

하지만 아니었다.

헬기는 나를 지나쳐 맞은편 건물 중 한 곳에 멈추더니 밧줄로 엮은 사다리를 늘어뜨렸다. 흔들리는 사다리를 타고 경비병들이 내려왔다. 옥상에 내려선 이들은 모두 진압복 차림이었고, 어깨에는 소총을 둘러맸다. 그들은 비상구로 줄줄이 들어갔다. 무슨 일인지 호기심이 생겨 그대로 난간 앞에 서서 상황을 관찰했다.

한동안 잠잠하던 비상구에서 다시 사람들이 나왔다. 들어갈 때와 달리 운동복 차림의 남자가 함께였다. 먼 거리라 또렷하진 않아도 얼굴이 어딘가 낯이 익었다. 고개를 길게 빼고 자세히 살피니 어렴풋이 알아볼 수 있었다. 김문복. 뜻밖의 장소에서 튀어나온 얼굴에 가슴이 싸했다.

그는 김덕규 원장의 아들이었다. 일정한 직장도 없이 툭하면 병원에 와서 간호사들을 집적대는 양아치였다. 그에겐 언제나 여자친구가 있었지만, 그건 그의 행동에 아무런 영향도 끼치지 않았다. 양다리는 오히려 그의 자랑거리였다. 그는 점찍어둔 간호사를 정복하고 나면 나를 불러다가 앞에 세워놓고 자신의 여성 편력을 무용담처럼 지껄였다.

"지현이가 못생겼지만 서비스가 좋아서 가볍게 즐길 만은 하지."

내가 그녀를 좋아한다는 사실을 알면서 일부러 하는 말이었다. 그러나 나는 아무 소리도 할 수 없었다. 그에겐 여자를 만나는 게 참 쉬운 일이었다. 원장의 아들이라는 배경에 모델처럼 늘씬한 체구, 그리고 족제비 같은 외모는 여자들이 혹할 만한 구석이 많았다. 하지만 그에게 걸려서 몸과 마음을 다친 여자들이 한둘이 아니었다. 내색한 적은 없지만, 나는 도저히 그를 좋아할 수가 없었다.

'다 지난 일이야.'

그렇게 자조하며 다시 전방을 주시했다. 그는 사다리를 타고 헬기로 올라갔다. 그 뒤를 따라 경비병들도 일제히 헬기에 탑승했다. 그들은 문복을 데려가려고 온 듯했다. 법석을 떨며 날아온 것치곤 꽤나 소박한 목표였다. 세상이 망해도 문복은 여전히 세상에 필요한 인간이었나 보다. 부러우면서도 한편으로는 입맛이 썼다. 하긴 사지 멀쩡해도 구해줄까 말까인데 하물며 왜소증인 내가 선택될 리 만무했다. 그런 생각을 하며 헬기를 빤히 바라보았다.

그런데 헬기가 막 출발하려는 순간, 옆 건물 상층부에서 유리창이 깨지며 시체들이 우수수 떨어졌다. 인명을 구조하다 지체된 나머지 좀비들의 시선을 너무 끈 게 화근이었다. 그중 하나는 헬기 위에, 다른 하나는 뒷날개에 충돌했다. 투박한 마찰음이 들리더니 날개가 회전을 멈췄고, 검은 연기가 잇달아 피어올랐다. 균형을 잃은 헬기가 공중에서 위태롭게 흔들리다가 끝내 대로 중간에 불시착하고 말았다.

근처를 배회하던 수많은 좀비가 일제히 헬기 쪽으로 모여들었다. 추락에도 불구하고 헬기 안에서 생존자들이 기어 나와 총을 쏴댔다. 좀비 서넛이 머리가 터져 쓰러졌지만, 그 소리를 듣고 훨씬 더 많은 놈들이 모여들었다.

교전을 벌이는 사이 거리를 좁힌 좀비들에게 경비병 하나가 어깨를 붙잡혀 헬기 밖으로 끌려 나왔다. 놈들이 야수처럼 달려들어 진압복 밖으로 드러난 살가죽을 물어뜯자 처절한 비명이 울렸다. 그는 죽기 전 허리춤에서 수류탄을 꺼내 안전핀을 뽑았다. 폭음과 함께 모여든 좀비들의 조각난 몸뚱이가 사방으로 날아갔다.

나머지 생존자들은 그 희생을 틈타 헬기 밖으로 빠져나왔다. 하나같이 상태가 엉망이었다. 얼굴은 온통 그을음과 피투성이였고, 진압복은 걸레처럼 너덜거렸다. 다리를 절거나 아예 몇 걸음 못 가 쓰러져서 바닥을 북북 기는 자들도 있었다. 조금이라도 빈틈이 보이면 여지없이 좀비들에게 끌려가 정육점 고기처럼 해체됐다.

간신히 포위를 뚫고 대로로 나온 이들은 모두 셋이었다. 베레모를 쓴 호리호리한 체격의 남자가 앞장을 섰고, 등에 무전 장비를 멘 남자가 뒤를 받쳐주었다. 경비대가 구조하려던 문복이 꽁무니에서 그들을 쫓았다. 하지만 상황은 여전히 암울했다. 밀도가 다를 뿐 살아있는 시체들은 어디에나 있었다.

무전병이 근처에 있는 편의점으로 달려가 문을 마구 두드렸다. 생존자가 있는 건물이었지만, 닫힌 문은 꿈쩍도 하지 않았다. 그가 힘으로 문을 열고 들어가려 하자 문틈에서 시퍼런 칼이 삐져나와 무전병의 목을 찔렀다. 그는 손으로 목을 붙잡고 비틀비틀 뒷걸음질을 치다가 이내 쓰러져 사지를 바들바들 떨었다.

남은 이들이 좀비를 피해 옆 건물로 이동하며 문을 두드렸지만 소용없었다. 이미 좀비들에게 점령당했거나 거주자들에게 공격당할 뿐이었다.

그들은 주변을 두리번거리다가 난데없이 내가 서 있는 옥상으로 눈길을 옮겼다. 나는 어깨를 흠칫 떨며 한 걸음 뒤로 물러섰다. 두 남자는 무슨 말을 주고받더니 곧장 이쪽으로 내달렸다. 이곳으로 오려는 모양이었다. 그러나 거리가 너무 멀었다. 게다가 이미 장벽처럼 도로를 틀어막은 좀비들이 먹잇감을 궁지에 몰아넣고 차츰 거리를 좁히는 중이었다. 총소리가 들리지 않는 것으로 보아 탄약도 다 떨어진 듯했다.

그들은 빈 총으로 좀비의 머리통을 사정없이 후려치며 길을 냈다. 다가오던 몇몇 좀비가 바닥으로 허물어졌지만, 잠시뿐이었다. 하나를 자르면 둘로 증식하는 아메바처럼 놈들은 죽일수록 더욱 수가 불었다.

그들은 곧 개미떼처럼 모여든 좀비에게 파묻혀 자취를 감췄다. 뿌연 안개가 더욱 짙어지며 그나마도 잘 보이지 않았다. 나는 한참을 살피다가 이내 한숨을 뱉어내며 돌아섰다.

아무리 살려고 발버둥을 쳐도 죽을 사람은 죽고 만다. 그에 비하면 나는 얼마나 나은 처지인가? 그런데도 스스로 죽으려고 하다니 안 될 말이었다. 아버지를 위해서라도, 나를 위해서라도.

'돌아가자.'

굴뚝으로 천천히 걸음을 옮겼다. 그러다 문득 동작을 멈췄다. 정면에 살짝 열린 옥상 비상구 문이 보였기 때문이다. 조심스레 걸어가 문을 열고 안으로 고개를 들이밀었다. 어두컴컴한 계단을 배회하는 좀비가 보였다.

"키아아악."

나와 눈을 마주친 놈이 짐승처럼 포효하며 달려들었다. 황급히 문을 닫자 문에서 쾅 하고 부딪치는 소리가 들렸다. 목덜미에 돋은 소름을 손으로 쓸어냈다. 하마터면 옥상까지 빼앗길 뻔했다. 바닥에서 깨진 돌덩이를 집어다 문이 열리지 않도록 단단히 받쳐두었다. 한동안 문 앞에 서서 지켜보다가 괜찮겠다 싶어 굴뚝으로 들어갔다.

기진맥진해서 휴게실로 돌아오니 어쩐지 이 공간이 낯설게 느껴졌다. 혼자서 긴 여정을 시작해야 하기 때문이리라. 무엇이 기다리고 있을지 모르지만, 이렇게 된 이상 끝까지 가보기로 했다. 어떻게 사는 것이 정답인지는 몰랐다. 모르기 때문에 살아 있는 동안은 그저 힘껏 살아가는 수밖에 없었다.

그제야 허한 뱃속에서 이는 찌릿한 통증이 느껴졌다. 그러고 보니 언제 마지막으로 밥을 먹었는지 기억나지 않았다. 창고에 들어가 캐비닛을 뒤졌다. 쌀과 햄 통조림, 고추장을 꺼내 돌아서려는데 구석에 널브러진 비둘기가 보였다. 놈을 잊고 있었다. 놈까지 챙겨 들고 창고를 빠져나왔다.

화장실에 들어가 비둘기 털을 뽑고 내장을 제거했다. 냄비에 눈을 녹여 물을 가득 채운 뒤 비둘기와 쌀, 햄을 몽땅 집어넣고 고추장까지 풀었다. 이 정도면 진수성찬은 아니어도 허해진 몸에 원기를 북돋워줄 터였다.

휴게실로 돌아와 전자레인지에 냄비를 넣고 돌렸다. 좀처럼 고기가 익지 않아서 몇 번이나 조리를 반복한 끝에 요리를 완성했다. 음식 냄새가 휴게실 안을 가득 채웠다. 냄비를 꺼내 바닥에 내려놓고, 숟가락으로 정신없이 퍼먹었다. 비명이 들린 건 그때였다.

"사람 살려."

누군가 밖에서 셔터를 두드리며 소리쳤다. 뜻밖의 목소리에 어깨를 움찔하며 동작을 멈췄다. 셔터 두드리는 소리가 다시 요란하게 울렸다.

"제발 도와줘요. 난 게토의 경비병입니다."

다급한 목소리를 듣자 심장이 떨렸다. 헬기를 빠져나오던 이들이 떠올랐다. 설마 그 길을 뚫고 여기까지 왔단 말인가? 벌떡 일어나 창고로 달려갔다. 셔터 자물쇠를 풀려다가 순간 멈칫했다.

이게 잘하는 짓일까? 내 한 몸 챙기기도 버거운 세상이었다. 간신히 마음을 다잡았는데 또다시 골치 아픈 일에 말려들 거라고 생각하니 선뜻 몸이 움직이지 않았다. 문 앞에 서서 입술을 깨물었다.

그래, 굳이 내가 나설 필요까진 없어. 가뜩이나 식량도 부족한데 머릿수가 늘면 굶어 죽기 십상이야. 대답하지 않으면 다른 곳으로 가버리겠지.

"우리 좀 살려주세요."

애원하는 목소리를 들으며 손으로 귀를 막았다.

'곤란하게 왜 하필 여기로 와서.'

감시창을 열고 밖을 내다봤다. 내 예상대로 문복과 베레모가 하얗게 질린 얼굴로 셔터를 마구 두드리는 중이었다. 내 얼굴을 본 그들이 한층 더 격렬하게 철판을 두드렸다. 나는 더듬거리며 말했다.

"미, 미안하지만 딴 데 알아봐요."

"제발 도와줘요. 이젠 도망칠 곳도 없어요."

"더 늦기 전에 얼른 가요."

돌아서려는데 귀에 익은 목소리가 들렸다.

"너 성국이 맞지? 인마 형이야."

문복이었다. 그가 감시창에 눈을 바싹 붙이고 나를 바라보는 중이었다. 점점 더 발을 빼기가 어려워졌다.

"빨리 문 좀 열어줘. 제발. 진짜 위험하단 말이야."

"하지만……."

"알아, 너 무서운 거. 형이 이렇게 부탁할게. 한 번만 도와줘라."

"······."

"곧 구조대가 올 거야. 너도 게토에 데려가 줄 테니 문만 좀 열어
줘."

어찌할 바를 모르고 우물쭈물하다가 이내 주먹을 꽉 말아 쥐고
눈을 질끈 감았다. 뭐가 맞는지는 나도 모르겠다. 어떻게든 되겠지.

"잠깐만 기다려요."

열쇠를 찾아 바지 주머니에 손을 넣으며 셔터 앞에 주저앉았다.

"서둘러."

밖에서 악을 쓰는 목소리를 듣자 심장이 마구 뛰고 목덜미에 땀
이 배어 나왔다. 열쇠를 꺼내 자물쇠에 끼우려다가 손이 떨려 바닥
에 떨어트렸다.

"제발 좀 빨리."

다시 바닥을 더듬어 열쇠를 집어 드는 간단한 동작도 쉽지가 않
았다. 간신히 자물쇠를 풀고 셔터를 올렸다. 건물 앞을 까맣게 메운
좀비를 보자 입이 절로 벌어졌다. 사람들이 비명을 지르며 안으로
뛰어들었다. 문복이 따라 들어오려는 좀비를 발로 걷어찼다. 놈이
뒤로 나자빠지자마자 셔터를 내리고 자물쇠를 채웠다. 그대로 주저
앉아 숨을 몰아쉬고 있자니 심장이 벌렁거렸다. 소매로 이마를 훔
치며 일어나 사람들을 돌아봤다.

"다들 괜찮아요?"

아무 대답도 돌아오지 않았다. 베레모는 다리에 힘이 풀렸는지
바닥에 주저앉았고, 문복도 손으로 벽을 짚고 숨을 헐떡였다. 잠시
숨을 고른 문복이 피로 물든 얼굴을 일그러트리며 나를 쳐다봤다.

무슨 말을 하려는 듯 입술이 달싹이는가 싶던 그가 난데없이 내

귀빰을 후려쳤다. 옆으로 홱 날아가 벽에 머리를 부딪치고 바닥으로 쓰러졌다. 눈앞이 빙글빙글 돌았다. 몸을 일으키려다가 그대로 고꾸라졌다. 머리와 빰이 얼얼해서 정신을 차릴 수가 없었다.

"야이 새꺄, 하마터면 죽을 뻔했잖아."

적의가 가득 담긴 그 말에 목덜미가 뻣뻣해졌다.

"왜 이래요. 문 열어 줬잖아요."

손으로 바닥을 짚고 간신히 상체를 일으키는데 문복이 눈을 부라리며 주먹을 치켜들었다.

"게토로 가자니까 그거 바라고 그런 거잖아. 주인도 몰라보는 새끼가."

"그런 거 아니에요."

하지만 그런 말은 통하지 않았다. 조금 전 구조를 바랄 때랑 태도가 완전히 달라져 있었다. 살의에 가득 찬 눈빛에 씨근덕거리는 모습이 극도로 흥분한 듯했다. 어쩌면 그저 화풀이할 대상이 필요한지도 몰랐다. 억울하고 무서워서 손이 부들부들 떨렸다. 실수다. 어쩌자고 저런 놈을 안으로 들였을까? 그러고 보니 나도 정말 대책이 없었다.

"일단 맞고 얘기하자."

성큼성큼 다가와 발을 들어 올리는 그를 보면서 내가 할 수 일이란 몸을 웅크리는 것뿐이었다. 그때 베레모가 우리 사이에 끼어들었다.

"진정하십시오."

"비켜, 안 비켜?"

문복이 험악한 얼굴로 소리쳤지만, 베레모는 내 앞에서 꿈쩍도 하지 않았다.

"그만하십시오."

"비키라고 했다."

"자꾸 이러면 게토에 같이 못 갑니다."

고개를 빳빳이 들고 명료한 목소리로 쏘아대는 말에 문복이 멈칫했다.

"이게 어디서 협박이야? 멀쩡히 잘살고 있는 사람 이렇게 만든 주제에."

"그건 사고였습니다."

베레모가 손으로 얼굴을 쓸었다.

"그리고 난 일개 사병입니다. 시키는 대로 할 뿐입니다."

"그럼 나대지 말고 빠져."

하지만 베레모는 물러서지 않았다.

"어쨌든 저 분이 우릴 구했습니다. 이유가 뭐든 그게 사실입니다. 그러니까 잘잘못 따지는 일은 그만두자는 말입니다. 여기가 어디고 어떤 상황인지도 모르면서 이렇게 주먹만 휘두르는 게 능사는 아니잖습니까."

"모르긴 왜 몰라? 여긴 우리 아버지 병원이고, 저놈은 심부름꾼이었다고."

"예전엔 그랬을지 몰라도 지금은 아닙니다."

베레모가 강한 어조로 말하자 문복은 꼼짝 않고 서서 눈싸움을 벌였다. 당장 어느 한 쪽에서 주먹이라도 나갈 듯한 긴장감에 숨이 막혔다. '기회를 봐서 2층으로 달아나자.' 내 머릿속에는 그 생각뿐이었다. 문복이 손으로 거칠게 머리를 쓸었다.

"혓바닥 긴 놈들은 딱 질색이야."

그런 말에도 베레모는 표정에 동요가 없었다. 문복이 김샜다는 듯 혀를 차며 내게 눈길을 옮겼다.

"야, 난쟁이."

"네?"

화들짝 놀라서 대답하자 그가 재차 말했다.

"여기 누가 또 있어?"

"혼자예요."

"우리 아버지는?"

입술을 질끈 깨물었다. 하마터면 좀비가 되어서 2층 응접실에 갇혀 있다고 대답할 뻔했다. 나는 달아난 죄밖에 없지만, 사실을 알면 그는 분명히 내게 책임을 물을 터였다. 눈치를 보며 말없이 고개를 저었다.

"하긴 그 노인네라면 진즉에 게토로 갔겠지."

그는 주먹으로 벽을 후려쳤다. 그러곤 허락도 받지 않고 캐비닛을 하나씩 열어서 안을 뒤지기 시작했다. 그걸 보며 애꿎은 입술만 잘근잘근 물어뜯었다.

"괜찮으십니까?"

내 옆으로 다가온 베레모가 나직한 목소리로 물었다. 고개를 끄덕이자 그가 재차 말을 걸었다.

"성함이?"

"진성국이요."

"난 윤기원이라고 합니다. 17게토 경비대 소속이죠. 도움을 주셔서 고맙습니다."

고개를 숙이는 그를 보며 마른 침을 삼켰다. 그는 염치를 아는 사람이었다. 들개 같은 인간에게 얻어맞고 나니 그것만으로도 다소나마 두려움이 가셨다. 하지만 그가 믿을 만한 사람인지는 아직 확신할 수가 없었다.

"그런데 게토에서 여긴 무슨 일로……."

내가 말을 흐리자 기원이 입을 열었다.

"우린 김문복 씨를 구조하라는 명령을 받고 작전을 수행하는 중이었습니다."

"생존자 구조를 시작한 건가요?"

혹시나 싶어 물었지만, 기원은 고개를 저었다.

"아닙니다, 구조하는 건 김문복 씨뿐입니다. 김문복 씨를 비롯해 수집되어 있던 수십만의 혈액 데이터를 대상으로 연구한 결과, 그의 혈청으로 세상을 끝장낸 전염병의 백신을 만들 가능성이 무척 높다고 하더군요. 몇 번의 시행착오를 거쳐 그의 위치를 파악했고, 오늘 작전을 수행했던 겁니다. 일이 이렇게 됐지만, 나는 저 사람을 반드시 게토로 데리고 갈 겁니다."

그제야 어떻게 돌아가는 상황인지 대충 감이 왔다. 역시 정부에서 손을 놓고 있지만은 않는구나 싶어 조금 안심이 됐다. 그리고 그의 말이 사실이라면 그건 이 모든 사태를 끝낼 수도 있는 무척 중요한 일이었다. 물론 아직은 가능성에 불과하지만, 지금 인류에겐 오직 가능성만이 희망이었다. 그처럼 중요한 임무를 수행하는 사람들이 이렇게 됐다는 사실이 안타까웠다.

"그래서 구조대는 언제 오는데?"

문복이 캐비닛을 쾅 소리 나게 닫으며 말했다.

"우리가 제시간에 복귀하지 않으면 수색대가 올 겁니다."

기원이 그를 돌아보며 말했다. 문복이 미간을 좁혔다.

"하지만 우리가 여기 있는 줄은 모를 거 아냐?"

"작전수행 지역에서 그리 멀지 않으니 옥상에 가서 신호를 보내면 틀림없이 우릴 발견할 겁니다."

"확실하진 않다는 뜻이네?"

"더 좋은 방법 있습니까?"

문복은 아랫입술을 내밀며 어깨를 으쓱했다. 바닥에 침을 찍찍 뱉던 그가 창고 문을 열고 휴게실로 건너갔다. 기원이 그의 뒤를 따랐다. 나는 창고에서 그들의 뒷모습을 눈으로 좇았다. 건들거리며 안을 서성이던 문복이 출입문 쪽으로 다가가 문고리에 손을 뻗었다.

"열면 안 돼요."

화들짝 놀라 창고를 뛰쳐나오며 말했다.

"뭐?"

문복이 손잡이를 당기려다가 멈칫하며 나를 돌아봤다. 나는 그간의 사정을 설명했다. 건물이 어떻게 미궁이 되었는지, 또 얼마나 많은 좀비들이 그 미궁에 숨어들었는지 구체적으로 들려주었다. 그는 내 말을 다 듣더니 문을 슬쩍 열고 복도를 내다봤다. 흠칫 놀란 그는 이내 조용히 문을 닫았다.

"그럼 식량은 어떻게 받아?"

"그게 저쪽으로……." 손으로 쓰레기 배출구를 가리켰다. "옥상으로 연결됐거든요."

그가 그쪽으로 천천히 걸어가 칸막이를 열고 안을 들여다봤다.

"여기 사람이 들어간다고?"

내가 고개를 끄덕이자 그가 해보라고 명령했다. 나는 순순히 쓰레기 배출구로 들어갔다. 순간 위로 올라가 도망칠까 하는 생각이 얼핏 들었지만 고개를 저었다. 난방이 되는 곳은 이곳뿐이라 도망친다고 한들 얼어 죽지 않으려면 돌아와야 했다. 게토에 데려가 준다던 그들의 약속도 잊지 않았다.

쓰레기 배출구를 빠져나와 머리와 몸에 묻은 먼지를 털었다. 문복도 시도했지만, 그 큰 체구가 될 리 없었다. 구멍에 머리를 집어넣고 안간힘을 쓰던 그는 결국 얼굴이 벌게져서 포기했다.

"염병, 옥상에 가야 구조요청을 할 거 아냐."

문복이 못마땅하다는 듯 미간을 찡그리며 말했다.

"내가 대신할게요."

눈치를 살피며 조심스레 입을 열자 기원이 고개를 저었다.

"소용없습니다. 우리가 직접 가지 않으면 구조대는 거들떠도 안 볼 겁니다."

"그럼 어떡하지? 밖엔 좀비가 득실거린다잖아."

문복이 말했다. 기원은 숨을 길게 뱉어내곤 외투 속주머니에서 향수병처럼 생긴 물건을 꺼냈다.

"좀비 분비물 특수 추출액이에요. 아까도 이걸로 간신히 여기까지 올 수 있었지만, 몸에 뿌리면 놈들은 한동안 우릴 인식하지 못하게 됩니다. 동족으로 인식하는 거죠. 물론 멋대로 행동해도 그렇다는 뜻은 아닙니다. 한 번 들키면 이런 눈속임은 통하지 않으니까 최대한 놈들처럼 행동해야겠죠. 그래도 이거라면 옥상까진 충분히 갈 수 있을 겁니다."

그제야 문복이 표정을 풀었다. 그러자 기원이 한숨을 내쉬며 말을 이었다.

"수색대는 내일쯤 올 겁니다. 우리가 복귀를 하지 않아 문제가 생겼다는 사실을 알 테니까요. 그러니까 일단은 여기서 쉬다가 내일 아침에 출발하기로 하죠."

그의 말이 끝나기가 무섭게 멀리서 사이렌이 울렸다. 길게 세 번씩 울리는 소리가 간격을 두고 계속 이어졌다. 식량 보급 헬기가 올 때와는 다른 소리 패턴이었다.

"수색대다."

기원이 버럭 소리쳤다. 문복이 황당하다는 표정으로 기원을 쳐다봤다.

"내일이라면서."

기원은 혀로 입술에 침을 적시더니 더듬거리며 입을 열었다.

"알 수 없군요. 어쩌면 헬기 조종사가 추락하면서 구조요청을 했는지도 모릅니다. 그보다 빨리 옥상으로 갑시다."

그들은 재빨리 바닥에 널어둔 짐을 챙겨서 출입구로 모였다. 나도 필요한 물건만 배낭에 담아서 둘러매고 그 옆에 섰다. 문복이 나를 쳐다봤다.

"넌 뭐야?"

"나도 데려가 준다고 했잖아요."

문복이 피식 웃었다.

"이것 봐. 아까 아니라더니 다 기억하고 있잖아."

"그것 때문에 문을 연 게 아니란 뜻이었어요."

"아, 그러세요?"

그가 비아냥거렸지만 못들은 체했다. 그러나 이번에는 기원이 고개를 저었다.

"미안하지만 안 됩니다. 규정상 허가받지 않은 사람은 게토에 데려갈 수가 없습니다."

"하지만 약속했잖아요."

"그런 적 없습니다."

순간 말문이 막혔다. 하기야 약속은 문복이 했으니 틀린 말은 아니었다. 내가 '그래도' 하고 말을 이으려는데 문복이 내 어깨를 거칠게 떠밀었다.

"빠져 새꺄."

뒤뚱거리며 뒷걸음질을 치다가 바닥에 털썩 주저앉았다. 그들은 좀비 분비물을 몸에 뿌리더니 문을 열고 복도로 나갔다. 그들의 등 뒤로 쾅 소리를 내며 문이 닫혔다. 순식간에 휴게실은 조용해졌다. 혼자 남아 멍한 표정으로 그들이 떠난 자리를 바라보고 있자니 속이 부글거렸다. 이렇게 이용만 당하고 버려질 수는 없었다.

"나도 갈 거야."

벌떡 일어나 쓰레기 배출구로 들어갔다. 이를 악물고 통로를 기어올라 옥상에 도착했다. 굴뚝 밖으로 머리를 내밀자 멀리서 다가오는 헬기가 보였다. 문복과 기원은 아직 보이지 않았다. 굴뚝에서 완전히 빠져나와 숨을 내쉬었다. 헬기는 금세 머리 위로 날아왔다.

"여기예요. 여기 경비대 생존자가 있어요."

손을 흔들며 소리를 질렀다. 하지만 기원이 말한 대로 그들은 나를 거들떠보지도 않았다. 잠시 허공에 머물러 있다가 추락한 선발대의 흔적을 발견하곤 그 주변을 수색하듯 날아다닐 뿐이었다.

비상구는 계속 잠잠했다. 천천히 걷는다고 해도 10분이면 오고도 남을 거리였다. 뭔가 일이 꼬인 게 분명했다. 그쪽으로 달려가 문을 슬쩍 열었다. 계단 아래에서 우두커니 서 있던 좀비가 이빨을 드러내고 달려들었다. 황급히 문을 닫고 뒷걸음질을 쳤다.

'저 놈 때문일까?'

분비물의 효력이 확실하다면 좀비는 문제가 아니었지만, 그게 완벽하다는 보장은 없었다. 이유가 뭐든 답답해 미칠 지경이었다. 어쨌든 그들이 와야 구조될 가능성이라도 있을 터였다. 열리지 않는 문 앞에서 발을 구르며 하늘을 올려다봤다.

결국 헬기는 방향을 돌려 왔던 곳으로 날아갔다. 서서히 작아지는 헬기를 보고 있자니 속이 쓰렸다. 계속 쳐다본다고 답이 나오는 것도 아니어서 다시 굴뚝으로 들어갔다. 통로를 내려와 쓰레기 배출구를 빠져나오자 뜻밖의 광경이 보였다. 사람들이 휴게실에 돌아와 있었다.

"어떻게 된 거예요?"

내 말에 기원이 맥없는 목소리로 대답했다.

"옥상으로 가는 계단이 무너져서 길이 완전히 막혔습니다."

그래서 옥상은 구경도 못하고 내려와야 했다는 것이다. 이해가 되지 않았다. 어째서 계단이 무너졌단 말인가. 아무리 좀비가 침입했다고 해도 놈들이 계단을 무너뜨릴 만한 완력을 지녔다고는 생각되지 않았다. 잠시 기억을 더듬어간 끝에 일전에 들었던 폭음이 떠올랐다. 무언가 폭발했고, 그게 하필 그곳이었던 모양이다.

저들끼리만 떠나려고 한 행태를 돌이켜보면 딱하다는 생각은 들지 않았지만, 한편으로는 쓸쓸했다. 구조는 차치하고라도 그들이 돌아가야 혈청으로 백신을 만들 터였다. 아직은 가능성에 불과하더라도 그런 노력이 모이지 않는다면 세상은 정말로 영영 끝장나버릴 것이다.

"또 올까요?"

내 말에 기원이 고개를 저었다.

"구조대는 우리가 전멸했다고 생각할 겁니다. 연락할 방법이라도 있으면 좋겠지만, 현재로선…… 김문복 씨를 확보할 수 있다는 희망이 없다면 구조대는 오지 않을 겁니다."

문복이 못마땅한 듯 눈썹을 찡그렸다.

"그럼 어떡해?"

"걸어서라도 가야죠."

기원은 손으로 머리를 마구 헝클며 대답했다. 하지만 문복의 일그러진 표정은 좀처럼 펴질 기미가 보이지 않았다.

"너무 무모해."

"운이 좋으면 가다가 멀쩡한 자동차를 발견할지도 모릅니다."

"그런 문제가 아니잖아."

문복이 고개를 돌려 창문을 힐끔거렸다.

"게토로 가는 다리들은 이미 초기에 폭탄 세례로 다 끊어졌잖아. 그렇다고 강 상류까지 돌아서 가면 이 추위에 사흘은 걸어야겠지. 어느 쪽이든 도착하기도 전에 죽을 거란 뜻이야. 이곳이 다른 지역처럼 군용 트럭이 아니라 헬기가 오는 이유도 그래서고."

"그래도 시도는 해봐야죠."

기원이 굳은 표정으로 말했다.

"차라리 다른 건물 옥상에 가서 식량 보급 헬기에 구조요청을 하면 되잖아."

문복이 재차 의견을 냈지만, 기원은 고개를 저었다.

"그들이 우릴 구조할 가능성은 없습니다."

"어째서?"

"그게 규정이거든요."

"무슨 개소리야? 같은 편이잖아."

문복이 소리쳤다.

"그들은 식량 보급만 할 뿐입니다."

기원은 코를 찡긋거리더니 말을 이었다.

"그 외에는 아무 관심도 없어요. 무슨 신호를 보내도 거들떠보지 않고, 본다고 해도 상관하지 않도록 규정되어 있습니다. 안 그랬으면 게토는 진즉에 포화상태가 됐을 겁니다. 매정하다고 생각될지몰라도 이런 원칙이 있기에 지금까지 게토가 무사히 버티는 거죠."

"염병할, 뭐가 그래?"

문복이 잔뜩 찌푸린 얼굴로 이를 갈았다. 벽에 기대어 서서 다리를 떨던 그는 뭔가 생각난 듯 손가락을 튕겼다.

"다른 방법이 있어."

"뭔데요?"

기원이 눈을 동그랗게 뜨고 그를 바라봤다.

"병원 옥상에 자이로콥터가 있을 거야."

기원이 고개를 갸웃거렸다.

"그게 뭔데요?"

"우리 아버지가 타던 1인용 헬기야. 그걸 타고 게토에 가서 여기생존자가 있다는 사실을 알리면 구조대가 올 거 아냐."

순간 기원의 표정이 밝아졌다.

"그런 게 있다면 당연히⋯⋯."

"열쇠가 없어요."

내가 말허리를 잘랐다. 분위기를 깨고 싶진 않았지만, 그래도 해야 하는 말이었다. 시간이 지나면 더 하기가 어려워질 테니까. 의아한 표정으로 나를 바라보는 사람들에게 원장 얘기만 빼고 지금까지 있었던 일을 모두 설명했다. 그들은 숨소리도 내지 않고 내 얘기를 들었다. 말이 끝나기 무섭게 문복이 입을 열었다.

"그러니까 네 아버지가 열쇠를 가지고 밖에 나갔다는 말이야?"

내가 고개를 끄덕이자 문복은 손으로 마른 세수를 하며 한숨을 뱉었다. "누가 병신 아니랄까봐."

노골적인 욕설에 고개를 숙이며 입술을 살짝 깨물었다. 열쇠가 있었으면 난 진즉에 게토로 떠났을 터였다. 문복은 내가 그러지 않아서 자신이 살아남았다는 생각은 못하는 모양이었다. 무례하고 무식한 야만인.

옆에서 가만히 앉아 손가락으로 턱을 문지르던 기원이 입을 열었다.

"열쇠를 찾을 방법이 있습니다."

"뭔데?"

"밖으로 나가 그를 찾는 겁니다."

잠시 눈동자를 빛내던 문복이 실소를 뱉었다.

"이 넓은 도시 어디에 있는 줄 알고? 아니, 이 도시에 있긴 할까? 그럴 거면 차라리 목적지가 확실한 게토에 가는 편이 낫겠네."

"그는 분명히 이 근처 어딘가에 있을 겁니다."

"무슨 말이야?"

기원은 차분한 투로 말을 이었다.

"죽은 지 얼마 안 되는 좀비는 생전의 기억을 가지고 있습니다. 그래서 일정한 행동 패턴이 생기죠. 자주 가던 장소를 배회하거나 습관적인 동작을 틱 장애처럼 반복하는 겁니다. 시간이 지나면 그 것도 차츰 사라지지만, 아직은 가능성이 있습니다." 기원이 나를 쳐다봤다. "아버지가 자주 가던 장소를 기억할 수 있겠어요?"

"그럼요."

아버지와 늘 붙어 다녔기에 그건 별로 어려운 일이 아니었다. 그런데 말로 설명하려니 막막했다. 입안으로 몇 마디 웅얼거리다가 창고에 들어갔다. 캐비닛을 열고 안에서 사인펜과 낡은 공책을 꺼내서 돌아왔다. 바닥에 주저앉아 공책의 빈 페이지를 펴고 지도를 그렸다. 병원을 중심으로 대로를 따라 선을 쓱 그었다.

"여기가 부동산이에요. 아버지는 종종 여기서 주인 영감과 장기를 두곤 했어요. 유일한 취미 생활이었죠." 그리고 직각으로 꺾어서 다시 길게 그었다. "여긴 우리가 살던 아파트고요." 다시 방향을 틀었다. "마지막으로 매일 장을 보던 K마트."

그리고 원점으로 돌아왔다. 이렇게 보니 야구장 같은 모습이었다. 병원이 홈베이스라면 1루는 부동산, 2루는 아파트, 그리고 3루는 K마트였다.

"만약 정말로 좀비가 생전의 기억에 영향을 받는다면 아버지는 이 중 한 곳에 있을 거예요."

내 말에 기원이 '흐음' 하고 숨을 내쉬었다.

"좋습니다. 그럼 바로 출발하죠. 지체할수록 좀비가 도망칠 가능성만 높아지니까."

"만약에 없으면?"

문복이 미심쩍다는 듯 눈을 가늘게 뜨고 기원을 쳐다봤다.

"그땐 걸어서라도 게토에 가야겠죠."

기원이 그렇게 일축하자 문복도 어쩔 수 없다는 듯 고개를 끄덕였다.

"방법이 없네. 좋아. 그렇게 하자고." 문복이 내게 눈길을 옮겼다. "진성국. 너도 준비해."

화들짝 놀라서 그를 바라봤다.

"내가 왜요?"

"새끼 말하는 거 봐라? 우릴 안내해야지."

문복의 말에 가슴이 서늘해졌다. 지금까지 이곳에서 머무는 동안 밖에 나간적은 물론, 그런 생각조차 해본 적이 없었다. 그건 앞으로도 마찬가지일 터였다.

"난 방해만 될 거예요. 내가 그린 지도를 보고 가면 되잖아요."

문복이 코웃음을 쳤다.

"이런 걸 어떻게 믿어? 잔말 말고 따라와."

"난 절대로 안 나갈 거예요."

떨리는 목소리로 말하자 문복이 움켜쥔 주먹을 들어 보였다.

"이게 쥐 터져야 말을 들으려나?"

움찔하며 뒷걸음질을 쳤다. 기원이 그의 앞을 막아섰다.

"폭력은 안 됩니다."

그러곤 나를 돌아봤다.

"게토에 가고 싶다고 했죠? 우릴 도와주면 데려가 줄게요."

"어차피 열쇠를 찾아오면 나밖에 자이로콥터를 타고 구조요청을 하러 갈 사람이 없잖아요. 그런데 뭘 데려가요."

"허가를 받지 않으면 가봤자 문전박대나 당할 겁니다. 하지만 내가 보증하면 다르죠."

기원이 단호하게 말했다. 그런 문제가 있었나? 하기야 구조도 제대로 하지 않는 이들이 찾아간다고 무조건 받아 주리라는 것은 너무 순진한 생각인 듯했다. 이쯤 되자 머리가 지끈거렸다. 관자놀이를 손으로 문지르다가 한숨을 푹 내쉬었다. 아무리 좀비가 무서워도 무엇이 더 중요한지는 분명했다.

"이번엔 정말 약속하는 거죠?"

"물론입니다."

확답을 듣고서야 알겠다고 대답했지만 어떤 의문이 뒤를 따랐다.

"하지만 사람들이 게토에 간다고 과연 내 말을 믿을까요?"

고개를 갸웃거리며 말했다. 기원은 어깨를 으쓱하곤 바지 호주머니에서 뭔가를 꺼냈다. 담뱃갑 크기의 철제 상자였다.

"김문복 씨 혈청입니다. 냉각케이스라 한 달 정도는 보관이 가능하죠. 이걸 증거로 가지고 가면 될 겁니다. 그리고 이것도."

그는 반대쪽 주머니에서 한 뼘 길이의 전자기기를 꺼냈다.

"이건 녹음긴데 내가 누구고, 어디에 있고, 어떤 상황인지 모두 녹음해 두겠습니다."

내가 고개를 끄덕이며 가져가려고 하자 그가 손을 뒤로 뺐다.

"나중에 열쇠를 찾으면 그때 주겠습니다." 기원이 미소를 지었다. "이제 준비해요."

다들 옷을 단단히 챙겨 입고, 저마다 손에 무기를 챙겨 들었다.

문복은 장도리를, 기원은 소총을 양손으로 꽉 움켜쥐었다. 총알은 없지만, 소총은 그 자체로도 훌륭한 무기였다. 나는 커터 칼 하나면 충분했다. 어차피 쓸 일도 없겠지만.

다 함께 창고로 건너가 셔터 앞에 모였다. 문복과 나를 번갈아 쳐다보던 기원은 좀비 분비물을 꺼내 우리에게 듬뿍 뿌렸다.

"아까도 말했지만, 한 번 들키면 이런 눈속임은 통하지 않으니까 최대한 조심해야 합니다."

"걱정 마."

대답하는 문복을 보며 나도 고개를 끄덕였다. 진짜 밖으로 나간다고 생각하니 가슴이 떨렸다. 지금이라도 포기하고 싶다는 말이 턱까지 차올랐지만, 게토를 떠올리며 꾹 참았다.

'이게 나를 위하고, 모두를 위한 길이야.'

바닥에 주저앉아 자물쇠를 풀고 심호흡을 했다. 잠시 머뭇거리다가 셔터를 들어 올렸다.

4
아버지를 찾아서

뿌연 안개 너머로 썩은 내가 훅 풍겼다. 마스크를 쓰고 헐떡이는 것처럼 괴괴한 소리를 내는 새카만 그림자들이 안개를 헤집고 다녔다. 우리는 조용히 밖으로 나와 셔터를 내렸다. 그리고 아주 천천히 걸어 병원 앞에 조성된 정원을 빠져나왔다. 눈으로 뒤덮인 대로로 접어들자 군데군데 찍힌 핏자국과 바닥에 널브러진 시체들이 보였다. 주변에 가득한 좀비들이 우리를 지나칠 때마다 가슴이 서늘해졌다.

오른쪽으로 방향을 틀고 놈들과 보폭을 맞추며 앞으로 걸어갔다. 첫 번째 목적지는 부동산이었다. 병원에서 500미터쯤 떨어진 곳이지만, 그동안 한 번도 가본 적이 없었다. 정말이지 1년 만에 나온 거리는 생경하기만 했다. 멀쩡한 건물이 하나도 없었다. 창문이 깨지거나 벽에 금이 간 정도는 양호한 축에 속했다. 벽이 무너지고,

지붕이 날아간 건물도 수두룩했다. 옥상으로 매일 보던 광경이지만, 눈앞에서 무너진 건물을 보니 느낌이 전혀 달랐다. 이곳은 그야말로 지옥이었다.

'세상에 내가 밖에 나오다니.'

그간 엄두도 내지 못하던 일을 하고 있자니 어쩐지 꿈을 꾸는 기분이었다. 이러다 딱 눈을 뜨면 침대 위에서 깨어날 것만 같았다. 하지만 현실은 달랐다. 놈들은 인육에 굶주렸고, 우리는 질 좋은 먹잇감이었다. 아무리 분비물을 뿌렸다고 해도 뭔가 조금이라도 어긋난다면 상황은 최악으로 흘러갈 터였다.

'정신 똑바로 차려.'

끊임없이 속으로 그런 말을 되뇌었다. 혹시 가는 도중에 아버지와 지나칠까봐 옆에서 걸어 다니는 놈들도 꼼꼼히 살폈다. 바닥에 쓰러진 놈들도 마찬가지였다.

그러다 안갯속에서 갑자기 튀어나온 검은 형체와 부딪쳐 바닥에 털썩 쓰러졌다. 뒤따라오던 사람들이 걸음을 멈췄다. 고개를 들자 복부에 커다랗게 구멍이 뚫린 놈이 보였다. 놈은 내 앞에 멈춰 서서 코를 벌름거렸다. 뭔가 이상한 낌새를 느낀 듯했다.

나는 바닥에 넘어진 채로 꼼짝도 하지 않았다. 놈이 이빨을 딱딱 맞부딪치며 내 쪽으로 얼굴을 들이미는 걸 멍하니 보고만 있었다. 그때 뒤에서 기원이 내 어깨를 잡아당겼다. 놈의 이빨이 허공을 깨물었다.

'조심해요.'

기원이 나를 일으켜 세우더니 소리는 내지 않고 입 모양으로 경고했다. 그제야 정신을 차리고 고개를 끄덕였다. 우리는 놈을 피해 다시 걸음을 내디뎠다.

조금 더 걷자 멀리서 부동산 입간판이 보였다. 군데군데 금이 가고 피가 묻긴 했지만, 그걸 보니 나도 모르게 걸음이 빨라졌다.

부동산에 도착하자마자 통유리에 얼굴을 붙이고 안을 들여다봤다. 사무실은 뒤집힌 책걸상과 바닥에 떨어진 각종 서류로 난장판이었다. 출입구 옆에서 두개골이 깨져 뇌가 고스란히 비치는 주인 영감이 벽에다 머리를 쿵쿵 부딪치고 있었다. 주변을 샅샅이 살펴봤지만, 아버지는 보이지 않았다.

"여긴 없나 봐요. 임대아파트 쪽으로 갈게요."

그렇게 속삭이며 뒤를 돌아보다 말을 멈췄다. 내 뒤에는 아무도 없었다. 당황해서 주변을 두리번거렸지만, 보이는 거라곤 뿌연 안개와 간간이 내 곁을 스쳐 지나가는 좀비뿐이었다.

'방금 전까지 따라오고 있었는데……'

불안해서 미칠 지경이었다. 그렇다고 소리를 낼 수도 없었기에 더욱 난감했다. 대체 어디서 흩어진 걸까? 더듬거리며 길을 걷는데 앞에서 시커먼 그림자가 다가왔다. 처음엔 사람이 엎드려서 기어오는 줄 알았다. 하지만 아니었다. 놈은 덩치가 거의 나만 한 검정색 들개였다. 놈의 파헤쳐진 옆구리에서 갈비뼈와 내장이 훤히 비쳤다.

놈은 충혈된 눈으로 나를 바라보며 으르렁거렸다. 날카로운 송곳니가 삐져나온 입에서는 진득한 침이 뚝뚝 떨어졌다. 놈은 내 정체를 꿰뚫어본 듯했다. 아무리 좀비의 분비물이라도 개의 후각을 속일 수는 없는 모양이었다. 뒤를 힐끔 돌아봤지만 여전히 사람들은 보이지 않았다.

바지 주머니에서 커터 칼을 꺼내들었다. 놈이 더욱 이빨을 크게 드러냈다. 손이 떨려서 당장이라도 칼을 놓칠 지경이었다. 숨 쉬는 것도 잊고 쳐다보다가 정말로 칼을 떨어트리고 말았다. 순간 개가 몸을 날렸다. 칼을 주우려고 허리를 굽힌 덕에 놈은 그대로 나를 훌쩍 넘었다.

놈은 바닥에 착지하기 무섭게 재차 내게 달려들었다. 칼을 집어 놈의 얼굴에 휘둘렀지만, 놈은 끄떡하고 않고 나를 떠밀어 넘어트 렸다. 바닥을 엉금엉금 기어 달아나려는데 놈이 내 바짓단을 물고 투레질을 해댔다. 발목을 감싼 천이 북 찢겨나갔다. 물릴까봐 마구 다리를 버둥거렸지만 역부족이었다.

마침내 발목을 물어 뜯기려는 순간, 번개같이 달려든 그림자가 놈의 옆구리를 걷어찼다. 놈은 켁 하고 신음하며 전봇대 아래에 처 박혔다. 그림자는 재차 달려가 장도리로 놈의 머리를 완전히 부쉈 다. 그러곤 한숨을 뱉어내며 돌아섰다. 그는 문복이었다. 안갯속에 서 기원이 걸어 나왔다. 어찌나 반가운지 가슴이 울컥했다. 그러나 문복은 잔뜩 일그러진 얼굴로 나를 쏘아봤다.

"또 멋대로 사라지면 뒈진다."

싸늘한 말투에 감정이 차갑게 식었다. 내 입장에서는 그들이 사 라진 것이었지만, 그냥 고맙다고 말했다. 그런데 그들의 어깨너머로 다가오는 형체가 보였다. 배에 구멍이 뚫린 놈이었다. 자꾸 따라오 는 것을 보니 확실히 뭔가 냄새를 맡은 모양이었다. 놈을 등지고 다 시 출발했다. 부동산을 끼고 왼편 골목으로 들어가서 길을 따라 걸 었다.

구불구불 이어진 골목을 쉼 없이 걷는 동안 점점 더 꼬리가 늘 었다. 대다수의 좀비는 우리를 신경도 쓰지 않았지만, 워낙 머릿수가 많다 보니 개중에 예민한 놈들이 하나둘 따라붙기 시작한 것이다. 힐끔 돌아보니 어림잡아 십여 명은 되는 듯했다.

"이러다 정말 큰일 나겠네."

뒤에서 기원이 속삭였다. 나도 동감이었다. 그러나 여기까지 온 이상 달리 방법이 없었다. 우리에게 남은 선택지란 그저 더욱 빨리 걷는 것뿐이었다. 하지만 너무 빨라서도 안 된다. 그랬다간 훨씬 더 많은 놈들의 이목을 끌 테니까. 적당한 지점에서 균형을 잡기가 무척 어려웠다.

골목을 빠져나와 길을 건너고, 다시 주택가로 접어들어 미로처럼 복잡한 길을 한참 동안 이동했다. 경사가 급한 언덕까지 하나 넘고 나서야 목적지가 나왔다.

그리고 망연한 표정으로 걸음을 멈췄다. 여기 있어야 할 임대아파트가 보이지 않았다. 언덕 아래에 무너진 콘크리트와 철근만이 흔적처럼 남아 있을 뿐이었다.

"어떻게 된 거야?"

문복이 속삭이는 소리를 들으면서도 대답하지 않았다. 나도 모르니까. 언제 이렇게 됐지? 공습 때였을까? 아니면 요즘? 최근에 건물이 무너지는 소리를 듣지 못했지만, 내 기억을 신뢰할 수가 없었다. 어쩌면 아버지는 이 건물에 깔린 것이 아닐까?

이대로 근처를 살펴봐야 할지 아니면 K마트로 가야 할지 판단이 서지 않았다. 짧은 고민 끝에 결정을 내렸다. 이런 상황에서 무너진 건물을 파헤치며 아버지를 찾기란 불가능했으므로 역시 K마트에 희망을 거는 수밖에 없었다. 그렇게 생각한 순간 무너진 건물 더미에서 비명이 새어나왔다. 아버지의 목소리와 무척 흡사했다. 아니,

그건 아버지였다. 아들인 나만이 알 수 있는 특유의 목소리. 비명을 쫓아 무너진 건물더미로 달려가며 말했다.

"아버지예요."

기원과 문복이 나를 따라붙었다. 볼록하게 솟아오른 콘크리트 동산을 기어올라 잔해를 치우기 시작했다. 점점 비명이 커졌다. 단단히 틀어박힌 돌덩이를 끄집어내느라 손톱이 빠질 듯했지만 이를 악물고 손을 놀렸다. 다른 사람들도 팔을 걷어붙이고 거들었다. 한참을 파헤친 끝에 마침내 좀비가 모습을 드러냈다. 처음 보는 얼굴이었다. 놈이 또다시 비명을 질렀다. 이제 보니 목소리도 전혀 닮지 않았다.

"맞아?"

문복이 이마에 맺힌 땀을 닦아내며 말했다. 내가 고개를 젓자 그의 표정이 일그러졌다. 반사적으로 올라간 주먹을 부들부들 떨다가 내렸다.

"이건 다 헛수고야. 시간 낭비 그만하고 차라리 게토로 바로 가는 게 낫겠어."

문복의 말에 기원이 고개를 저었다.

"아직 한 군데 남았잖아요."

그때 뒤에서 괴성이 들렸다. 돌아보니 구멍맨이 동료를 이끌고 근처까지 다가왔다. 더 이상 지체하면 놈들에게 포위되어 꼼짝도 못할 터였다. 다들 서둘러 콘크리트 동산을 내려와 K마트 쪽으로 걸음을 옮겼다.

'정말 헛수고면 어쩌지?'

예상치 못한 상황을 맞닥뜨리자 불안했다. 꼼꼼히 살펴보진 못

86

하더라도 최소한 둘러는 봐야 찾든 말든 할 게 아닌가. 그렇다고 이제 와서 돌이킬 수도 없는 노릇이었다. 우리를 뒤쫓는 좀비는 이제 무시할 만한 수준이 아니었다. 어떤 놈들은 낌새도 못 느꼈으면서 그저 관성처럼 따라왔다. 놈들은 무리지어 움직이는 습성이 있는 모양이었다.

쫓고 쫓기는 와중에도 목적지는 차츰 가까워졌다. 골목을 빠져나오자 도로 저편에 K마트가 보였다. 거기도 무너졌으면 어쩌나 걱정했지만, 기우였다. 외벽에 페인트가 조금 벗겨진 것을 제외하면 예전과 별로 다를 바가 없었다. 다만 인도에 설치된 가로등이 쓰러져 마트 회전문을 가로막은 상태였다. 마트 안에 있는 좀비들은 열리지 않는 문 앞에 달라붙어 밖으로 나가려고 버둥거리는 중이었다.

좀 더 가까이 다가가자 회전문 통유리 너머로 낯익은 얼굴이 보였다. 순간 전류 같은 전율이 등줄기를 훑어 내렸다.

"아버지가 있어요."

떨리는 목소리로 속삭이자 문복이 나를 돌아봤다.

"확실해?"

고개를 끄덕였다. 기원이 뒤에서 '좋았어.'라고 중얼거렸다. 그러나 아직 기뻐하긴 일렀다. K마트에 도착한다고 해도 따라오는 놈들이 있다면 뭘 해보기도 전에 발이 묶일 터였다. 먼저 꼬리를 떼어 내야 했다. 길을 따라 걸어가면서 연신 주변을 살폈다. 그러다 왼편 골목에서 적당한 장소를 발견했다. 옷가게와 미용실 건물 사이에 난 비좁은 샛길이었다.

"이쪽으로요."

앞장서서 걸어가 샛길을 살폈다. 건물이 끝나는 지점까지 일직선으로 난 길이 보였다. 이쪽으로 들어가서 길을 막고 건물 반대편으로 빠져나간다면 놈들을 따돌릴 수 있을 듯했다. 사람들을 먼저 안으로 들여보냈다. 나는 마지막까지 남아 있다가 거리에 나뒹구는 쓰레기통을 집어서 벽 틈에 끼웠다. 쓰레기통은 허리까지밖에 오지 않았지만, 당분간은 시간을 끌어줄 터였다.

샛길을 빠져오며 돌아보자 쓰레기통에 막혀 우왕좌왕하는 놈들이 보였다. 역시 내 생각이 맞았다. 그대로 길을 따라 걷다가 K마트 뒤를 크게 돌아 정문에 도착했다. 잠시 제자리에 멈춰 서서 숨을 골랐다. 하도 긴장을 한 탓에 오는 것만으로도 다리에 힘이 풀릴 지경이었다. 하지만 아직 갈 길이 멀었다.

"일단 아버지부터 밖으로 빼내죠."

내 말에 다들 조용히 가로등에 달라붙었다. 힘껏 밀었지만 어찌나 깊게 박혔는지 가로등은 꿈쩍도 하지 않았다. 그래도 이를 악물고 계속 밀자 차츰 움직이는 느낌이 났다. 그리고 마침내 가로등이 출입구에서 떨어져 나갔다. 문이 열리자 마트에 갇혔던 좀비들이 쏟아지듯 거리로 빠져나왔다.

한순간 일대의 밀도가 높아졌다. 좀비들이 서로 부딪치고, 물어뜯느라 주변은 아비규환이 됐다. 우리는 놈들에게서 물러나 사태를 지켜봤다. 마트에서 빠져나온 아버지는 혼란스러운 듯 갈피를 잡지 못하고 손발을 허우적거렸다. 그러다 나와 눈이 마주치자 휘청거리며 이쪽으로 다가오기 시작했다. 오른팔에는 여전히 열쇠가 매달려 있었다. 심장이 세차게 뛰었다.

'다 됐어.'

마침내 아버지와 접촉하려는 순간 어디선가 고함이 들렸다. 여자의 흐느끼는 소리가 짧게 점멸했다. 아버지가 걸음을 멈추더니 소리가 들린 쪽으로 돌아서서 휘적휘적 걸어갔다.

"따라가요."

사람들과 함께 아버지를 뒤쫓았다. 잡힐 듯 잡히지 않는 아버지를 쫓아가고 있자니 피가 마르는 기분이었다. 어차피 마트에서 풀려났으니 병원에 돌아가서 기다리면 아버지가 찾아오지 않을까 하는 생각이 들었지만, 고개를 저었다. 아버지가 올지도 확실하지 않고, 또 온다고 해도 그게 언제일지는 미지수였다. 그때까지 버틸 식량은 없었다. 무조건 여기서 붙잡아야 했다. 아버지는 골목을 빠져나가 대로로 접어들었다.

"계속 가요."

어느새 또 다른 좀비들이 낌새를 느끼고 우리를 뒤쫓기 시작했다. 마음이 급해서 거의 뛰다시피 걸었다. 하지만 아버지를 뒤따라 대로로 나온 순간 걸음을 멈췄다. 엄청난 수의 좀비가 몰려들어 우리를 기다리고 있었다. 아까 따돌렸던 구멍맨 일당이었다. 하도 타이밍이 절묘해서 마치 아버지가 우리를 놈들에게로 유인한 듯하다는 생각마저 들었다.

'아들아, 아버지처럼 훌륭한 좀비가 되어야지.'

열쇠를 포기하고 왔던 길로 돌아가려고 했지만, 뒤에서는 이미 또 다른 놈들이 우리를 노리고 다가오는 중이었다. 사방 어디를 둘러봐도 빠져나갈 길이 보이지 않았다. 구멍맨이 이를 드러내며 달려들었다. 문복이 장도리로 놈의 머리를 후려쳤다. 구멍맨은 조금 비틀거리더니 다시 몸을 곧추세우고 다가왔다. 기원도 개머리판으로 다가오는 좀비들을 마구 후려쳤다. 하지만 수가 너무 많았다. 게다가 분비물도 차츰 효력이 사라지고 있는 듯했다. 점점 우리를 포위하는 좀비들이 불어났다.

'우린 그런 가짜에 더 이상 속지 않아.'

놈들의 썩어가는 얼굴이 그렇게 말하는 듯했다. 눈앞이 아득해졌다. 이렇게 끝인가?

"여기로 와요."

그때 등 뒤에서 걸걸한 남자의 목소리가 들렸다. 고개를 돌리자 뒤편의 정육점에서 중년 남자가 셔터를 들어 올리고 우리에게 손짓하는 모습이 보였다. 다른 생각은 할 겨를도 없이 우리는 그쪽으로 내달렸다. 간신히 안으로 들어가자 남자가 서둘러 셔터를 내리고 자물쇠를 채웠다.

우리가 바닥에 널브러져서 숨을 헐떡이는 동안 남자는 감시창을 열고 죽창으로 놈들을 마구 찌르며 밀어냈다. 한두 번이 아닌 듯 무척 능숙한 솜씨였다. 효과가 있었는지 시간이 지나자 셔터 앞이 다소 잠잠해졌다.

나는 길게 숨을 뱉어내며 정육점 안을 살폈다. 통유리로 된 선반 너머로 냉동고가 보였다. 오른편으로 이어진 비좁은 복도는 위층으로 올라가는 계단과 맞닿았다. 계단 위에서는 머리를 길게 늘어뜨린 여자가 창백한 표정으로 서서 우리를 바라보는 중이었다.

"다들 괜찮아요?"

남자는 우리들의 상태를 살피며 물어왔다. 그러곤 이곳저곳을 살피며 물리거나 상처입은 곳이 없는지 확인했다. 기원이 숨을 고르고 나서 일어나 자신과 우리의 상처가 없음을 확인시켜 준 뒤, 거

듭 고맙다고 인사했다. 그러자 그는 사람 좋은 미소를 지으며, 일단
은 이곳에 둘뿐이고 식량도 어느 정도는 있어서 안전해질 때까지
머물러도 좋다고 말했다.

"야, 너 최혜진 맞지?"

그때 옆에서 문복이 여자를 향해 말했다. 그녀는 넋이 나간 사람
처럼 문복의 말에도 이렇다 할 기색이 없었다. 최혜진이라면 나 역
시 알고 있었다. 제대로 씻지도 못해 엉망이긴 하지만 눈을 가늘게
뜨고 유심히 바라보자 그녀에 대한 기억이 떠올랐다. 예전보다 조
금 마르긴 했어도 병원에서 간호사로 일하던 최혜진이 분명했다.

그녀는 늘 웃으며 사람을 대하는 친절한 여자였다. 성격도 싹싹
해서 직원들에게 인기가 많았다. 모두가 그녀를 좋아했고, 나도 예
외가 아니었다. 이따금씩 휴게실 마주칠 때면 그녀와 이런저런 잡
담을 나누곤 했다. 그건 힘든 병원 생활의 작은 즐거움이었다. 그녀
는 나를 깔보지 않는 몇 안 되는 사람들 중에 하나였으니까. 하지
만 지금은 예전의 분위기를 전혀 찾아볼 수가 없었다. 창백하고 수
척한 얼굴에는 눈그늘이 짙었다.

어쩌다 그녀가 이런 곳에서 살게 된 걸까? 잠시 밀려드는 의문에
미간을 좁혔다. 그런데 생각해 보니 뻔한 일이었다. 놈들에게서 도
망치다가 우연히 들어간 건물이 그대로 삶의 터전이 되는 경우는
지금 세상에서 흔한 일이었다.

"여기서 보니 좆나 반갑네."

문복이 그녀에게 다가가 어깨에 손을 올리며 말했다. 혜진은 몸
을 움츠리며 뒷걸음질을 쳤다. 그걸 보니 예전 일이 떠올랐다. 문복
은 툭하면 병원에 찾아와서 간호사들을 집적거렸는데, 그가 원장

아들이어서 아무도 싫은 소리를 하지 못했다. 특히 혜진은 잘 거절하지 못하는 성격이라 정도가 심했다. 한번은 회식 자리에서 억지로 혜진에게 술을 권해 취하게 만든 다음 밖으로 데리고 나가려는 것을 그녀의 남자친구가 발견하고 싸움이 날 뻔한 적도 있었다.

"아는 사이야?"

남자가 눈썹을 치켜들며 물었다.

"예전에 직장 동료였어."

혜진이 작은 목소리로 대답했다.

"근데 표정이 왜 그래? 인사도 안 하고."

"아니, 그냥 놀라서."

혜진이 말을 흐렸다. 그녀를 가만히 쳐다보던 남자가 우리에게 시선을 돌리며 입가에 미소를 지었다.

"난 문종수라고 합니다. 혜진이랑은 여기서 만나 좋은 친구가 됐죠." 그가 숨을 길게 뱉어내고 말을 이었다. "방금 식사를 하려는 참이었는데 괜찮으면 같이 드시죠. 오랜만에 고기를 좀 구워야겠네요."

고기라는 말에 눈이 번쩍 뜨였다.

"아직도 고기가 남아 있나?"

문복이 혀로 입술을 적시며 말했다.

"여긴 정육점이잖아요. 냉동고에 보관하면 2년은 끄떡없습니다. 우린 둘인데다 그렇게 많이 먹는 편도 아니거든요."

그는 미소를 지으며 우리를 번갈아 바라봤다.

"혹시 어디 아픈 사람 있나요? 지병이 있다거나……."

"아뇨."

나는 고개를 저으며 다른 사람을 돌아봤다. 기원과 문복도 살이 좀 빠지긴 했지만 건강하다고 대답했다.

"정말 잘됐네요. 이런 세상에서 아프면 답이 없죠."

그는 그렇게 말하곤 텅 빈 진열대를 돌아서 냉동고 앞으로 걸어갔다. 문을 열고 안으로 들어간 그가 힘을 쓰는 듯 끙끙대는 소리가 들렸다.

"좀 도와주겠어요? 워낙 꽝꽝 얼어서 도저히 열리질 않네요."

기원이 곧장 냉동고로 들어갔다. 잠시 후 그가 소리쳤다.

"여기 좀 와보세요. 사람이 더 필요해요."

이번에는 문복이 팔을 걷어 올리며 냉동고로 향했다. 나도 따라가려고 했지만, 문복이 피식 웃으며 손을 내저었다.

"낄 데 껴라."

순간 목이 콱 막히는 기분이었다. 그는 별 거 아닌 말을 해도 사람을 수치스럽게 하는 재주가 있었다. 멍하니 서서 문복이 냉동고로 들어가는 모습을 바라봤다. 안에서 사람들이 기합을 질렀다. 셋이 달라붙어도 좀처럼 신통치가 않은지 혀를 차는 소리가 들렸다.

"잠깐 있어 봐요. 지렛대를 가지고 올 테니."

종수가 그렇게 말하며 냉동고를 나왔다. 그런데 뜻밖에도 그는 나오기가 무섭게 냉동고 문을 닫았다. 철컥, 하며 절대로 열리지 않을 듯한 소리가 정육점 안을 울렸다. 안에서 사람들이 문을 두드리는 듯 쿵쿵 하는 소리가 났지만, 예상대로 냉동고는 꿈쩍도 하지 않았다. 길게 한숨을 내쉰 종수가 벽에 걸어둔 식칼을 집어 들고 나를 바라봤다.

"쥐새끼가 한 마리 남아 있었네."

갑자기 달라진 그의 태도에 심장이 철렁했다. 혜진은 사색이 되어서 벽으로 돌아서더니 뭐라 혼잣말을 중얼거렸다. 종수가 칼로 나를 가리켰다.

"이리 와요."

나는 바싹 굳어서 눈동자만 데굴데굴 굴렸다. 그가 왜 이러는지 이해할 수가 없었다. 자신이 애써 구한 사람들을 왜 또 죽이려고 한다는 말인가? 그러나 종수는 아무런 설명도 없이 그저 짜증난다는 듯 미간을 좁히며 진열대를 돌아 나왔다. 그것을 신호로 나는 복도를 내달려 2층으로 올라갔다. 양 옆으로 문이 하나씩 있었는데 갈팡질팡하다가 오른쪽 문을 열었다. 세탁기와 빨래건조대가 들어차 있는 비좁은 공간이 나왔다.

바닥에는 어떤 남자가 입에 재갈이 물리고 온몸이 꽁꽁 묶인 채로 바닥에 쓰러져 있었다. 그는 온몸이 상처투성이였다. 처음엔 시체나 좀비인 줄 알았지만, 자세히 보니 살아있는 인간이었다.

"대체 여기 뭐야."

문을 닫고, 이번에는 왼쪽 문을 열었다. 제법 널찍한 공간이 나왔다. 생활하는 공간인 듯 낡은 침대와 가구로 구색을 갖춘 모습이었다. 방안으로 들어가 문을 닫고 잠금 장치를 채웠다. 그것도 부족해 옆에 보이는 수납장을 끌어다 문 앞을 틀어막았다. 하지만 그래 봐야 독 안에 든 난쟁이였다. 곧 밖에서 발로 문을 걷어차는 소리가 났다.

어찌할 바를 모르고 허둥대다가 근처에 있는 옷장으로 들어갔다. 바지 호주머니에서 커터 칼을 꺼내 칼날을 길게 빼는데 손이 부들부들 떨렸다. 이런 걸로 상대할 수 있을 리가 없었다. 체구로 보나 가지고 있는 무기로 보나 내가 압도적으로 불리했다.

'어떡하지? 어쩌면 좋지?'

입술을 잘근잘근 물어뜯으며 옷장 문틈으로 밖을 주시했다. 잠시 후 종수가 문을 부수고 방안으로 들어왔다. 그는 가만히 서서 안을 둘러봤다.

"빨리 안 나오면 산채로 가죽을 벗길 거예요."

덤덤한 투로 지껄이는 말을 듣자 심장이 오그라들었다. 그는 입맛을 쩝쩝 다시며 나를 찾아다니기 시작했다. 허리를 굽혀 침대 밑을 살피더니 이내 돌아서서 손바닥만 한 서랍을 열어봤다. 내가 아무리 작다고 해도 저런 곳에 들어갈 수 있을 리가 없었다. 그건 상식을 가진 사람이라면 누구나 아는 일이다. 그렇다면 저자가 제정신이 아니라는 뜻이었다.

"아, 인제 알겠다."

그가 눈을 희번덕거리며 옷장을 노려봤다. 입가에 미소를 걸고 조금씩 이쪽으로 다가왔다. 심장이 어찌나 세차게 뛰는지 가슴이 욱신거릴 지경이었다. 마침내 옷장 문이 열렸다.

"뭐야. 없잖아."

그가 김샌다는 투로 말했다. 그러다 칼로 바닥에 쌓아둔 옷가지를 뒤적거렸다. 나는 들키기 직전 옷더미에서 솟아오르며 커터 칼을 휘둘렀다. 종수는 한 걸음 뒤로 물러섰다. 그의 손에는 작은 빗금이 그어졌는데 그건 겨우 살짝 베인 정도에 불과했다. 그게 전부였다. 그가 손에서 흐르는 피를 혀로 핥아먹었다.

"왜 이렇게 사람을 피곤하게 해요?"

그가 치켜드는 식칼을 보며 눈을 질끈 감았다. 그동안 살아남으려고 아등바등한 결과가 고작 이거라니 분하고 억울했다. 그런데 아무리 기다려도 고통이 느껴지지 않았다.

슬쩍 실눈을 뜨자 칼을 들어 올린 채로 동작을 멈춘 종수가 보였다. 그의 코에서 피가 주르륵 흘러내렸다. 어찌나 많이 쏟아지는지 코에 수도꼭지를 틀어놓은 듯했다. 그는 갑자기 이빨을 딱딱 맞부딪치며 괴이한 소리를 내다가 표정을 있는 대로 일그러트렸다. 불안하게 흔들리던 그의 눈동자가 붉게 물들어갔다. 순간 들개에게 커터 칼을 휘두르던 순간이 뇌리를 스쳤다.

'좀비가 되어가는 거야.'

엉금엉금 기어 종수를 지나쳤다. 문을 나가려는데 그가 갑자기 고개를 홱 돌리며 괴성을 질렀다. 벌떡 일어나 계단을 마구 내달렸다. 종수가 어색하지만 빠른 걸음으로 나를 따라붙었다.

정육점으로 돌아와 냉동고 문부터 활짝 열었다. 혼자서는 결코 놈을 상대할 수 없기 때문이었다. 그새 머리에 하얗게 서리가 내린 사람들이 덜덜 떨며 밖으로 뛰쳐나왔다. 동시에 종수가 정육점으로 뛰어들었다. 그는 거슬리는 쇳소리를 내며 숨을 씩씩 몰아쉬었다.

"저 새끼 왜 저래?"

문복은 진저리를 치며 재빨리 진열대를 타 넘었다. 그러자 종수가 문복을 따라 진열대 너머로 몸을 날렸다. 움직이는 물체가 신경을 건드린 모양이었다. 종수에게 떠밀려 넘어진 문복이 비명을 질렀다. 둘은 엎치락뒤치락하며 몸싸움을 벌였다. 문복의 배 위에 올라탄 종수가 상대의 목덜미를 물어뜯으려고 이빨을 딱딱 맞부딪쳤다.

"빨리 어떻게 좀 해봐."

문복이 버럭 소리를 질렀다. 그제야 퍼뜩 정신을 차린 기원이 바닥에서 소총을 집어 들고 달려가 종수의 머리를 후려쳤다. 그가 끄떡하지 않자 이번에는 발로 어깨를 내질렀다. 뒤로 홱 나가떨어진 종수는 출입구 셔터에 부딪쳤다. 팔다리를 허우적거리며 발광하던 놈이 셔터 앞에 쌓아둔 물건을 죄다 무너트렸다. 셔터가 위로 살짝 뜨자 그 틈으로 밖에 있던 좀비들이 파고들었다. 셔터가 점점 더 위로 올라갔다.

"2층으로 도망쳐요."

내가 소리치자 사람들이 일제히 복도를 내달렸다. 나는 가장 뒤에서 사람들을 따라가다가 계단에 도착해서 잠시 멈칫했다. 계단 구석에서 혜진이 손으로 귀를 막고 웅크려 앉아 있었다. 처음엔 그녀도 종수와 한패인 줄 알았는데 어쩌면 그게 아닐지도 모른다는 생각이 들었다. 그랬다면 내가 도망치게 두지도 않았을 터였다. 그녀에게 손을 내밀며 말했다.

"같이 가요."

불안한 눈으로 나를 올려다보던 혜진은 내가 내민 손을 붙잡고 자리에서 일어났다. 우리는 함께 계단을 올랐다. 2층 방으로 들어가 문을 닫으려는데 문득 옆방에 있던 남자가 떠올랐다.

"잠깐만요."

옆방으로 가서 문을 열자 여전히 묶인 채로 쓰러져 있는 남자가 보였다. 커터 칼로 그를 결박한 줄을 잘랐다. 남자를 부축해서 일으켜 세우고 옆방으로 건너가려는데 어느새 다가온 종수가 괴성을 지르며 덤벼들었다.

"저리 꺼져."

머리로 그의 배를 힘껏 들이받았다. 예상치 못한 일격이었는지 종수는 중심을 잃고 계단 아래로 굴러 떨어졌다. 반쯤 박살 난 문을 급한 대로 문틀에 끼워 맞추고 뒷걸음질을 쳤다. 곧 문 밖에 도착한 좀비들이 괴성을 지르며 문을 밀어댔다. 문은 당장이라도 열릴 듯 들썩거렸다.

"저건 얼마 못 버텨."

문복이 소리쳤다. 나는 재빨리 창가로 다가가 창문을 열고 아래를 내려다봤다. 좀비들이 정육점으로 꾸역꾸역 밀려드는 모습이 보였다.

"여기로 나가요. 병원으로 돌아가는 거예요."

창틀에 올라서서 심호흡했다. 2층이라지만 내겐 남들이 체감하는 것보다 배는 높았다. 하지만 지금은 달리 방법이 없었다. 마른침을 삼키고 아래로 몸을 날렸다. 바닥에 착지해서 바닥을 구르다가 내 무릎에 광대뼈를 부딪쳤다. 시큰한 통증이 밀려들며 눈앞이 빙빙 돌았지만, 이를 악물고 일어났다. 다른 사람들도 차례로 2층에서 뛰어내렸다.

정육점으로 들어가던 좀비들이 돌아서서 우리에게 다가왔다. 분비물의 효력은 이제 통하지 않았다. 한 번 벗겨진 가면은 다시 쓴다고 한들 정체를 감출 수가 없었다. 놈들을 등지고 무작정 뛰었다. 사방에서 뻗어오는 손길을 피하며 내달리고 있자니 정신이 하나도 없었다.

병원에 도착한 것은 거의 기적에 가까웠다. 하지만 우리는 목적지를 코앞에 두고 걸음을 멈춰야 했다. 무수히 많은 좀비들이 병원 앞에도 진을 치고 있었다.

"틀렸어."

문복이 말했다. 확실히 저놈들을 뚫고 병원으로 들어가긴 불가능했다. 게다가 뒤에서도 놈들이 꾸역꾸역 다가왔다. 중간에 끼어 오도 가도 못하는 상황이었고, 주변에는 달리 몸을 피할 만한 장소도 없었다.

갈팡질팡하고 있자니 병원 옆 카페 건물이 눈에 들어왔다. 순간 어떤 생각이 뇌리를 스쳤다. 희박한 확률이었지만, 어차피 벼랑 끝이었다. 마음의 결정을 내리고 이로 손바닥을 물었다. 너무 아파서 세게 물기가 힘들었다. 마음을 독하게 먹고 턱관절에 힘을 줬다. 피부가 뜯겨나가며 손에서 피가 흘러내렸다.

"내가 유인할 테니 병원으로 들어가요."

그렇게 외치고 재빨리 무리에서 떨어져 나왔다. 좀비들을 향해 손을 흔들며 고함을 질렀다.

"여기다. 이놈들아."

병원 앞에 몰려든 좀비들이 피 냄새를 맡고 나를 쫓아 움직이기 시작했다. 놈들이 빠져나간 자리에 빈틈이 생겼고, 나머지 사람들이 그쪽으로 내달렸다. 그들은 병원에 도착하자마자 셔터를 올리고 건물 안으로 들어갔다.

그 동안 나도 이를 악물고 뛰어 카페에 도착했다. 건물 끝으로 달려가 바깥에 난 외부 계단을 올라갔다. 좀비들이 나를 따라 한 덩어리가 되어 몰려들었다. 정신없이 발을 놀린 끝에 간신히 꼭대기에 도착했다. 옥상에 발을 내디딘 순간 그곳을 배회하던 좀비가 튀어나와 내게 달려들었다.

"하나만 하자. 제발."

놈을 피해 옆으로 몸을 날렸다. 바닥을 구르다가 그대로 벽을 짚고 일어나 맞은편 난간 쪽으로 절뚝거리며 내달렸다. 난간 너머로 병원 옥상에서 내려온 동아줄이 보였다. 일전에 카페에 있는 식량을 가져오려고 매달아 두었던 것이다. 그때는 비둘기 때문에 그냥 돌아와야 했지만, 나중을 기약하며 밧줄을 치우지 않았다. 덕분에 살 길을 찾을 수가 있었다.

하지만 아직 안심할 때가 아니었다. 다리를 절며 카페 주인에게 쫓기는 동안 또 다른 좀비들이 쏟아지듯 옥상으로 밀어닥쳤다. 여기서 잡히면 놈들에게 살을 다 뜯어 먹혀 좀비로도 되살아나지 못할 터였다.

옥상 끝에 도착하자마자 난간 위에 올라섰다. 숨을 내쉬고 힘껏 도약했다. 한끝 차이로 카페 주인의 손이 내 뒤꿈치를 스쳤다. 허공에서 허우적거리다가 밧줄을 붙잡으며 벽에 부딪쳤다. 충격으로 몸이 죽 미끄러졌다. 추위에 꽁꽁 얼어붙은 밧줄은 무척 미끄러웠다. 찢겨나간 손바닥에서 불이 나는 듯했지만, 이를 악물고 손에 힘을 줬다. 떨어지기 직전 밧줄 끝에서 간신히 몸이 멈췄다.

사지가 덜덜 떨렸다. 추위와 통증이 빠르게 체력을 빼앗아갔다. 밧줄을 손에 감아가며 조금씩 위로 올라갔다. 손가락이 얼어서 밧줄을 붙잡은 손에는 더 이상 통증도, 감각도 느껴지지 않았다. 뒤통수가 근질거려 돌아보니 카페 옥상 난간에 다닥다닥 달라붙어 손을 휘적거리는 좀비들이 보였다.

"꺼져버려."

버럭 소리를 지르고 혼신의 힘을 다해 밧줄을 기어올랐다. 중간쯤 오르자 팔이 뻐근하고 숨이 거칠어졌다. 죽을힘을 다해 팔을 놀린 끝에 옥상 난간을 붙잡을 수 있었다. 숨을 헐떡거리며 다리를 난간에 걸치고 나머지 몸을 끌어올려 옥상으로 넘어왔다.

"해냈어."

그대로 누워 있자니 온몸에 힘이 하나도 없었다. 점점 졸음이 밀려왔다. 하마터면 그대로 잠들 뻔했다. 아니, 실제로 잠시 잠이 들었다. 아버지의 호통을 듣고 화들짝 놀라 깨어났다.

'그래서는 훌륭한 좀비가 될 수 없어!'

온몸이 욱신거리고 손발에 아무런 감각이 없었다. 힘겹게 일어나 굴뚝으로 들어갔다.

5
두 번째 계획

1층으로 돌아와 쓰레기 배출구를 빠져나왔다. 휴게실의 훈훈한 온기를 들이마시자 현기증이 일었다. 엎드린 채로 기침을 쿨럭 거리다가 간신히 정신을 수습하고 고개를 들었다. 창가 아래에 주저앉은 사람들이 보였고, 그중 기원이 고개를 갸웃거리며 내게 다가왔다.

"아니, 어떻게 거기서 나와요?"

"운이 좋았죠."

벽에 등을 기대어 앉으며 말했다. 그리고 옥상에 밧줄을 묶어두었던 일부터 그걸 타고 돌아온 과정을 천천히 설명했다. 얘기가 끝나자 기원이 혀를 내둘렀다.

"그것 참 굉장하네요. 아무튼 덕분에 살았습니다."

"나도 살려고 그런 건데요, 뭘."

그렇게 말하며 혜진과 중년에게로 시선을 옮겼다. 그들은 굳은 표정으로 웅크리고 앉아 나를 쳐다보고 있었다.

"좀 괜찮아요?"

내 말에 그들이 고개를 끄덕였다.

"정육점에선 무슨 일이 있었던 겁니까?"

내가 나서서 데려오긴 했지만, 그게 잘한 일인지 아직 판단이 서지 않았다. 그들은 머뭇거리기만 할 뿐 섣불리 입을 열지 않았다.

"혹시 그놈과 한패 아냐?"

기원이 내뱉은 말에 혜진이 흠칫하며 소리쳤다.

"아니에요. 난 그놈한테 억지로 붙들려 있었어요."

혜진이 울먹이며 더듬더듬 말을 이었다. 그녀는 원래 정육점 옆 건물에서 홀로 숨어 지냈는데, 옥상에서 식량을 받을 때마다 종수와 마주쳤고, 그때마다 그는 친절을 베풀었다. 종종 냉동 창고에서 꺼낸 고기를 건네주며 혜진의 환심을 산 것이다.

그러다 그녀가 머무는 곳은 시체들 습격에 대비한 방비가 잘 되어 있지 않다며 걱정했다고 한다. 처음엔 별 생각이 없던 그녀도 오랫동안 같은 말을 반복해서 듣자 불안해졌고, 마침 종수가 그녀에게 정육점으로 오라는 권유에 넘어갔는데, 그게 불행의 시작이었다.

혜진의 말에 따르면, 종수는 그녀가 정육점으로 넘어온 직후 곧바로 본색을 드러냈다. 음식과 보호를 대가로 몸을 요구한 것이다. 그녀는 완강히 거부했지만 결국 어쩌지 못했고, 그 부분에서 그녀는 말을 더 잇지 못하고 눈물만 흘렸다. '그가 너무 무서웠다'는 말만 반복하는 그녀를 보며 심란해졌다. 이런 세상에서 결국 혜진은 폭력에 저항하기보다 복종하는 길을 선택한 것이다.

그 사이 옆에 있던 중년의 남성이 자신을 소개해 왔다.

"난 박상범이라고 합니다. 사거리 새마을 금고에서 근무했죠. 이 난리통에 직원들과 은행에 숨어 지냈는데, 결국 다 뿔뿔이 흩어져 버렸죠. 후배 직원 하나와 함께 도망치다가 정육점에서 그놈이 문을 열어주어 숨을 수 있었지요."

그는 옆에서 흐느끼는 혜진의 등을 토닥여주며 말을 이었다.

"거기에 이미 이 아가씨가 있었고, 우리는 단지 둘이 연인인 줄 알았는데…… 우리가 안심하고 밤에 잠든 틈을 타 그놈이 나를 묶고 후배 직원을 어디론가 끌고 가버렸어요. 그 이후로는 어떻게 된 줄 모른 채 이렇게 묶여만 있었습니다. 후배 직원도 어떻게 됐는지……"

그의 말에 혜진이 잠시 흐느낌을 멈추곤 사람들을 겁먹은 듯 둘러보며 입을 뗐다.

"내가 알아요. 아저씨 후배, 죽었어요."

사람들의 시선이 그녀에게 쏠렸다. 그녀는 다시 엉엉 울면서 울부짖듯 충격적인 말을 했다.

"그 새끼…… 사람 잡아먹었단 말이에요."

차가운 손이 심장을 움켜쥐는 기분이었다. 아무리 세상이 이렇다고 해도, 어떻게 그럴 수가? 그렇다면 그때 내가 냉동고에서 기원과 문복을 구해주지 않았다면 그들도? 이래서야 좀비와 다를 게 뭐란 말인가. 그런 정신적 압박감 속에서 이들이 얼마나 고통받았을지 짐작도 할 수가 없었다. 나는 얼굴을 찡그리며 고개를 저었다.

"그렇다면 사람 고기를 주는 줄 알면서도 그자와 붙어 있었던 겁니까, 당신은?"

기원은 혜진에게서 미심쩍은 표정을 거두지 않은 채 물었다. 그러자 혜진이 당황하여 뭐라 답하기도 전에 문복이 말을 가로막았다.

"사람이 얼마나 무서웠으면 그랬겠어, 그런 걸 꼭 여기서 따져야겠어?"

뜻밖의 일격에 말문이 막힌 듯 기원이 입을 다물었다. 언제부터 문복이 저렇게 이해심이 많았는지 의아했다. 어쩌면 혜진에게 잘 보이고 싶어서 그러는지도 몰랐다. 그랬다면 성공이었다. 혜진은 눈치를 보다가 문복의 뒤로 가서 숨었다.

"이 문제는 여기서 끝내자고."

문복의 나지막한 말을 기점으로 우리들은 이에 관해서 더 언급하지 않았다. 내가 화제를 돌리기 위해 기원에게 물었다.

"이제 어떡하죠? 정말 걸어서라도 게토에 갈 생각이에요?"

그는 어두운 표정으로 고개를 저었다.

"지금은 밖에 못 나가요. 놈들이 너무 많아졌거든요. 그리고 아까 그 난리통에 분비물병도 파손되었고."

"큰일이네요. 이젠 식량도 없는데……."

상황이 점점 악화되는 듯해 마음이 무거웠다. 문복이 못마땅한 눈초리로 나를 바라봤다.

"너 때문이야. 네가 열쇠가 있다는 말만 안 했어도 우린 지금쯤 이 도시를 빠져나갔을 거라고."

직설적인 비난에 얼굴이 달아올랐다.

"나한테 열쇠를 찾으러 가자던 사람이 누군데요?"

내가 더듬거리며 반박하자 그가 코웃음을 쳤다.

"네가 하도 자신 있게 말하니까 그랬지. 이렇게 속을 줄 누가 알았나?"

"속인 게 아니에요. 열쇠는 분명히 아버지한테 있다고요."

자꾸만 목소리가 떨렸다.

"어쨌든 결과적으론 이렇게 됐잖아."

문복이 조롱하는 톤으로 말했다. 너무 당황해서 대답할 말이 떠오르지 않았다. 옆에서 얘기를 듣던 기원이 입을 열었다.

"성국 씨라고 이렇게 될 줄 알았겠습니까? 우리가 게토에 걸어갔다고 해도 무사히 도착하리란 보장은 없었어요. 그리고 분비물 병은 당신이 나한테서 뺏어가려다 떨어져서 깨졌잖아요. 성국 씨한테만 책임을 떠넘기는 건 좀 그렇죠."

그의 말에 불안이 조금 가시는 듯했다. 나는 마른침을 삼키고 기원에게 붙어 섰다.

"솔로몬 나셨네."

문복이 혀로 입안을 훑어내며 말을 이었다.

"뭐 좋아. 그럼 이제 어쩔 셈이지? 여기서 모두 책임을 나눠서 지고 굶어 죽으면 되는 건가?"

"그렇게 되기 전에 옆 건물이라도 들어가야죠."

"도와달라는 사람을 칼로 찌르는 놈들이 잘도 받아주겠네."

"방법을 생각해 볼 겁니다."

기원이 착 가라앉은 목소리로 말했다. 그는 문복이 무슨 말로 건드려도 흔들리지 않고 자기 페이스를 유지했다. 덕분에 나도 덩달아 침착해지는 기분이었다. 손가락으로 인중을 긁으며 그를 바라보던 문복은 천천히 고개를 주억거렸다.

"그래, 할 수 있는 건 다 해봐야지. 누구는 저 혼자 살겠다고 패를 숨기고 있지만 말야."

"그건 또 무슨 말입니까?"

"내 말은 인간은 누구나 살길을 마련해 놓는다는 거야. 만약의 경우를 대비해서 식량을 모아두는 건 생존의 기본이란 말이지. 내가 장담하는데 이런 세상에서 1년이나 버틴 놈들 치고 그렇지 않은 놈은 없어."

문복이 나를 은근한 눈빛으로 바라봤다.

"내 말이 맞지?"

"내가 식량을 숨기고 있으면서 거짓말을 한다는 것처럼 들리네요."

내 말에 문복이 어깨를 으쓱했다.

"글쎄, 난 그런 얘긴 안 했는데. 그냥 그게 이치에 맞지 않느냐는 거야."

"난 혼자 받아오는 식량으로 아버지랑 둘이 먹고 살았어요. 그것도 부족해서 며칠씩 굶기도 했다고요. 식량을 모을 여력은 없었다는 말입니다."

하지만 그런 말에도 문복은 혀를 끌끌 찼다.

"말이란 게 참 편해. 그럴싸하게 끼워 맞추면 뭐든 진짜처럼 들리거든."

"왜 자꾸……."

내가 반박하려 하자 그가 말허리를 잘랐다.

"혜진이만 불쌍하게 됐지. 미친놈이랑 살아도 식량 걱정은 안 했는데, 누구 때문에 이젠 굶어 죽게 됐으니."

말문이 막혔다. 그건 사실이었다. 새장 속의 삶이 얼마나 의미가 있을까 하는 의문이 들었지만, 그건 내가 판단할 문제가 아니었다. 혜진은 어떻게 생각할지 궁금했다. 하지만 그녀는 말없이 고개를 푹 숙이고 있을 뿐이었다.

"나 같으면 좀비한테 가서 구걸이라도 하겠네."

문복이 이죽거리는 소리를 들으면서도 나는 아무런 대답을 하지 못했다. 보다 못한 기원이 끼어들었다.

"적당히 해요. 성국 씨가 우릴 살리려고 얼마나 고생했는데."

"내 말은 그게 하지 않아도 될 고생이었다는 거야. 개뻘짓이라는 거지."

"이봐요."

기원의 목소리가 높아졌다. 그들이 말다툼을 하는 사이 나는 생각에 잠겼다. 문복이 한 말이 머릿속을 맴돌았다. 좀비한테 구걸이라도 하라고? 해답을 가진 고양이가 벽 너머에서 꼬리를 살랑거리고 있었다. 조심스럽게 접근하면 붙잡을 수도 있을 듯했다. 카페 옥상에서 걸어 다니는 좀비를 생존자로 착각하고 식량을 내려 보내던 헬기의 모습을 떠올린 순간 놈을 잽싸게 낚아챘다.

"방법이 있어요."

문복과 기원이 동시에 나를 돌아봤다.

"뭐라고?"

문복이 물었지만 대답하지 않고 창고에 들어갔다. 캐비닛을 뒤적여 경비원 모자와 밧줄을 꺼내 들고 창고를 나왔다.

"바로 이거예요."

문복이 미간을 찡그렸다.

"의뭉 떨지 말고 똑바로 얘기해."

"옥상 비상구에 좀비가 갇혀 있어요. 그놈을 생존자로 만들면 돼요. 그럼 이인용 식량을 받을 수 있을 겁니다."

"그걸 누구 코에 붙여?"

"그래도 일인용보단 나을 거예요. 그걸로 버티면서 다른 방법을 생각해 보자고요."

가만히 앉아서 우리의 얘기를 경청하던 상범이 고개를 갸웃거리며 말했다.

"그런데 그게 통하겠어요?"

"보급 헬기는 전에도 좀비를 생존자로 착각하고 식량을 내려 보냈어요. 안개 때문에 얼굴을 식별하기가 어렵거든요. 내가 깃발만 잘 흔들면 분명히 성공할 거라고 생각해요. 아닐 수도 있지만 다른 방법이 없잖아요."

"흐음……."

문복이 팔짱을 끼고 숨을 내쉬었다.

"좀비를 어떻게 위장하려고?"

"붙잡아서 묶어놔야죠. 가능하면 모자도 씌우고."

"무슨 수로?"

문복이 재차 물었다. 그거야 어차피 내게 맡기는 수밖에 없을 텐데도 그는 계속 깐깐하게 파고들었다. 나는 표정 변화 없이 비둘기를 잡을 때처럼 밧줄을 올가미 모양으로 매듭짓고 들어 보였다.

"함정을 팔 겁니다."

그 말을 끝으로 옥상에 갈 채비를 했다. 조금 서두른다는 생각도 들었지만, 차라리 그게 나았다. 당장 할 일이 없기도 했거니와 시간은 우리 편이 아니었으니까. 배낭에 밧줄과 모자를 담아 어깨에 둘러매고 쓰레기 배출구 앞으로 걸어갔다.

"그럼 다녀올게요."

"조심해요."

기원이 칸막이를 대신 열어주며 말했다. 고개를 끄덕이고 무저갱 같은 어둠 속으로 들어갔다.

통로에는 이제 꽤나 적응했지만, 오를 때마다 힘에 부치는 건 어쩔 수가 없었다. 잘 먹지 못하기 때문이었다. 올라가는 동작 하나하나가 고난의 연속이었다. 간신히 옥상에 도착하자 팔다리가 후들거리고 현기증이 일었다.

힘겹게 굴뚝을 빠져나와 숨을 고르는데 이번에는 추위가 파상 공세를 퍼부어댔다. 옷깃을 여미고 비상구 쪽으로 설어갔다. 문 앞에 서서 닫힌 철문을 두드리자 안에서 으르렁대는 소리가 화답했다. 여전히 건재한 놈을 보니 두려우면서도 다행이란 생각이 들었다. 이제 함정을 팔 차례였다.

가방에서 밧줄을 꺼내 끝 부분을 올가미 모양으로 묶었다. 밧줄 한쪽 끝을 출입구 옆 기둥에 묶고, 올가미를 눈 바닥에 내려놓았다. 그 위에 대고 주먹을 꽉 쥐었다. 상처 난 손에서 통증이 일었다. 이를 꽉 깨물고 더욱 힘을 주자 손에서 피가 뚝뚝 떨어졌다.

준비를 마치고 비상구로 다가가 문고리를 잡았다. 심장이 마구 뛰었다. 아무리 마음을 단단히 먹어도 좀비를 우리에서 꺼내는 것이 쉬운 일은 아니었다. 조금만 삐끗해도 나는 끝이 보이지 않는 어둠 속으로 추락하고 말 터였다. 두렵고 불안한 마음을 억누르며 배에 힘을 줬다.

'모두가 살아남으려면 이 방법뿐이야.'

그렇게 중얼거리며 문을 열었다. 버버리 코트를 입은 놈이 기다렸다는 듯 밖으로 걸어 나왔다. 나는 재빨리 출입구에서 물러났다. 자세히 보니 그는 백발이 성성한 노인이었다. 체구는 작았지만, 성질은 무척 사나워 보였다. 어찌나 문을 긁어댔는지 손톱이 죄다 빠졌고, 손가락에서 진물이 흘러내렸다. 검고 푸르스름한 얼굴에 박힌 새빨간 눈동자가 내게 초점을 맞췄다.

나는 스스로 미끼가 되어 올가미 쪽으로 천천히 뒷걸음질을 쳤다. 비틀거리며 나를 따라오던 놈이 덫을 성큼 타넘는 걸 보고 작게 탄식을 뱉었다. 하지만 이내 마음을 다잡았다. 어차피 한 번에 성공하리라고는 생각하지 않았다. 재빨리 놈을 빙 돌아 반대편으로 달렸다. 놈도 돌아서서 왔던 길을 되짚었다. 그런 과정을 여러 번 반복하자 금세 숨이 거칠어졌다.

"망할 놈."

이번에도 올가미를 건너뛰는가 싶던 놈이 갑자기 고개를 푹 숙였다. 아래에서 풍기는 피 냄새를 맡은 듯했다. 놈이 올가미 쪽으로 한걸음 내디뎠다. 그와 동시에 올가미가 놈의 발목을 휘감았다.

"됐어."

손을 번쩍 들고 환호했다. 쉬운 일은 아니었지만, 그래도 결국 성공했다. 역시 포기하지 않으면 기회는 어떻게든 생기는 법이었다. 순간 등 뒤가 싸했다. 미증유의 공포가 목덜미를 훑었다. 앞으로 몸을 날린 건 거의 본능이었다. 동시에 귓가에서 '딱'하고 이빨이 맞부딪치는 소리가 났다. 바닥에 쓰러진 채로 뒤를 돌아봤다.

한 놈이 더 있었다.

머리를 길게 늘어트린 여자였다. 처음엔 살아있는 사람인 줄 알았다. 얼굴이 창백하긴 했지만, 다친 곳도 없었고, 입고 있는 패딩도 꽤 깔끔했다. 하지만 그녀는 방금 나를 거의 물 뻔했다. 특유의 새빨간 눈동자도 그녀가 놈들과 같은 존재라는 징표였다.

게다가 그녀는 노인보다 동작이 훨씬 빨랐다. 손톱을 세우더니 '캬악' 하고 쇳소리를 내며 내게 달려들었다. 나는 다시 옆으로 홀쩍 뛰었다. 데굴데굴 구르다가 일어서자 어느새 다가온 노인이 나를 붙잡았다. 당황해서 밧줄이 허용하는 범위로 들어간 것이다. 놈이 내 어깨를 물었다. 비명을 지르며 노인을 밀어냈다.

"젠장, 물렸어. 물렸다고."

벌벌 떨리는 손으로 어깨를 더듬었다. 그런데 이상하게 아프지 않았다. 아드레날린이 과도하게 분비된 탓일까? 하지만 점퍼를 내려서 확인해 봐도 상처가 보이지 않았다. 노인에게 눈길을 옮겼다. 이빨이 없었다. 저 노인네가 틀니를 했다가 어디서 빠진 모양이었다. 그야말로 하늘이 도왔다.

하지만 아직 끝이 아니었다. 새로 나타난 여자 좀비가 늘씬한 팔다리를 휘적거리며 내게 다가오는 중이었다. 당장은 그녀를 상대할 방법이 없었다. 몸을 돌려 반대편으로 정신없이 내달렸다. 그녀에게 붙잡히기 직전 굴뚝으로 뛰어들었다. 머리 위에서 여자의 비명이 길게 메아리쳤다.

통로 중간에 멈춰서 턱을 붙잡고 잠시 숨을 골랐다. 진정이 되고 나니 내 자신에게 화가 났다. 목숨이 걸린 일이었다. 그런데도 어이없는 실수 때문에 모든 걸 망쳤다. 이젠 옥상에 가서 일인용 식량도 받을 수가 없게 된 것이다. 왜 좀 더 신중하게 살피지 않았을까? 머릿수를 아는 건 기본중의 기본이 아니었던가. 하지만 엎질러진 현실 앞에선 어떤 후회도 무의미했다.

1층으로 내려가는 내내 마음이 무거웠다. 어떻게 말문을 열어야 할까? 문복에게 질책당할 생각을 하니 속이 다 울렁거릴 지경이었다. 하지만 굶주림 앞에선 그것도 사소한 문제였다. 깊은 한숨을 뱉어내며 쓰레기 배출구로 들어가려는데 휴게실 안에서 문복의 걸걸한 목소리가 들렸다. 칸막이를 살짝 들어 올리고 안을 들여다봤다.

"그 자식이 성공할 리가 없어. 우린 다 죽을 거라고."

기원이 언짢은 눈으로 문복을 쳐다봤다.

"자꾸 재수 없는 소리 할 거예요?"

"내가 틀린 말 했어? 새끼가 어디서 눈을 희번덕거려?"

문복이 똑같이 눈을 부라리며 소리를 질렀다.

"성공할 수도 있잖아요. 아직 결과가 나오지도 않았는데 뭐가 그렇게 꼬여서 자꾸 기분 나쁜 얘기만 하냐고요."

"성공한다고 해도 이인용으로 어떻게 다섯이 먹고살아?"

"그래서 어쩌자는 건데요?"

"양심이 있으면 누구 하난 나가야 하지 않겠어?"

문복이 목에 핏대를 세우며 말했다. 순간 주변의 공기가 무거워졌다. 기원도 말문이 막혔는지 대답을 못하고 헛기침을 했다. 혜진과 상범은 굳은 표정으로 문복의 눈을 피했다.

자꾸 분위기를 극단적으로 몰아가는 문복에게 화가 났다. 도대체 그에게 무슨 권리가 있기에 저런 식으로 말한단 말인가? 그는 사람의 약점을 공격해서 흔들어놓고 유리한 고지를 점령하는데 선

수였다. 관찰하는 입장에서 보니 그의 수가 훤히 읽혔다.

이를 악물고 쓰레기 배출구를 기어 나왔다. 사람들의 시선이 내게 쏠렸다. 천천히 일어나 바지에 묻은 먼지를 털어내며 입을 열었다.

"세 명이에요."

"무슨 말이야?"

문복이 날카로운 눈으로 나를 바라봤다.

"옥상에 좀비가 하나 더 있었어요. 그러니까 삼 인용 식량을 받을 수 있을 거예요."

사람들이 작게 탄성을 뱉었다.

"그랬어요? 그 정도면 충분히 버틸 수 있겠네요. 역시 아무것도 안 하면서 말로만 떠드는 사람보단 성국 씨가 훨씬 믿음직스러워요."

기원이 문복을 곁눈질하며 말했다.

"두고 보면 알겠지."

문복은 억지로 미소를 지었지만, 양쪽 볼이 파르르 떨렸다. 그 얼굴을 보고 있기가 부담스러웠다. 슬쩍 자리에서 빠져나와 창고로 들어갔다.

문을 닫고 한숨을 뱉었다. 나도 모르게 거짓말을 해버렸다. 이제 어떻게든 식량 보급이 오기 전에 옥상에 있는 또 하나의 좀비를 처리해야 했다. 하지만 아무리 생각해도 답이 안 나왔다. 움직이는 놈을 무슨 수로 붙잡는단 말인가. 게다가 성공한다고 해도 좀비를 보고 식량을 내려 보낼지도 의문이었다. 뭐하나 제대로 확정되지 않은 상황에서 큰 소리만 잔뜩 쳐버렸다. 어쩌자고 거짓말을 했을까? 이러다 식량을 가지고 오지 못한다면 사람들의 분노는 고스란히 내게 쏟아질 터였다.

'그 전에 굶어 죽겠지만.'

일단은 발버둥이라도 쳐보는 수밖에 없었다. 이제 곧 날이 저물 듯하니 내일 일찍 일어나 옥상에 가기로 했다. 캐비닛에서 마지막 남은 밧줄을 꺼내 배낭에 옮겨 담았다. 더 쓸 만한 것이 없나 캐비닛을 뒤적이는데 뒤에서 기척이 들렸다. 돌아보니 혜진이었다. 그녀가 창고에 들어와 문을 닫았다.

"쉬려고요? 금방 나갈게요."

캐비닛을 닫고 배낭을 둘러맸다. 혜진이 아니라며 고개를 저었다.

"구해줘서 고맙다는 말을 하려고 왔어요."

"내가 뭘 했다고요. 오히려 나 때문에 더 위험해졌는데……."

"아니에요. 아까는 겁나서 말 못했지만 난 정육점에서 벗어나서 정말로 기뻐요."

혜진의 말에 가슴이 울컥했다. 문복이 아무리 트집을 잡아서 억지를 부려도 진심은 통하는 법이었다. 덕분에 그의 비난으로 바닥을 쳤던 기분이 조금 나아졌다. 말에는 오묘한 힘이 깃들어 있다는 사실을 새삼 깨달았다.

"내가 도울 일 있으면 뭐든 얘기해요. 별로 도움은 안 되겠지만……."

"고마워요. 성국 씨는 여전히 친절하네요."

혜진이 다가와 내 손을 붙잡았다. 부드럽고 따뜻한 감촉에 명치 끝이 간질거렸다. 그것은 단지 온기 때문만은 아니었다. 여태 지옥에 발을 담그고 있다가 잠시 휴식을 취하는 기분이었다. 문득 이게 처음이 아니라는 생각이 들었다. 익숙한 감정이 오랫동안 잊고 있던 기억을 불러냈다.

그랬다. 돌이켜보면 혜진과 처음 만났던 장소도 창고였다. 나는 일하는 중간에 시간이 나면 늘 이곳에서 홀로 시간을 보냈다. 사람들이 거의 왕래하지 않아서 누구의 눈치도 보지 않고 쉬기엔 안성맞춤인 곳이었다. 난데없이 혜진이 뛰어 들어와 울음을 터트리기 전까지는 말이다.

내가 손수건을 건네며 어설프게 위로의 말을 건네자 그녀는 마음을 추스르고 자신이 속에 담아둔 고단함을 털어놓았다. 그녀는 신입 간호사였고, 선배들의 텃세로 무척 힘들어하는 중이었다.

그날도 인사를 제대로 하지 않는다며 30분이나 설교를 듣고 나서야 풀려난 참이었다. 나는 가만히 그녀의 얘기를 들어주었다. 이렇게 아름다운 여자가 나를 진지한 대화 상대로 여겨준다는 사실이 그저 좋았다. 그녀에겐 대수롭지 않은 일일지라도 내겐 신선한 경험이었다.

이따금 그녀를 괴롭힌 선배들이 신입 시절 어땠는지도 알려주었다. 누구보다 오랫동안 일했기에 사람들과 친하게 지내지는 않아도 병원 소식을 잘 알고 있는 나였다. 선배들의 실수담은 그녀의 자책감을 덜어주었다.

그 후로 그녀는 종종 창고를 찾아와 나와 수다를 떨곤 했다. 그녀는 내가 있어 의지가 된다고 말했지만, 사실 내겐 그녀와 얘기하는 시간이 태어나서 가장 기쁜 순간이었다. 거울을 보며 머리를 단정하게 빗어 넘기기 시작한 것도 그때부터였다.

그러나 그녀는 경력을 쌓으면서 점차 창고에 발길을 끊었다. 동료들이 하나둘 그녀의 장점을 알아봤고, 시간이 흐르면서 모두가 그녀를 좋아하게 됐으니 그럴 만도 했다. 나중에는 복도에서 우연히 마주치면 눈인사만 하고 지나치게 되었다.

어차피 우리가 깊은 사이로 발전하리라고는 생각하지 않았지만, 내가 가진 장애가 그때만큼 저주스러웠던 적도 없었다. 좌절감에 시달리고 난 후에는 그저 창고에서 그녀와 쌓은 작은 우정을 추억하며 실현 불가능한 환상 속을 헤맬 뿐이었다.

그러다 모든 사태가 벌어졌고, 과거는 역사 속으로 사라진 구시대의 유물이 되었다. 이제는 생존만이 유일한 삶의 법칙이라고 생각했다. 하지만 정육점에서 그녀를 본 순간 잊었다고 생각했던 감정이 되살아나는 것을 느꼈다.

그녀에게 솔직한 이유를 말해주고 싶었다. 무엇을 바라진 않지만, 말을 하고 나면 후련해질 듯했다. 세상의 이빨에 물려 상처 입은 것은 나나 그녀나 매한가지라는 동질감이 그런 마음을 더 부추겼는지도 모르겠다.

"사실 내가 혜진 씨를 구한 건요……."

"너네 뭐하냐?"

난데없이 들린 목소리에 퍼뜩 정신을 차렸다. 언제 열렸는지 문 너머에서 문복이 우리를 바라보고 있었다. 황급히 혜진과 떨어졌다.

"아무것도 아니에요. 짐 좀 챙기느라고요."

그렇게 대답하고 출입구로 걸어갔다. 혜진이 내 뒤를 따랐다. 그런데 문복이 팔을 뻗어 그녀를 가로막았다.

"넌 남아. 할 얘기가 있으니까."

"……."

혜진은 당황한 표정으로 문복을 바라봤다.

"억지로 그러지 마요."

내가 말리자 문복이 인상을 찡그리며 손으로 내 머리를 떠밀었다.

"넌 빠져."

뒷걸음질을 치다가 멈춰 서서 다시 문복을 노려봤다.

"어쭈?"

문복이 싸늘한 눈초리로 나를 내려다봤다. 그가 어떻게 나올지 몰라 긴장됐지만, 꾹 참고 물러서지 않았다. 어디서 나온 용기인지 나조차도 놀라웠다. 그러나 혜진이 내 어깨를 가볍게 두드리며 말했다.

"먼저 나가세요. 난 괜찮으니까."

뜻밖의 말에 기운이 쭉 빠졌다. 겸연쩍은 눈으로 그녀를 힐끔거렸다. 가만 보니 혜진은 딱히 겁을 먹은 것 같지도 않았다. 둘 사이에 내가 모르는 어떤 교감이 있었던 걸까? 하기야 문복이 다른 사람은 몰라도 혜진에겐 지금까지 꽤 잘해준 편이었다. 그녀 역시 문복이라면 자신을 보호해 줄 수 있다고 생각하는지도 몰랐다. 세상이 망해도 여자들이 택하는 남자는 따로 있다고 생각하니 입맛이 썼다. 하지만 더 이상은 내가 상관할 문제가 아니었으므로 조용히 창고를 나왔다.

사람들은 잠자리를 준비하는 중이었다. 나는 작게 한숨을 뱉어내고 그들과 함께 여기저기 널린 물건을 치웠다. 걸레를 빨아다가 바닥까지 꼼꼼히 닦았다. 대충 정리를 마치고 간이침대에 깔아두었던 담요를 빼서 바닥에 깔았다. 상범은 간이침대 앞에 서서 머뭇거리다가 우리를 돌아봤다. 그걸 본 기원이 미소를 지었다.

"박 선생님이 침대 쓰십시오."

"그래도 될까요?"

"그럼요. 저는 바닥이 익숙해서 더 편합니다."

그러자 상범이 멋쩍은 듯 머리를 긁적였다.

"고마워요. 내가 허리가 안 좋아서."

상범이 간이침대에 걸터앉으며 앓는 소리를 냈다. 그는 목에 걸어둔 명함지갑을 셔츠 밖으로 빼내 안에 끼워둔 사진을 가만히 들여다봤다. 힐끔 보니 머리카락을 포니테일로 묶은 여자아이가 환하게 웃고 있는 사진이었다. 나이는 중학생 정도 됐을까? 여분의 옷을 말아서 베개를 만들던 기원이 상범을 쳐다봤다.

"따님인가요?"

상범이 입가에 미소를 지으며 고개를 끄덕였다.

"아주 예쁘네요."

"내가 죽지 못하는 이유입니다. 어디서든 살아있어야 할 텐데……."

말을 흐리는 상범의 눈시울이 젖어들었다.

"대부분 학생들은 가장 먼저 게토로 대피했으니까 분명히 무사할 겁니다."

"말이라도 고맙네요. 기원 씨는 가족이 있나요?"

"게토에서 아내가 기다리고 있어요."

기원이 한숨을 내쉬며 말했다.

"얼른 돌아가서 만나면 되겠네요."

"네, 그러니까 어떻게든 살아남아야죠."

그들의 말에 심란한 기분이 들었다. 나도 기다리는 사람이 있으면 좋을 텐데. 하지만 이내 고개를 흔들었다. 기다리는 사람은 없어도 내게는 아버지 몫까지 살아남아야 할 의무가 있었다. 마음을 다잡으며 말을 보탰다.

"저도 부족하지만 힘닿는 데로 도울게요."

"그런 새끼가 이딴 짓을 해?"

순간 문복의 목소리가 불쑥 끼어들었다. 소리를 따라 고개를 돌리자 어느새 열린 창고 문 앞에 선 문복이 보였다. 그가 휴게실로 걸어 나오며 손에 쥔 초코바를 흔들었다.

"내가 이럴 줄 알았다니까."

무슨 말인가 싶어 어리둥절한 기분이었다.

"그게 뭐예요?"

"뭐긴, 네가 숨겨둔 초코바잖아. 캐비닛 뒤지다가 찾았어."

"난 처음 보는 거예요."

"그러시겠지. 잡아떼는 게 네 특기니까."

뭐라고 말을 하려다가 입을 다물었다. 아버지가 떠올랐기 때문이었다. 만약 아버지가 침대 밑과 더불어 캐비닛에도 음식을 숨겨두었다면?

"어쩌면 우리 아버지가 그랬는지도 몰라요. 정신이 온전치 않으셔서 종종 음식을 숨겨두셨거든요."

"그 거짓말 진짜야?"

문복의 반응에 대꾸할 기분이 나질 않았다. 어떻게 해도 내 말을 믿지 않으리라는 생각이 들었다.

"마음대로 생각해요. 난 떳떳하니까."

순간 문복의 눈초리가 가늘어졌다. 그가 억센 손으로 내 멱살을 잡아챘다.

"뒈지고 싶냐?"

어찌나 손아귀 힘이 센지 숨이 콱 막혔다. 팔을 버둥거리며 빠져나오려고 했지만 역부족이었다.

"그만하십시오. 모르는 거라잖습니까."

기원이 다가와 문복의 팔을 떼어 놓았다. 문복이 못마땅한 눈으로 기원을 쳐다봤다.

"네가 자꾸 오냐오냐 하니까 이 새끼가 겁대가리 없이 우릴 속이는 거야."

"확실한 증거도 없잖아요."

기원의 말에 문복이 초코바를 들어 보였다.

"이게 증거가 아니면 뭔데?"

"정말로 성국 씨 아버지가 숨겼을 수도 있죠."

"우리가 여기 갇힌 것도 저놈 아비 때문이겠지."

"비아냥거리지 마요."

기원의 말에 문복이 재차 초코바를 흔들었다.

"집안에 바퀴벌레 한 마리가 기어다니면 보이지 않는 곳에는 이미 놈들이 득실거린다는 뜻이야."

"그건 바퀴벌레 얘기고요."

기원은 조금도 동요하지 않았다. 가만히 그를 노려보던 문복이 고개를 내저으며 말했다.

"좋을 대로 생각해. 그래봤자 손해 보는 건 너니까."

문복은 돌아서서 창고로 걸어갔다.

"초코바는 나누죠?"

기원의 말에 문복이 멈칫하더니 고개만 돌렸다. 그가 바지 호주머니에서 나이프를 꺼내 날을 빼들었다.

"가져가 보던가."

기원은 그를 노려보다가 나직하게 말했다.

"항체를 보유했다는 게 언제까지 방패막이가 되진 않을 겁니다."

문복은 피식 웃으며 창고로 들어갔다.

"재수 없는 자식."

기원이 그렇게 중얼거리며 주먹을 꼭 쥐었다. 그러다 이내 어깨를 늘어트리고 베개를 마저 만들었다.

"미안해요. 괜히 나 때문에."

옆에서 그렇게 말했지만 기원은 아무런 대답도 하지 않고, 그저 묵묵히 잠자리를 정리할 뿐이었다. 그의 침묵에서 나를 향한 미약한 적의가 느껴졌다. 아무리 문복에게서 나를 보호해 주었다고 해도 완전히 믿는다는 뜻은 아닌 듯했다.

"자요. 내일은 식량을 가져와야 할 테니까."

기원은 그렇게 말하고 바닥에 깔아둔 담요 위에 누웠다. 말없이 상황을 주시하던 상범도 조용히 간이침대로 올라갔다. 사람들에게 나의 결백을 증명하고 싶었지만, 달리 방법이 없었다. 기원의 말대로 내일 식량을 가져오는 것에만 신경을 집중해도 부족할 지경이었다. 당장은 주어진 일을 묵묵히 하는 수밖에 없었다. 그러다 보면 사람들도 내 진심을 알아주리라 생각했다.

기원의 옆에 누워 점퍼를 이불 삼아 덮으니 그럭저럭 따뜻했다. 다들 피곤했는지 금세 코 고는 소리가 들렸다. 그러나 나는 내일 옥상에서 어떻게 좀비를 잡을지 고민하느라 좀처럼 잠을 이루지 못했다. 설상가상 창고 안에서 무슨 소리가 흘러나오는 듯했다. 숨죽인 신음이었다. 그 소리를 듣고 있자니 더욱 마음이 심란했다. 손으로 귀를 막고 점퍼를 푹 뒤집어썼다.

6
리더

눈을 떴을 때는 창문에 덧댄 판자 틈으로 푸르스름한 빛이 새어 들어오는 중이었다. 밤늦게까지 뒤척이느라 컨디션이 엉망이었지만, 조용히 자리에서 일어났다. 언제 사이렌이 울릴지 몰랐다. 보급 헬기가 오기 전에 일을 끝마쳐야 했다. 덮고 잔 점퍼를 걸치고, 벽에 기대어 둔 배낭을 집어서 둘러맸다. 쓰레기 배출구 앞으로 걸어가 칸막이를 들어 올리는데 어깨너머로 숨죽인 목소리가 들렸다.

"옥상에 가는 겁니까?"

돌아보니 기원이 화장실에서 문을 반쯤 열고 고개를 내밀어 이쪽을 보고 있었다. 그도 좀처럼 잠이 오지 않는 모양이었다. 열린 문 너머로 흘러나오는 담배 연기가 그의 답답한 심정을 대변하는 듯했다.

"곧 보급이 올 거예요."

"날이 밝거든 가시지. 위험하게."

기원이 안쓰럽다는 듯 미간을 좁혔다.

"어차피 여긴 빛이 안 들어와서 상관없어요."

"하여간 조심하십시오."

고개를 끄덕이고 쓰레기 배출구 안으로 들어갔다. 차가운 벽을 타고 올라가 꼭대기에 도착하자 몸이 부르르 떨렸다. 작은 손으로 턱을 붙들고 굴뚝에 매달려 밖으로 눈만 내밀었다. 버버리 코트를 입은 노인이 밧줄에 묶여 허우적거리는 모습이 보였다. 그 옆으로 모델처럼 늘씬한 여자가 비틀비틀 걸어 다녔다. 꿈쩍도 하지 않고 여자를 주시하며 옥상으로 올라갈 기회를 엿봤다.

손가락이 뻐근하다 못해 쥐가 날 즈음 그녀가 이쪽을 등지고 걸었다. 기회였다. 굴뚝을 넘어가려는데 옆에서 어떤 그림자가 어른거렸다. 흠칫 놀라서 고개를 돌리자 굴뚝 위에 올라선 검정색 줄무늬 고양이가 보였다. 눈동자가 노란색인 것으로 보아 감염되진 않은 듯했다. 놈은 나와 눈이 마주치자 경계하듯 털을 세우며 '하악' 하고 쇳소리를 냈다.

"절루 가."

작게 속삭이며 팔을 휘저었다. 그것을 공격으로 받아들였는지 고양이가 내게 달려들었다. 날카로운 발톱이 얼굴을 할퀴자 불에 덴 것처럼 화끈거렸다.

'아악' 하고 신음하며 고양이 쪽으로 팔을 마구 휘저었다. 그러다 손을 놓쳐 하마터면 추락할 뻔했다. 간신히 한 손으로 굴뚝 모서리를 붙잡고 매달렸다. 고양이는 재차 달려들어 내 손을 마구 할퀴었다. 굶주림이나 좀비가 아니라 고양이에게 먼저 죽을지도 모른다는 생각이 들었다.

바지 호주머니에서 커터 칼을 꺼내 필사적으로 휘둘렀다. 떨어지기 직전 간신히 녀석의 목에 칼을 꽂았다. 고양이가 바닥에 쓰러져 경련을 일으키는 동안 간신히 굴뚝 밖으로 빠져나왔다. 숨을 헐떡이고 있자니 녀석이 할퀸 왼쪽 눈이 따끔거렸다. 미처 정신을 수습할 겨를도 없이 앞에서 새된 비명이 들렸다. 어느새 여자가 나를 발견하고 다가오는 중이었다.

원래는 그녀가 돌아선 사이에 덫을 놓고 유인하려고 했는데 들켰으니 실패였다. 휴게실로 돌아가 그녀의 관심이 내게서 멀어지길 기다리는 수밖에 없었다. 굴뚝에 발을 집어넣는데 멀리서 사이렌이 울렸다. 눈을 크게 뜨고 하늘을 쳐다보자 여자의 어깨 너머로 다가오는 작은 점이 보였다.

"염병할."

입술을 깨물며 발을 뺐다. 이번 기회를 놓치면 끝이다. 어차피 굶어 죽는 것이다. 바닥에서 고양이를 집어 여자에게 힘껏 던졌다. 고양이는 죽어가면서도 여자의 얼굴에 달라붙어 발톱으로 그녀의 얼굴을 마구 할퀴었다. 그녀가 고양이를 떼어내려고 팔을 허우적거렸다. 그것이 마지막 기회였다.

배낭에서 밧줄을 꺼내들고 여자를 향해 내달렸다. 덫을 놓을 시간은 없었다. 바닥에 웅크리고 앉아 밧줄을 곧장 그녀의 다리에 감았다. 하도 발버둥치는 바람에 몇 번이나 헛손질을 했다. 떨리는 손으로 그녀의 발목에 밧줄을 묶은 순간 고양이가 바닥에 툭 떨어졌다. 내 뒤통수에도 정체불명의 액체가 뚝뚝 떨어졌다. 침을 꿀꺽 삼키고 본능적으로 바닥을 굴렀다. 그녀의 손톱이 내가 있던 자리를 쓸고 지나갔다.

여자의 발목과 연결된 밧줄을 손에 쥐고 난간으로 달려갔다. 난간 밖으로 튀어나온 철근에 밧줄을 묶으려고 했지만 여자가 자꾸 달려들어 번번이 실패했다. 몇 번이나 술래잡기 하듯 달음박질 하다 보니 어느새 헬기가 무척 가까워졌다. 마음이 급했다.

"가만히 있어."

밧줄을 힘껏 잡아당기자 여자가 휘청하며 넘어졌다. 그 틈에 난간 창살에 밧줄을 묶었다. 곧장 일어난 여자가 내게 달려들었지만, 간발의 차로 그녀를 피해 밧줄의 사정권을 벗어났다. 바닥을 데굴데굴 구르다가 멈춰서 숨을 몰아쉬었다. 긴장과 추위로 사지가 덜덜 떨렸다.

하지만 쉴 틈이 없었다. 헬기가 어느새 머리 위로 다가온 것이다. 바닥에서 딱딱하게 얼어붙은 깃발을 집어 들고 마구 흔들었다. 헬기가 일으킨 돌풍에 눈을 제대로 뜰 수가 없었다. 밧줄에 묶인 좀비들이 옥상 위로 다가온 헬기를 향해 손을 뻗었다. 그 모습이 마치 헬기에 대고 손을 흔드는 듯했다.

"제발 들키지 마라."

옆에서 노인이 하얀 눈밭에 난데없이 검붉은 피를 왈칵 토했다. 눈앞이 아찔했다. 들고 있던 깃발로 황급히 피를 덮었다. 헬기는 공중에 멈춘 채로 아무런 반응이 없었다. 뱃속이 타들어가는 기분이었다.

잠시 후 헬기에서 경비병들이 밧줄에 묶인 쌀자루를 내려 보냈다. 쌀자루를 받아서 주둥이에 묶인 줄을 풀자 그들은 곧장 다음 건물로 이동했다. 그대로 서서 잠시 헬기를 바라보다가 바닥에 주저앉아 쌀자루를 열었다.

"해냈어."

지금까지 본 적 없는 많은 양이었다. 나와 노인뿐 아니라 방금 붙잡아둔 여자의 몫까지 계산한 듯했다. 심지어 자루 안에는 단팥빵도 두 개나 덤으로 들어 있었다. 손을 덜덜 떨면서 단팥빵을 하나 집어 포장을 뜯었다. 한입 베어 물려다가 멈칫했다. 다들 굶고 있는데 나 혼자 뭘 먹는다는 것이 마음에 걸렸다.

'돌아가서 다 같이 나눠 먹자.'

그렇게 생각하며 빵을 도로 배낭에 넣었다. '끙' 하고 신음하며 묵직한 배낭을 둘러매니 어깨를 누르는 무게만큼이나 마음이 든든했다.

옥상 난간 앞으로 걸어가 아래를 내려다봤다. 폭격으로 폐허가 된 거리에는 좀비들의 행렬이 파도처럼 출렁였다. 언제 저렇게 수가 불어났을까. 이제는 분비물이 있다고 해도 밖에 나갈 엄두를 내지 못할 지경이었다.

그때 놈들 사이에서 무언가 낯익은 형체가 얼핏 눈에 스쳤다. 자세히 보려고 했지만 형체는 금세 폐허가 된 골목으로 사라져 버렸다. 아버지였을까? 확신할 수는 없어도 그렇게 믿고 싶었다. 언젠가 아버지가 병원 앞으로도 다가온다면 좋을 텐데. 이래서야 기회가 온다고 해도 속수무책이겠지만, 열쇠만 되찾을 수 있다면 목숨이라도 걸 작정이었다.

그래도 일단은 소기의 목적을 달성한 것만으로도 충분히 만족스러웠다. 돌아서서 굴뚝 앞으로 걸어가자 바닥에 널브러져 싸늘하게 식어가는 고양이가 보였다. 괜히 되살아나기라도 하면 골치 아프니

마저 숨통을 끊으려고 다가갔다.

그런데 죽은 고양이 옆에서 뭔가가 '야옹'하며 꼬물거렸다. 똑같이 검정색 줄무늬를 가진 것으로 보아 녀석의 새끼인 듯했다. 놈은 다리를 다쳤는지 제대로 걷지 못했다. 그제야 예민하게 달려들던 고양이의 이상한 행동이 이해됐다.

"새끼를 지키려고 그랬냐?"

한숨이 나왔다. 사람이든 동물이든 살기 고단한 세상이었다. 어미의 몸통을 잡아 옥상 너머로 던졌다. 새끼가 더욱 심하게 울었지만 어쩔 수 없었다. 대신 배낭에서 단팥빵을 꺼내 녀석 앞에 내려놓았다.

"이건 네 몫이다."

머리를 쓰다듬으려 했지만, 녀석은 황급히 물러서더니 다리를 절뚝이며 옥상 구석에 난 작은 구멍으로 쏙 들어가 버렸다. 내가 사라지면 먹겠지. 어깨를 으쓱하고 나 역시 굴뚝으로 들어갔다. 1층에 도착하자 숨이 가쁘고 눈앞이 핑핑 돌았다. 먹고 사는 일이 이렇게 힘들다. 하지만 사람들이 음식을 보고 기뻐할 생각을 하니 기운이 났다.

칸막이를 열고 안으로 들어가자 사람들이 다가왔다.

"어떻게 됐어?"

문복의 말에 대답 대신 배낭을 열고 쌀자루를 꺼냈다. 그는 바닥에 주저앉아 쌀자루를 열어 보더니 탐탁지 않은 표정으로 말했다.

"삼 인분이 뭐 이래?"

아무래도 기대에는 미치지 못하는 듯했다.

"딱 보니까 식량 빼돌렸네."

"그런 거 아니에요."

억울해서 속이 뒤틀렸다. 내가 이걸 받으려고 얼마나 고생을 했는데.

"거 고생하는 사람한테 그러지 좀 맙시다."

기원이 나서서 그에게 말했다. 문복은 피식 웃으며 기원을 쳐다봤다.

"이놈을 믿는다 그거지? 내가 믿는 도끼에 대가리 깨져서 뒈진 애들 많이 봤는데……."

"말조심해요."

기원이 착 가라앉은 목소리로 말하자 문복이 어깨를 으쓱하며 손을 들어 보였다. 그는 입맛을 다시다가 나를 노려봤다.

"진짜 한 번 걸리기만 해 봐."

그러더니 혜진을 돌아보고 버럭 소리를 질렀다.

"넌 가서 밥이나 차려와."

그는 혜진과 밤을 지새우더니 거리낌이 없어졌다. 더는 혜진에게 친절하지도 않았다. 혜진은 쌀자루를 들고 말없이 일자리에서 일어났다. 나도 일어나 그녀를 도왔다. 우리는 냄비에 쌀을 붓고 욕조에 받아둔 물로 밥물을 맞췄다. 그런 다음 남은 자투리 재료를 모두 넣고 전자레인지에 돌렸다.

잠시 기다린 끝에 밥이 완성되자 고추장을 넣고 비벼서 주먹밥을 만들었다. 그저 먹고 살려고 만든 형편없는 음식이었지만, 상황이 상황인지라 냄새만 맡아도 입에 침이 고였다. 사람들에게 주먹밥을 하나씩 나눠주었다.

"이걸 누구 코에 붙이라고."

문복이 투덜거리다가 혜진을 쳐다봤다.

"야, 넌 여자니까 좀 덜 먹어도 되지? 반만 내놔."

"싫어. 나도 배고파……."

혜진의 말에 문복이 때릴 것처럼 손을 들어 올렸다.

"어디 남자 말에 토를 달아? 빨리 내놔."

"똑같이 나눴는데 왜 그래."

"나는 덩치가 크잖아."

문복이 눈을 부라리며 말했다.

"그 정도는 참아야지. 다들 힘든데. 사람이 어떻게 하고 싶은 것만 하고 살아."

그러자 문복이 혜진을 노려봤다.

"네가 지금 나를 가르치냐?"

"그게 아니라……."

"이게 사람 기분 엿같이 만드네?"

문복이 대뜸 손을 들어 혜진의 뺨을 후려쳤다. 그녀가 비명으로 지르며 옆으로 홱 쓰러졌다. 보다 못해 그의 앞을 가로막았다.

"왜 사람을 때려요?"

"배고파서 졸라 빡쳤거든. 누가 식량을 감춰서 말야."

문복이 자리에서 일어나 혜진에게 다가가려고 했다. 나는 우물쭈물하다가 주먹밥을 반으로 갈라서 그에게 내밀었다.

"그럼 이거 먹어요."

문복이 동작을 멈추고 나를 내려다봤다. 하지만 그는 다시 혜진에게로 눈길을 옮겼다.

"이번 기회에 저거 버릇을 고쳐놔야겠어."

"제발 그만해요."

그래도 문복은 아랑곳하지 않았다. 고개를 돌려 기원의 눈치를 살폈다. 그도 이 상황이 탐탁지 않은 듯 얼굴을 찌푸린 채로 문복을 쳐다보는 중이었다. 여차하면 일어나 싸움이라도 벌일 기세였다. 문제가 커져서 누가 잘못될까 봐 조마조마했다.

"식사 때마다 내 몫의 절반을 줄게요."

그제야 문복이 걸음을 멈추고 혀로 입술을 훑어 내렸다. 잠시 생각하는 듯하던 그가 이내 내 손에서 주먹밥을 낚아채 들고 자리에 앉았다. 혜진이 벌겋게 부어오른 얼굴로 일어나 바닥에 떨어진 주먹밥을 집어 들었다. 손을 부들부들 떨면서도 의연하게 행동했다. 그녀가 내게 자기 몫을 조금 떼어주려고 해서 손사래를 쳤다.

"난 이거면 충분해요."

"놀고들 있네."

문복이 밥을 우물거리며 말했다. 못들은 체하고 주먹밥을 한입에 털어 넣었다. 제대로 씹지도 않았는데 밥이 무슨 솜사탕처럼 녹아서 사라졌다. 아무리 나라도 턱 없이 부족한 양이었다. 이럴 줄 알았으면 옥상에서 단팥빵이라도 먹는 건데. 그러나 아무런 내색도 하지 않고 조용히 화장실에 들어갔다. 욕조에 담긴 얼음물을 바가지로 떠서 꿀꺽꿀꺽 삼키니 조금은 포만감이 느껴졌다.

그때 화장실 문이 열리며 혜진이 들어왔다. 나는 남은 물을 바닥에 흘려버리고 소매로 입을 닦았다. 그녀는 조용히 문을 닫더니 내게 고개를 숙였다.

"또 신세를 졌네요. 미안해요."

"아니에요. 사람부터 살리고 봐야죠."

혜진이 눈물을 글썽였다.

"게토에 가면 성국 씨한테 받은 신세 다 갚을게요."

"여기서 무사히 버텨주는 게 신세 갚는 거예요."

그렇게 말하며 애써 미소를 지었다.

"당신 같은 사람이라면 게토에 가서도 의지하면서 지낼 수 있을 것 같아요."

혜진의 말에 가슴이 울컥했다. 그녀가 나를 의지한다는 사실만으로도 충분히 보답을 받은 기분이었다. 집요하게 위벽을 긁어대던 허기도 그 순간만큼은 느껴지지 않았다. 다만 한 가지가 마음에 걸렸다.

"그런데 문복이 형이랑은 거리를 두는 게 좋지 않을까요? 아까도 정말 위험했잖아요."

"아니에요. 문복 오빠가 가끔 화를 내긴 해도 좋은 사람이에요. 성국 씨도 알잖아요."

전혀 몰랐지만 예의상 고개를 끄덕였다.

"내가 잘 처신하면 문제없을 거예요."

혜진이 자신 없는 목소리로 말했다. 문복에게 얻어맞은 그녀의 뺨은 이제 푸르스름하게 변했다. 어쩌면 혜진은 의지할 사람이 없기 때문에 스스로를 속이고 있는지도 몰랐다.

"그러지 말고……."

그때 녹슨 쇠 마찰음을 내며 화장실 문이 열렸다. 움찔하며 고개를 돌리자 문 앞에 선 기원이 보였다.

"할 얘기가 있어서요."

그의 말에 눈치 빠른 혜진이 종종걸음으로 화장실을 나갔다. 안으로 들어와 문을 닫는 기원을 보며 입을 열었다.

"뭔데요?"

"힘들겠지만 옥상에서 망을 좀 봐줘야겠어요. 성국 씨 아버지가 병원에 접근할 수도 있거든요."

아버지가 나타나면 통로에 대고 소리를 질러서 신호를 보내라는 것이다. 그럼 자신이 밖에 나가서 열쇠를 빼앗아 오겠다는 생각이었다.

"감시창으로 봐도 되잖아요."

바깥은 혹한의 추위가 지배하는 얼음 지옥이었다. 그런 곳에서 언제 올지 모르는 아버지를 무작정 기다리라니 솔직히 내키지 않았다. 그러나 기원이 고개를 저었다.

"시야가 너무 좁아요. 자꾸 부담주긴 싫지만, 옥상에 갈 수 있는 건 성국 씨뿐이잖아요. 게다가 문복이 저놈 하는 꼴을 계속 보고 있을 수도 없고요."

기원이 말을 흐렸다. 듣고 보니 그것도 그랬다. 언제까지 이곳에 틀어박혀 아귀다툼을 벌일 수는 없었다. 특히 시간이 지날수록 점점 포악해지는 문복은 언제 터질지 모르는 폭탄이었다. 내가 더 고생하면 사람들을 구할 가능성이 높아진다고 생각하자 그러자는 쪽으로 마음이 기울었다.

"하는 수 없죠."

빈 페트병에 물을 가득 채워서 기원과 화장실을 나왔다. 다른 사람들은 그새 식사를 마치고 뿔뿔이 흩어졌다. 상범은 간이침대에 누워 사진을 들여다보는 중이었고, 문복과 혜진은 창고에 들어갔는지 보이지 않았다. 굳게 닫힌 창고 문을 쳐다봤다.

안에서 무슨 일이 벌어지는지 몰라 속이 쓰렸지만, 차마 열어볼 용기는 나지 않았다. 괜히 문복의 성질을 건드렸다간 혜진에게 불똥이 튈 터였다. 어떻게든 그녀를 지켜주고 싶었다. 현실의 벽이 아무리 높아도 상관없었다. 여기서 탈출만 한다면 혜진도 더는 문복에게 끌려다니지 않을 것이다.

'그러니까 내가 잘해야 돼.'

마음을 굳게 먹고 라디에이터 쪽으로 걸어가 페트병을 올려두었다. 물을 데워서 휴대용 난로로 사용하려는 생각이었다. 기원은 바닥에 주저앉아 무기를 손질했다. 단검에 묻은 피를 헝겊으로 닦아내는 그를 보고 있자니 불편한 마음이 조금 가라앉았다.

정말이지 기원이 있어서 다행이었다. 그는 강한 의지를 갖추고 해야 할 일을 묵묵히 수행하는 뛰어난 군인이었다. 문복이 막 나가지는 못하는 것도 기원을 의식하기 때문일 터였다.

혜진을 지키기 위해서라도 기원과 더욱 더 견고한 관계를 맺어야겠다고 생각했다.

어느 정도 데워진 페트병을 품에 넣었다. 뜨끈뜨끈해서 휴대용 난로로는 제격이었다.

"그럼 다녀올게요."

조심하라는 기원의 말을 들으며 쓰레기 배출구로 들어갔다. 옥상으로 올라가 굴뚝을 빠져나오자 비상구 쪽에서 발이 묶인 좀비들이 나를 보고 손을 허우적거렸다. 언제나 똑같은 반응이었다. 지치지 않는 그들을 보니 두렵기보다 이제는 좀 지겹다는 생각이 들었다.

'이렇게 적응하는 걸까?'

옷깃을 여미고 난간 앞으로 걸어갔다. 거리를 내려다보며 아버지의 흔적을 찾아 눈동자를 굴렸다. 거리를 가득 메운 좀비를 하나씩 살피는 동안 끌어모은 온기가 무색하게 몸은 금방 식었다. 팔짱을 끼고 제자리 뛰기를 하며 체온을 유지하려고 했지만, 별로 효과가 없었다. 오늘따라 눈도 많이 내렸고, 바람도 강했다. 이를 딱딱 맞부딪치며 추위와 싸웠다.

더 이상은 무리라는 생각이 들 즈음 어디선가 남자의 목소리가 들렸다. 처음엔 좀비가 지르는 괴성을 잘못 들은 줄 알았다. 하지만 아니었다. 그것은 분명히 나를 부르는 사람의 목소리였다. 옥상을 이리저리 둘러보다가 건물 뒤편으로 돌아갔다. 목소리가 좀 더 크고 또렷해졌다.

병원 뒤편은 주차장이었다. 농구코트 크기의 공간에 자동차 두어 대가 거꾸로 뒤집힌 채로 방치되어 있었고, 그곳을 좀비 서넛이 목적 없이 배회하는 중이었다. 주차장이 끝나는 지점에 빙 둘러쳐진 담벼락을 지나 담벼락 바깥의 골목으로 시선을 옮겼다.

망가진 자동차와 그을음이 가득한 골목에는 처참한 몰골로 걸어 다니는 좀비들밖에 보이지 않았다. 소리가 난 곳은 골목 건너편에 길게 늘어선 주택가 쪽이었다. 전쟁의 화마가 휩쓸고 간 뒤라 대부분 폐허가 됐지만, 그래도 개중에는 멀쩡한 집들이 있었다. 물론 그런 곳들도 안으로 들어가 보면 좀비가 득실거리겠지만…….

주차장과 골목을 사이에 두고 우뚝 솟은 3층짜리 주택으로 고개를 돌렸다. 지금까지 사람을 한 번도 보지 못한 곳이었다. 당연히 좀비의 서식지라고 생각했는데 뜻밖에도 옥상에 안경을 낀 남자가 서 있었다. 그가 나를 부른 장본인이었다. 놀랍게도 그는 무척 뚱뚱

해 보였다. 이런 세상에서 어떻게 저런 몸을 유지할 수 있는지 의문이 들었다. 그가 손나발을 만들어 입에 대고 외쳤다.

"혹시 저 좀 도와주실 수 있을까요?"

"무슨 일인데요?"

그렇게 되묻자 남자가 자신을 김형철이라 밝히며 사정을 설명했다. 그의 말은 실로 놀라웠다. 그는 언젠가 세상이 이렇게 되리라는 사실을 예감하곤 지하실에 엄청나게 많은 식량을 저장해 두었으며, 그 때문에 자신이 이렇게 잘 먹고 잘 지낸다는 것이다. 그런데 며칠 전 바닥이 무너지는 바람에 지하실로 통하는 길이 막혔고, 식량을 더 이상 꺼낼 수 없게 되자 결국 헬기가 조달하는 식량을 받으러 옥상에 올라왔다가 나를 보게 되었다고 했다.

"아까도 불렀는데 못 듣고 들어가 버리더라고요. 그래서 당신이 다시 나타나길 기다렸어요."

그제야 고개를 끄덕였다. 그는 추위에 얼마나 떨었는지 안색이 창백하다 못해 새하얬다. 하지만 얘기를 들어봐도 내가 도움이 될 구석은 없어 보였다. 딱 봐도 나보다 몇 배는 힘이 셀 듯한 남자가 못한 일이라면 내가 돕는다고 해도 마찬가지일 테니까. 내 생각을 짐작한 듯 그가 말을 이었다.

"바닥에 비좁은 틈이 있어요. 나는 불가능해도 당신은 몸이 작으니까 분명히 들어갈 수 있을 겁니다. 거기서 식량을 좀 가져다주세요."

확실히 그거라면 내 전공이었지만, 뭔가 석연치 않았다. 이미 식인을 하는 사람까지 본 마당에, 의심은 더욱더 커졌다. 게다가 갑자기 지반이 무너졌고, 때마침 비좁은 틈이 생겼다는 말은 지나치게 아귀가 잘 맞아떨어졌다. 마치 나를 유인하려고 각본이라도 짠 듯한 느낌이랄까? 그 말만 믿고 무심코 저쪽에 넘어갔다가 소금에 절여진 채로 정육점 고기처럼 갈고리에 매달리는 내 모습이 떠올랐다.

"난 못해요."

간단히 거절하고 뒤돌아섰다. 그러자 등 뒤에서 다급한 목소리가 넘어왔다.

"혹시 식량이 부족하진 않나요? 내 부탁을 들어주면 내가 가진 식량의 절반을 줄게요. 분명 실망하지 않을 겁니다."

그건 무척 끌리는 제안이었지만, 난 주먹을 꽉 쥐고 고개를 흔들었다.

'전에도 그러다 죽을 뻔했어.'

아쉬운 마음을 억누르고 굴뚝으로 들어갔다. 미끄러운 벽을 타고 내려와 1층에 도착하니 벽을 사이에 두고 고성이 넘어왔다. 격앙된 감정을 폭발시키듯 잔뜩 날이 선 목소리를 듣자 불길한 예감이 들었다. 칸막이를 들어 올린 순간 허공을 날아가는 문복이 보였다.

그는 벽에 부딪치고 바닥으로 떨어졌다. 기원이 그에게 달려가 발을 내질렀다. 몸을 비틀어 피한 문복이 주먹을 휘둘러 기원의 가슴을 후려쳤다. 기원이 주춤거리며 물러서자 문복이 자리에서 일어났다. 둘은 잠시 서로를 마주 보고 숨을 몰아쉬었다.

둘 다 상태가 엉망이었다. 기원은 입술이 터져서 피가 흘러내렸고, 문복은 왼쪽 광대뼈가 푸르스름하게 부풀었다.

"제발 그만해요."

혜진이 소리쳤지만 그들은 꿈쩍도 하지 않았다.

"누가 먼저 시작했는데."

기원이 목을 한쪽으로 꺾으며 말했다.

"같이 먹고 살자는 게 그렇게 아니꼽냐?"

"없는 식량을 무슨 수로 내놓는데? 성국 씨 좀 그만 괴롭혀."

"난 자기 먹을 걸 너무 쉽게 양보한 것부터 도대체 납득이 안 가. 이런 세상에서 말이지. 분명 어딘가 따로 쟁여둔 게 있을 거야."

문복이 손등으로 입술을 훑으며 말했다. 기원은 조금도 동요하지 않았다.

"작작 해라. 그렇게 의심하려고 들면 끝도 없으니까."

그제야 상황을 알 듯했다. 문복이 또 내가 음식을 숨겨뒀다는 둥 하며 난리를 피우다가 기원과 부딪친 것이다. 몰래 구경하기엔 상황이 심상치 않아 보였다. 나는 쓰레기 배출구를 빠져나오며 소리쳤다.

"싸우지 말아요."

기원이 내게 고개를 돌린 순간 문복이 몸을 날렸다. 삽시간에 거리를 좁힌 그가 기원의 얼굴을 주먹으로 후려쳤다. 기원의 몸이 휘청 기울자 문복이 기세를 몰아 미친 듯이 주먹을 휘둘렀다. 사정없이 얻어맞던 기원이 고개를 비틀어 주먹을 흘리곤 '으아아' 하고 괴성을 지르며 문복을 벽으로 밀어붙였다. 대책 없이 밀려나던 문복이 자세를 고쳐 잡으며 버텼다. 둘은 이를 악물고 힘 싸움을 벌였다.

그러다 기원이 문복의 멱살을 틀어쥐고 바닥에 매쳤다. 몸무게만큼의 충격을 온몸으로 받아낸 문복의 입에서 좀비와 비슷한 신음이 흘러나왔다. 기원은 기회를 놓치지 않고 문복의 배에 올라타 주먹을 휘둘렀다. 문복은 고개를 이리저리 비틀며 방어했지만, 그래도 주먹을 다 피하지는 못했다.

어느새 그의 얼굴이 피로 물들었다. 얼굴이 시뻘겋게 달아오른 문복이 짐승처럼 소리치며 기원의 다리를 붙잡고 단숨에 뒤집어버렸다. 자세가 무너진 둘은 바닥에서 엎치락뒤치락하다가 떨어져 나와 동시에 몸을 일으켰다. 그러곤 누가 먼저랄 것도 없이 다시 서로에게 달려들었다.

그들은 이제 한 대씩 번갈아가며 서로의 얼굴을 후려치기 시작했다. 둘 다 무슨 생각인지 피하지도 않았다. 몇 차례 주먹이 오가고 기원이 때릴 차례에 갑자기 문복이 고개를 비틀어 주먹을 피하더니 발차기를 했다. 배를 걷어차인 기원은 뒤로 벌렁 넘어졌다. 하지만 다시 벌떡 일어나 문복에게 달려들었다.

이대로 가다간 어느 한쪽이 죽어야 끝날 듯했다.

"그만 하라고요."

주먹을 꽉 움켜쥔 채로 소리를 질렀지만 아무도 듣지 않았다. 맹수처럼 싸우는 이들을 말릴 방법이 없었다. 어찌할 바를 모르고 갈팡질팡하다가 문득 어느 지점에서 눈길을 멈췄다. 쌀자루를 놓아둔 곳이었다. 재빨리 달려가 자루를 집어 들고 쓰레기 배출구로 돌아왔다. 그것을 쓰레기 배출구 밖으로 내밀고 소리쳤다.

"그만하지 않으면 이거 버릴 거예요."

문복과 기원이 동작을 멈추고 나를 바라봤다. 그러자 순식간에 흉흉한 기세가 잦아들었다. 이미 둘 다 많이 지친 상태였기 때문이리라. 계속 지켜만 보던 상범이 나서서 문복을 데리고 창고로 들어갔다. 기원은 한숨을 뱉어내며 무너지듯 바닥에 주저앉았다. 나는 쌀자루를 바닥에 내려놓고, 기원에게 다가갔다.

"괜찮아요?"

그는 퉁퉁 부운 얼굴을 손으로 쓸어내며 바닥에 침을 뱉었다. 터진 입안에서 피가 주르륵 흘러나왔다. 그가 붉게 물든 이를 악물고 창고를 노려봤다. 창고 안에서는 문복이 고래고래 소리를 질렀다. 다 필요 없으니 혜진을 데리고 떠나겠다는 말이었다. 내가 불안한 표정을 짓자 기원이 일그러진 표정으로 씩씩대며 말했다.

"저놈이 진짜 나갈 것 같아요? 다 성국 씨 겁주려고 그러는 겁니다. 저런 자식은 약하게 나가면 오히려 더 날뛸 거라고요."

물론 문복은 그러고도 남을 인간이었지만, 그렇다고 싫다는 사람에게 억지로 사과를 시킬 수는 없었다. 어떻게 해야 좋을지 판단이 서지 않았다.

"야, 최혜진. 빨리 짐 싸라고."

창고 안에서 문복이 소리를 질렀다. 그 소리를 들은 혜진은 겁에 질려 나와 기원만을 애원하듯 번갈아 보았다. 이곳이 야생의 정글이라면 그녀는 가장 약한 초식동물이었다. 포악한 맹수에게 붙잡혀 장난감 취급을 당해도 방어할 수단이 없었다. 그리고 나 말고는 지켜줄 사람도 없다.

'혜진 씨만 생각하자.'

그 밖의 다른 감정은 걸림돌이 될 뿐이었다. 어쨌든 문제는 분명했다. 이들은 서열이 정리되지 않은 탓에 핑계만 생기면 싸움이 나는 것이다. 그때마다 피해는 고스란히 혜진이 떠안았다. 문제를 해결하려면 이들에게 강제로 서열을 만들어주는 수밖에 없었다. 마음의 결정을 내리고 창고로 가 문복과 상범을 불렀다.

"할 말이 있어요. 다들 휴게실로 모여주세요."

웬일인지 문복은 뭐라고 구시렁대면서도 창고 밖으로 나왔다. 정말 이래도 괜찮을지 조금 걱정이 됐지만 이내 고개를 저었다. 어차피 여기서 더 나빠질 것도 없었다. 떨리는 마음을 애써 가라앉히고 말했다.

"아무래도 여기서 상황을 정리해 줄 리더가 있어야겠어요. 모두가 따를 규칙을 만들고, 분쟁이 생겼을 때 중재를 서줄 사람으로요. 식량 배급도 전부 리더에게 맡길 겁니다."

문복이 인상을 찡그렸다.

"누구 마음대로?"

나는 그를 힐끔 보고 말을 이었다.

"리더는 내가 임의로 정할게요. 식량을 가지고 오는 게 나니까 그 정도 권리는 있다고 생각해요. 괜찮죠?"

문복의 표정이 더욱 일그러졌다.

"이 난쟁이 새끼가 지금 뭐하자는 거야?"

나는 작은 목소리로 말했다.

"함께 잘 지내려는 겁니다."

"개수작 부리지 마."

기원이 내 의중을 알겠다는 듯 미소를 지었다.

"맞습니다. 당연히 리더가 있어야지. 난 찬성입니다. 박 선생님도 그렇죠?"

그가 상범에게 눈짓을 했다. 눈치를 보던 상범은 헛기침을 몇 번 하곤 고개를 끄덕였다. 혜진은 아무런 의사표시도 하지 않았다.

"절이 싫으면 중이 떠나야지."

기원이 다 들으라는 듯 큰 소리로 말했다. 문복의 얼굴이 시뻘겋

게 달아올랐다. 분위기가 잠잠해지길 기다렸다가 마른 침을 삼키
고 입을 열었다.

"리더는 문복이 형으로 정하겠습니다."

7
괴물을 깨우다

"이름을 착각한 것 같은데요?"

기원이 더듬거리며 말했다.

"제대로 말했어요."

"하지만……."

그는 납득할 수 없다는 듯 내게서 눈을 떼지 않았다. 네가 나한테 이러면 안 되지. 그의 눈은 그렇게 말하고 있었다. 나도 이렇게까지 하긴 싫었지만, 지금은 이게 최선이었다. 기원은 리더가 된다고 해도 문복을 컨트롤하지 못할 터였다. 차라리 문복이 원하는 것을 들어주면서 그를 달래는 편이 더 낫다고 생각했다.

"나보고 리더를 하라고?"

문복이 날카로운 눈으로 나를 쏘아봤다. 내가 무슨 의도로 그런 결정을 내렸는지 살피는 듯했다.

"대신 한 가지 조건이 있어요."

"뭔데?"

"절대로 폭력을 쓰면 안 된다는 거예요. 그런 사람은 여기서 누리는 모든 권리를 박탈당하고 응분의 처벌을 받는 거죠. 밥을 굶는다든가……."

"처벌을 거부하면?"

"그럼 같이 지낼 수가 없겠죠."

창밖을 힐끔거리며 말했다. 이렇게 해두면 갈등이 완전히 사라지진 않더라도 이들이 함부로 문제를 일으키진 않으리라고 생각했다. 기원은 물론이고, 문복도 리더가 되어서 누리는 권리를 내놓고 싶진 않을 테니까. 하나의 해법으로 두 가지 문제를 동시에 해결하는 셈이었다.

문복은 미간을 좁히고, 턱을 삐쭉 내민 채로 말이 없었다. 뭔가 골똘히 생각하는 듯하던 그가 이내 입매를 당겨 올렸다.

"좋아, 해주지."

문복은 손으로 코를 슥 문지르더니 사람들을 둘러봤다. 다들 엉거주춤하게 서서 문복을 마주봤다. 그는 만족스러운 듯 코를 벌름거리며 한참 동안 움직이지 않았다. 눈동자를 데굴데굴 굴리는 품이 벌써 머릿속에서 무슨 즐거운 계획을 세우고 있는 듯했다. 통통부은 얼굴로 미소 짓는 그가 섬뜩했지만 내색하지는 않았다. 마침내 그의 눈동자가 멈췄다.

그는 건들거리며 사람들 앞으로 걸어갔다. 상범의 앞에서 멈춘 그가 허리를 굽혀 바닥에 놓인 책자를 집어 들었다. 언젠가부터 상범이 틈날 때마다 읽던 책이었다.

"이게 뭐요?"

"병원 매뉴얼이라는데 읽어두면 혹시 도움이 될까 싶어서……"

"그래서 뭐 좀 찾았나?"

"내가 보니까 지하실에 차고가 있더라고요. 만약에 거기가 무사하다면 최악의 경우엔 구급차를 타고 도시를 탈출할 수도 있을 듯한데…… 여기 보면 보관함에 휴대용 차량 충격기도 있다고 하니까 시동 거는 것도 문제없을 듯하고……"

문복이 혀를 끌끌 찼다.

"이봐요. 여긴 다리가 끊겨서 섬이나 마찬가지예요. 자동차는 쓸모가 없단 말입니다. 아직도 그걸 몰라요?" 문복의 말에 상범이 헛기침을 하고 입을 다물었다. "하여튼 꼰대들이란."

그는 책을 대충 펼쳐보더니 고개를 절레절레 저으며 휙 던졌다. 그러곤 혜진을 지나 기원에게로 걸음을 옮겼다. 그는 눈을 치켜뜨고 뭔가 못마땅한 표정으로 기원을 쳐다보다가 대뜸 입을 열었다.

"야, 너 담배 있지?"

"그런데?"

"내놔. 압수야." 문복이 낮은 목소리로 말했다. "혼자만 그런 걸 빨면 다른 사람들이 상대적 박탈감을 느끼잖아. 내가 보관할 테니까 내놔."

그가 손가락을 까딱거렸다. 좀 너무하다 싶었지만, 아예 터무니없는 이유는 아니라 뭐라고 말하기가 애매했다. 어쩌면 그는 기원을 자극해서 먼저 폭력을 쓰도록 유도하려는지도 몰랐다. 기원은 아무런 말도 하지 않고 문복을 쳐다봤다. 점점 붉게 달아오르는 그의 표정을 보자 가슴이 조여드는 듯했다.

'제발 참아요.'

잠시 후 기원은 한숨을 뱉어내며 바지 주머니에서 담배를 꺼내 문복에게 내밀었다. 그제야 나도 안도하며 숨을 몰아쉬었다.

담배를 받아든 문복이 피식 웃었다. 그는 기원의 귓가에 얼굴을 바싹 붙였다. 그가 무슨 말을 하자 기원의 눈동자가 흔들렸다. 참아 보려는 듯 주먹을 꽉 쥐고 몸을 부르르 떨던 기원이 순식간에 머리로 문복의 얼굴을 들이받았다. 문복은 코를 쥐고 바닥에 쓰러졌다. 기원은 분이 풀리지 않는 듯 숨을 씩씩 몰아쉬며 문복에게 달려들려고 했다. 상범이 가까스로 그를 막아섰다.

"봤지?"

문복은 넘어진 채로 나를 돌아봤다. 박치기에 얻어맞은 그의 콧잔등이 벌겋게 부었다. 도대체 무슨 말을 했기에 기원이 저토록 흥분했는지 모를 일이었다. 소기의 목적을 달성한 문복의 얼굴에 뒤틀린 미소가 번졌다.

그는 자리에서 일어나 창고로 들어가더니 철제 캐비닛을 열고 안에 든 물건을 모두 바깥으로 끄집어냈다. 그러곤 캐비닛 한 칸을 통째로 끌고 휴게실로 돌아왔다.

"앞으로 폭력종자는 여기서 반성의 시간을 갖는 거야."

문복은 캐비닛을 바닥에 눕히고 문을 열었다. 비좁고 녹슨 내부에서 빠르게 기어 다니는 바퀴벌레가 보였다. 그는 기원을 바라봤다.

"들어가."

"내가 왜?"

"네가 날 때렸잖아. 거부하면 추방이다."

"넌 내 아내를 모욕했어."

"내가 언제?"

문복이 뻔뻔한 얼굴로 되묻자 기원은 말을 잇지 못했다. 기원이 흔들리는 눈으로 나를 쳐다봤다. 나는 어깨를 움찔하며 그의 눈을 피했다. 잠시 입술을 깨물고 머뭇거리던 그는 이내 순순히 캐비닛으로 들어갔다. 문복은 캐비닛을 닫고, 힘을 주어 뒤집었다. 그러면 혼자 힘으로는 절대 빠져나올 수가 없을 터였다.

"잘못했다고 빌면 풀어주지."

문복이 캐비닛에 걸터앉으며 말했다. 기원은 아무런 대답도 하지 않았다. 문복이 뒤꿈치로 캐비닛을 쾅쾅 후려 차며 대답을 종용했지만, 그래도 마찬가지였다. 문복이 코웃음을 쳤다. 그러곤 캐비닛에 한 뼘 길이로 난 틈에 가래침을 뱉었다.

"목마르면 얘기해 오줌이라도 싸 줄게."

더는 보고 있기가 힘들었다. 조용히 일어나 화장실에 들어갔다. 변기에 걸터앉아 손으로 머리를 마구 헝클었다. 잘못된 걸 바로잡으려고 할 때마다 상황은 악화되기만 했다. 기원이 당하는 수모를 보고 있자니 속이 쓰렸다. 지금이라도 다 없던 일로 하고 싶었다.

'하지만 그러면 혜진 씨가 위험해져.'

입술을 질끈 깨물었다. 어느 쪽을 택해도 괴로워질 뿐이었다. 그리고 내겐 혜진의 목숨이 더 중요했다. 기원은 적어도 죽지는 않을 테니 나중에 어떻게든 사죄를 하자고 생각하며 마음을 다잡았다.

'그런다고 누가 알아주기나 할까봐?'

내 안의 시니컬한 목소리가 비아냥거렸다.

'대가를 바라고 하는 일이 아니야.'

화장실 문이 열리는 소리에 고개를 들었다. 혜진이 안으로 얼굴을 내밀었다. 반려자의 기분을 살피는 고양이처럼 조심스런 몸짓으로 들어온 그녀가 내 옆에 쭈그려 앉았다.

"왜 그랬어요? 기원 씨랑 친했잖아요."

"안 그러면 문복이 형이 혜진 씨를 데리고 나갔을 거예요."

내 말에 혜진이 우울한 표정을 지었다.

"나 같은 게 뭐라고."

"아니에요. 혜진 씨는 나한테 소중한 사람이에요."

나도 모르게 그렇게 말하고 흠칫 놀라서 그녀를 바라봤다. 눈을 동그랗게 뜨고 나를 마주보던 혜진이 한숨을 내쉬며 말했다.

"그렇죠. 살아남은 사람은 다 소중하죠."

"그게……."

대충 맞장구치며 넘어가려고 했지만, 내 마음이 그렇지가 않았다. 모든 걸 털어놓고 싶은 충동이 일었다.

"아뇨, 나 혜진 씨 좋아해요. 처음 봤을 때부터 좋았어요."

주먹을 꽉 쥐고 참았던 말을 뱉었다. 혜진은 정말로 놀란 듯 말이 없었다. 그 반응을 보니 얼굴이 화끈거렸다. 역시 괜한 짓이었다.

"그러니까 내 말은……."

그녀가 다가와 내 어깨를 끌어안았다.

"말해줘서 고마워요. 나도 성국 씨가 좋아요."

순간 감전이라도 당한 것처럼 몸이 굳었다. 그녀의 따뜻한 체온과 은은하게 풍기는 묘한 체취에 정신이 아찔했다. 그녀의 말을 어떻게 받아들여야 할지 판단이 서지 않았다.

"진심이에요."

이어진 말을 듣자 가슴속에 불길이 일었다. 이럴 수가. 그동안 혼자만의 짝사랑이라고 생각했지만, 아니었다. 그녀도 나를 마음에 두고 있었다. 그것으로 충분했다. 왜 아니겠는가? 이 여자를 지키기 위해서라면 못할 게 없다는 생각이 들었다.

"하지만, 시간이 많지 않아요."

혜진이 침울한 목소리로 말했다.

"무슨 말이에요 그게?"

"문복 오빠는 당장에라도 더 많은 식량을 찾아서 여길 떠날 거랬어요. 물론 나도 데리고 가겠죠."

심장에서 '쿵' 하는 소리가 났다. 아직도 그런 생각을 하고 있다니. 무슨 벽에 대고 말을 하는 기분이었다.

"싫다고 해요."

"그런 말이 통할까요? 난 문복 오빠가 무서워요."

그건 나도 마찬가지였다. 힘으로는 그를 막을 사람이 아무도 없었다. 혜진이 나를 물끄러미 바라봤다.

"식량을 충분히 얻을 방법이 없을까요?"

"있었으면 왜 안 가져오겠어요."

지끈거리는 관자놀이를 손으로 문질렀다. 이제야 비로소 혜진의 마음을 알았는데 이렇게 떠나보낼 수는 없었다. 그럴 바에야 차라리 밖에서 울부짖는 시체가 되는 편이 나을 터였다. 하지만 도대체 뭘 어떻게 해야 한단 말인가. 몸을 앞으로 굽히며 손바닥으로 얼굴을 덮었다.

불현듯 어떤 장면이 뇌리를 스쳤다. 옥상에서 만난 남자, 김형철의 얼굴이었다. 그는 자기 집 지하에 묻힌 식량을 가져다주면 절반을 주겠다고 했다. 어느 정도나 되는지는 몰라도 지금까지 집안에서 버틸 정도라면 적은 양은 아닐 것이다. 어쩌면 이 모든 갈등을 해결할 수 있을지도 몰랐다.

하지만 그냥 믿기엔 찜찜한 말이었다. 뒤로 무슨 꿍꿍이가 숨어 있을 가능성이 높았다. 온갖 불길한 결과에 대해선 이미 충분히 따져봤다. 만약 하나라도 사실이라면 나는 호랑이 아가리에 스스로 걸어 들어가는 격이었다.

"늘 고생하는데…… 고마워요."

혜진이 물기 어린 눈으로 나를 바라봤다. 그녀가 자리에서 일어나 출입문 쪽으로 걸어갔다. 그 뒷모습을 보고 있자니 견딜 수가 없었다.

"잠깐만요."

혜진이 나를 돌아봤다. 그녀의 하얗고, 말간 얼굴을 계속 보고 싶었다. 그러려면 방법은 하나뿐이었다. 하자. 하는 거다. 설령 내 목숨이 위험해진다고 해도. 위험을 감수하지 않고는 아무 것도 얻을 수가 없는 세상이었으니까.

"내가 어떻게든 해볼게요."

"뭘 하려고요?"

"다녀와서 말해줄게요. 어쩌면 식량을 더 가져올 수 있을지도 몰라요."

그녀를 내보내고 조금 있다가 화장실을 나왔다. 아직도 캐비닛에 걸터앉은 문복이 보였다. 상범은 옆에서 아무 일도 없었던 것처럼 매뉴얼을 들여다보는 중이었다. 어쩌면 저렇게 무신경할 수가 있을까? 갈등을 피하고 싶은 마음이야 이해는 하지만, 속마음을 너무 드러내지 않으니 조금 의뭉스러워 보이기도 했다. 그러나 지금은 그런 걸 일일이 지적할 때가 아니었다. 마른 침을 삼키고 쓰레기 배출구로 걸어갔다.

"어디가?"

문복의 말에 손가락으로 위를 가리켰다.

"아버지가 오는지 보고 올게요."

형철은 지금쯤 집으로 들어갔겠지만, 언제 또 나올지 모르니 일단 가서 기다릴 작정이었다. 문복은 리더가 된 기분에 취한 탓인지 별다른 말은 하지 않았다. 그를 뒤로 하고 쓰레기 배출구로 들어갔다.

옥상으로 올라가니 눈이 내리는 중이었다. 겨드랑이에 손을 끼우고 뒤뚱거리며 건물 뒤편으로 돌아갔다. 또 얼마나 추위에 떨어야 하나 싶어 조금 암담했다. 그런데 난간에 도착한 순간 맞은편 건물 옥상에서 뜻밖의 광경이 보였다.

형철은 머리와 어깨에 눈이 쌓인 채로 꼼짝도 하지 않고 이쪽을 쳐다보는 중이었다. 마치 내가 다시 돌아올 줄 알았다는 기색이었다. 속마음을 들킨 듯해 얼굴이 달아올랐다. 꺼림칙한 마음을 추스르고 그쪽에다 소리를 질렀다.

"정말 식량을 줄 건가요?"

"약속해요. 너무 많아서 혼자는 다 먹지도 못하고 버려야 할 지경이라고요."

형철이 쉬어서 갈라지는 목소리로 외쳤다.

'저건 다 거짓말이야. 진짜 식량은 난쟁이의 살코기겠지.'

머릿속에 떠오르는 망상을 흩어버리려고 고개를 흔들었다. 어쨌든 확인은 해봐야 했다. 여차하면 커터 칼로 저자의 피부를 살짝 긁어줄 생각이었다. 그가 좀비로 변하는 동안이면 내뺄 시간은 충분했다.

"그런데 어떻게 가죠?"

병원과 주택 사이에 펼쳐진 구역을 내려다봤다. 주차장과 골목을 합쳐도 직선으로는 50여 미터 남짓한 거리에 불과했다. 그러나 문제는 출입구가 반대 방향이라는 점이었다. 중간에 샛길도 없어서 저기까지 가려면 여러 개의 건물을 빙 돌아야 했는데, 어림잡아 봐도 정육점보다 멀었다. 좀비의 체액을 발라 위장한다고 해도 그건 무리였다.

"이걸로요."

형철이 밧줄을 들어 보였다. 밧줄 끝에 돌덩이를 묶어 새총으로 쏘겠다는 것이었다. 돌덩이가 이쪽이 떨어지면 적당히 튼튼한 지점에 밧줄을 묶으란다. 그렇게 연결한 밧줄을 타고 건너오라는 단순한 계획이었다. 위험부담은 있어도 걸어서 가는 것보다는 훨씬 안전했으므로 나도 동의했다.

그는 돌덩이에 밧줄을 묶더니 새총에 장전을 하고 힘껏 당겼다. 과연 이곳까지 날아올까 미심쩍었는데 그가 손을 놓자마자 돌덩이가 무서운 속도로 날아와 건물을 거뜬히 넘겨버렸다. 힘이 과하거나 방향을 잘못 잡아 몇 번이나 실패했다. 그러나 계속 반복하자 마침내 돌덩이가 병원 옥상에 떨어졌다. 밧줄을 풀어서 굴뚝에 단단히 묶고 난간으로 걸어갔다. 형철이 밧줄을 팽팽하게 잡아당겨 옥탑 철문에 동여맸다. 아래로 경사진 굵은 밧줄이 바람에 흔들렸다. 건너갈 땐 편해도 돌아오려면 고생 깨나 할 듯했다.

'하는 수 없지.'

스트레칭으로 몸을 풀고 난간에 올라섰다. 심호흡을 반복하자 떨리는 가슴이 차츰 가라앉았다. 밧줄에 거꾸로 매달려 전기구이 통닭처럼 다리를 꽜다. 그리고 밧줄을 조금씩 잡아당기며 이동했다. 절반쯤 와서 무심코 아래를 내려다보니 아찔했다. 무수히 많은 좀비들이 한데 뭉쳐서 내게 손을 뻗었다. 여기서 떨어지면 세상에서 가장 끔찍한 방식으로 죽을 터였다.

'정신 차리자.'

끊임없이 자신을 독려하며 이동한 끝에 무사히 건너편으로 넘어갔다. 형철이 내민 손을 붙잡고 밧줄에서 내려왔다.

옥상은 반쯤 무너진 옥탑이 절반 정도를 차지했고, 나머지 공간에 평상과 녹이 잔뜩 슨 벤치프레스가 눈에 뒤덮인 채로 방치되어 있었다. 측면의 난간은 금이 심하게 가서 조금만 충격을 줘도 무너질 듯했다.

"고생했어요. 그럼 들어가죠."

형철이 옥상 오른편에 있는 외부계단으로 걸음을 옮겼다. 세차게 부는 바람에 몸을 잔뜩 움츠리고 그의 뒤를 쫓았다. 붉은색 핏자국이 드문드문 비치는 옥탑을 지나 눈으로 얼어붙은 계단을 천천히 내려갔다. 2층에 도착하니 온갖 가구와 집기로 계단이 막혀 더는 내려갈 수가 없었다.

"이쪽으로요."

형철이 층계참 왼편으로 몸을 틀었다. 계단 옆에 건물 내부로 들어가는 현관이 보였다. 그가 문을 열자 퀴퀴한 냄새가 흘러나왔다.

"혼자 살다 보니 청소를 별로 못했어요."

형철이 변명처럼 중얼거렸다. 그의 말대로 칙칙하고 어두운 거실 바닥에는 수십 권의 만화책과 과자 포장지, 빈 통조림 깡통 따위가 아무렇게나 굴러다녔다. 괜찮다고 대답하며 신발을 벗고 안으로 들어갔다. 걸음을 내디딜 때마다 쓰레기가 밟혔다.

'이런 곳에 정말 식량을 숨겨두었을까?'

의문이 들었지만 내색하지 않고 조용히 따라갔다. 형철은 거실 구석으로 걸어가 바닥에 깔린 카펫을 걷어냈다. 바닥에 가로세로 길이가 각각 1미터 남짓한 사각 판자가 보였다. 그것을 들어 올리자 아래로 내려가는 계단이 나왔다. 주택 치곤 구조가 복잡해서 무슨 폐허에 들어간 탐사대라도 된 기분이었다.

1층으로 내려가자 생각보다 훨씬 암울한 공간이 모습을 드러냈다. 원래는 꽤 고급스러웠을 대리석 인테리어가 흉물스럽게 뒤틀려 있었다. 바닥이 움푹 꺼져서 아래로 함몰되었고, 주변은 온갖 콘크리트 파편과 박살난 가구의 잔해로 어지러웠다. 그의 말대로 바닥이 내려앉은 것이다.

"이 난리 이후 조금씩 무너지기 시작했어요. 그래도 제법 잘 버텨서 괜찮을 줄 알았는데 갑자기 내려앉더라고요. 이럴 줄 알았으면 식량을 지하실에 두지 않는 건데."

형철의 말을 들으며 함몰된 곳의 중심으로 걸어갔다. 또 무너지면 어쩌나 걱정했지만, 이대로 균형을 이뤘는지 바닥은 꿈쩍도 하지 않았다. 그를 뒤따라 가까이 가자 좀 더 구체적인 모습이 보였다. 가뭄에 마른 논처럼 대리석 바닥이 깨져서 아래로 비탈졌고, 그 가운데 동관으로 만들어진 시커먼 구멍이 있었다.

"여기로 들어가면 돼요."

거기가 지하실로 내려가는 통로였다. 원래는 반듯한 'ㄴ'자였는데 입구가 우그러드는 바람에 들어갈 수가 없게 되었단다. 막상 통로를 보니 나도 자신이 없었다. 괜히 들어갔다가 무너져서 깔리거나 저 안에 갇힐지도 모른다는 생각이 들었다.

"위험해 보이는데요?"

"괜찮아요. 내가 통로를 부수려고 망치로 아무리 후려쳐도 끄떡하지 않았거든요."

어쩐지 더 불안해지는 말이었다. 그래도 여기까지 왔으니 들어가는 시늉이라도 해야 할 터였다. 점퍼를 벗어서 옆에 내려놓고 심호흡을 했다.

"이걸 가져가요. 전등이 고장 났으니까."

형철이 바지 호주머니에서 캠핑용 헤드랜턴을 꺼내며 말했다. 그는 직접 내 이마에 랜턴을 씌워주었다. 위쪽 버튼을 누르자 빛이 뻗어나가 벽에 노란색 원을 그렸다. 준비를 마치고 바닥에 주저앉아 동관으로 머리를 집어넣었다. 비좁긴 해도 못 들어갈 정도는 아니었다. 곡선으로 휜 철제 동관에 조금씩 몸을 욱여넣다가 완전히 안으로 들어갔다.

아래로 내려가니 어떤 상황인지 보였다. 통로의 구조는 변하지 않았지만, 위에서 누르는 압력 때문에 통로 자체가 무척 비좁아진 상태였다. 5미터 남짓한 길이의 통로 끝에서 뭔가 아른거렸는데, 그게 통조림인지는 확신할 수가 없었다.

"되겠어요?"

"한 번 해볼게요."

몸을 최대한 웅크리고 앞으로 기어갔다. 중간까지는 무난히 가는

가 싶더니 갑자기 몸이 움직이지 않았다. 이를 악물고 힘을 써 봐도 소용이 없었다. 당황해서 몸을 비틀수록 점점 압박감이 심해졌다.

"몸이 꼈어요."

그렇게 말하자 형철이 뭐라고 소리를 질렀다. 하지만 무슨 얘긴 지 알아들을 수가 없었다. 귀에서 '삐' 하고 이명이 울렸다.

"안 움직인다고요."

제대로 숨을 쉬기가 힘들었다. 여기 갇혀서 서서히 죽어가는 내 모습이 떠올랐다. 미친 듯이 소리를 질러 봐도 목만 아플 뿐이었다.

"제발 진정하고 숨부터 쉬어요."

어느 순간 이명이 잦아들며 형철의 목소리가 또렷해졌다. 기운이 빠져 더는 난리칠 수도 없었다. 그대로 심호흡을 반복하자 조금씩 마음이 가라앉았다.

"얼마나 남았어요?"

"1미터 정도요."

"몸이 낀 게 확실해요? 어쩌면 옷이나 다른 게 걸렸을지도 몰 라요."

차분하게 몸을 뒤틀었다. 이제 보니 팔다리는 조금씩 움직였는 데, 앞으로만 나가지를 못하는 상황이었다. 그의 말대로 어딘가에 옷이 걸린 듯했다.

"뒤로 갔다가 다시 움직여 봐요."

형철이 코치하는 대로 몸을 조금 뒤로 뺀 다음 다시 앞으로 기 어갔다. 이번엔 부드럽게 몸이 빠져나왔다. 신중하게 움직여 지하실 로 완전히 내려왔다. 그대로 쓰러져 숨을 몰아쉬었다. 가슴을 묵직 하게 짓누르던 공포가 차츰 사라졌다.

손으로 바닥을 짚고 몸을 일으켰다. 주변을 둘러본 순간 내 눈을 의심했다. 헤드랜턴의 불빛이 닿는 곳마다 엄청난 양의 통조림이 쌓여 있었다. 할 말을 잃고 멍하니 통조림을 바라봤다. 꿈을 꾸는 기분이었다. 고기, 과일, 야채가 종류별로 분류되어 차곡차곡 쌓여 있었다. 천장이 무너져 파손된 것을 감안해도 600개는 넘어보였다.

"도착했어요?"

"여긴 천국이에요." 고등어 통조림을 집어 들고 통로에 외쳤다. "이거 하나 먹고 시작해도 될까요?"

"마음껏 먹어도 돼요."

대답을 듣자마자 통조림을 따서 가공된 고등어를 손으로 집어 먹었다. 얼마나 맛있는지 콧잔등이 시큰해졌다. 고기를 먹고 느끼한 국물까지 남김없이 다 마셨다. 그간 느끼지 못했던 활력이 온몸에 흘러넘쳤다.

바닥에 굴러다니는 마대 자루를 집어 들고 곧장 작업을 시작했다. 통조림을 자루에 담아서 동관에 넣은 다음 막대기로 깊숙이 밀어 넣으면 형철이 받아서 통조림만 빼고 자루를 다시 내려 보내는 식이었다.

두 시간 정도 쉬지 않고 일한 끝에 절반 정도를 옮겼다. 아직도 엄청나게 많이 남은 통조림을 바라보며 흐뭇한 미소를 지었다.

'이게 다 내 거라니.'

통조림을 가지고 돌아가면 사람들은 어떤 표정을 지을까? 생각만 해도 짜릿했다. 그러나 한편으로는 불안한 마음도 들었다. 통조림을 다 옮겼는데 형철이 내 몫을 주지 않을지도 몰랐기 때문이었다. 그는 나쁜 사람 같진 않았지만, 원래 화장실 들어갈 때랑 나올

때 다른 게 사람 마음이었다.

내게도 어느 정도 보험은 필요했다.

작업을 중단하고 통로로 들어갔다. 엉금엉금 기어서 위층 동관을 빠져나오니 팔다리가 뻐근했다. 바닥에 엎드려서 길게 숨을 뱉었다. 계단 옆으로 통조림을 차곡차곡 정리하던 형철이 나를 바라봤다.

"왜 벌써 나와요? 아직 많이 남았을 텐데."

"일단 옮긴 것 중에서 절반을 먼저 주시면 안 될까요? 사람들한테 가져다주고 와서 다시 시작할게요."

이마에 맺힌 땀을 손등으로 문지르며 말했다. 그러나 형철이 고개를 저었다.

"그건 안 돼요. 다 가지고 와야 준다고 했잖아요."

"하지만……."

내가 말을 흐리자 형철이 정리를 멈추고 한숨을 내쉬었다.

"내가 약속을 안 지킬까봐 그러죠?"

"뭐 꼭 그런 건 아니지만……"

"맞아요."

예상을 빗나간 대답에 고개를 들고 그를 쳐다봤다. 그가 가운뎃손가락으로 안경을 추켜올리더니 재차 말했다.

"성국 씨는 다시 병원으로 돌아가지 못할 거예요."

너무나 태연한 목소리라서 그 말이 담고 있는 무서운 뜻을 알아차리는데 조금 시간이 필요했다. 갑자기 형철이 다른 사람처럼 보였다. 바닥에서 일어나 천천히 뒷걸음질을 쳤다.

"난 더 이상 식량을 가져오지 않을 거예요."

"아뇨, 가져오게 될 겁니다."

형철이 재킷을 옆으로 걷어서 안감을 보여줬다. 속주머니에 날이 바짝 선 전지가위가 꽂혀 있었다. 그가 전지가위를 뽑아들고 씩 미소를 지었다.

"이걸 사용하면 다들 착한 아이가 되거든요."

그가 전지가위를 두어 번 쥐었다 풀자 착착, 하고 뭐든지 잘라버릴 듯한 소리가 들렸다. 손바닥에 땀에 났다. 나도 재빨리 바지 호주머니에서 커터 칼을 꺼내 들었다. 하지만 그 정도는 예상했다는 듯 형철이 내 허리를 발로 걷어찼다. 외마디 비명을 지르며 옆으로 픽 쓰러졌다. 칼이 손에서 떨어져 바닥을 굴렀다.

엉금엉금 기어가 칼을 집어 들려고 했지만, 형철이 내 손을 짓밟았다. 내가 비명을 지르며 팔다리를 허우적거리자 무자비한 발길질이 날아들었다. 머리, 어깨, 허리 가리지 않고 걷어차였다. 눈앞에 별이 번쩍거리고, 입술이 터져 찝찔한 맛이 났다. 결국 저항하길 포기하고 바닥에 축 늘어졌다. 그제야 형철이 구타를 멈췄다.

"그러게 왜 사서 매를 벌어요." 그가 손으로 머리를 쓸어 넘기더니 말을 이었다. "내 말만 잘 들으면 아무 일도 없을 겁니다. 여기서 같이 살아요. 나도 혼자서는 이제 외로우니까."

"내가 돌아가지 않으면 사람들이 굶어 죽어요."

더듬거리며 사정했지만 그의 표정은 별반 달라지지 않았다.

"누가 누굴 걱정해요? 자기 몸도 건사하기 힘든 세상에서."

"그래도 돌아가야 돼요."

형철이 혀를 찼다.

"자꾸 속상하게 그럴 거예요? 손가락 몇 개 잘리고 나서 후회하지 말고 그냥 받아들여요."

서늘한 말투에 소름이 끼쳤다. 그는 진심이었다. 나는 여기서 살 마음이 조금도 없었지만, 손가락을 잃고 싶지도 않았다. 아무리 생각해도 지금은 달리 방법이 없었다. 한숨을 뱉어내며 고개를 숙이자 바닥에 굴러다니는 통조림이 보였다. 순간 어떤 생각이 떠올랐다.

"어, 저거……."

손가락으로 형철의 어깨 너머를 가리켰다. 그가 돌아보는 사이 재빨리 통조림을 집어 등 뒤로 감췄다.

"뭐요?"

"아니에요. 제가 잘못 봤나 봐요. 아무튼 그렇게 할게요."

그제야 형철이 미소를 지었다.

"많이 아프죠? 미안해요."

그가 허리를 굽히고 쓰러진 내게 손을 내밀었다. 기회였다. 나는 그의 손을 잡고 몸을 일으켰다. 동시에 반대쪽 손에 든 통조림을 힘껏 휘둘러 그의 얼굴을 후려쳤다. 형철이 얼굴을 감싸 쥐고 비명을 질렀다.

"아악, 내 눈."

그가 손으로 얼굴을 가리고 뒷걸음질을 치는 동안 재빨리 계단을 올라갔다. 이젠 돌이킬 수가 없다. 잡히면 최소한 손가락 하나는 잘릴 터였다. 숨을 들이쉬고 내쉴 때마다 목구멍이 따끔거렸다. 간신히 2층에 도착해 뒤를 돌아보니 계단을 올라오는 형철이 보였다.

"넌 잡히면 죽었어."

분노로 가득한 외침을 듣자 목덜미가 뻣뻣해졌다. 설상가상 현관으로 내달리다가 바닥에 굴러다니는 통조림 깡통을 밟고 뒤로 벌렁 넘어졌다. 등허리를 지면에 정통으로 부딪쳐 숨이 턱 막혔지만, 허겁지겁 일어나 계속 발을 놀렸다.

숨을 헉헉대며 간신히 옥상에 도착했다. 그리고 망연자실하게 걸음을 멈췄다. 옥탑 철문에 묶어둔 밧줄이 끊겨 있었다. 단면이 깔끔하게 잘린 거로 보아 형철의 짓이었다. 주변에는 숨거나 달아날 곳이 없었다. 내가 갈팡질팡하는 동안 형철이 옥상에 도착했다.

"이 새끼 죽인다."

그는 손으로 오른쪽 눈을 누르며 나를 노려봤다. 손바닥 틈으로 피가 뚝뚝 떨어졌다.

"당신이 먼저 속였잖아."

그가 성큼성큼 다가오는 만큼 뒷걸음질을 쳤다. 그러다 난간까지 몰리고 말았다. 힐끔 돌아보니 3층 아래에서 어슬렁거리는 좀비들이 보였다. 입술을 꽉 깨물고 난간 위로 올라섰다. 사방에 균열이 가득한 난간은 금방이라도 무너질 듯 흔들렸다. 형철이 걸음을 멈추고 나를 쳐다봤다.

"뭐 하는 거야?"

"뭐 하는 걸로 보이는데?"

막다른 길에 몰리자 될 대로 되란 심정이었다. 이제는 형철이 당황한 기색이었다. 그는 섣불리 다가오지 않았다. 내가 아니면 지하실에 있는 식량을 가져오지 못할 테니 당연한 반응이었다.

"그만 둬. 아까는 그냥 겁을 주려고 그런 거야. 난 정말 네가 필요하다고."

그런 말을 믿기엔 너무 늦었다. 난간이 자꾸 흔들려서 다리가 후들거렸다.

"그럼 일단 방으로 돌아가. 난 여기서 생각을 좀 해볼 테니까."

"알았어. 알았다고."

그가 천천히 뒤로 물러섰다. 나는 꼼짝도 하지 않고 그를 주시했다. 순간 바람이 세차게 불어 몸이 휘청 기울었다. 흔들리는 난간 위에서 중심을 잡으려고 허우적거리다가 난간 너머로 발을 헛디디고 말았다. 몸이 아래로 푹 꺼졌다. 깊은 무력감이 심장을 두드렸다. 그런데 떨어지기 직전 억센 손아귀가 내 팔목을 붙들었다.

"정신 차려."

형철이었다. 그가 난간에 허리를 걸친 채로 내 팔을 잡아당겼다. 쩍 소리를 내며 난간이 무너지는 것과 동시에 나는 단숨에 위로 끌려 올라왔다. 그런데 아이러니하게도 내가 난간을 넘어서 옥상 바닥에 널브러지는 사이 형철은 무너지는 난간에 휩쓸려 아래로 떨어지고 말았다. 내가 어찌할 틈도 없이 한순간에 벌어진 일이었다.

자리에서 일어나 난간 쪽으로 걸어갔다. 좀비들이 달려들어 땅에 떨어진 형철을 물어뜯는 중이었다. 처절하게 이어지던 그의 비명은 금세 잦아들었다. 잠시 후 너덜너덜해진 몸으로 일어나 놈들처럼 길거리를 배회하는 형철을 멍한 눈으로 바라봤다.

"당신이 자초한 거야."

그렇게 중얼거리면서도 입맛이 썼다. 욱신거리는 얼굴을 손으로 쓸었다.

"이제 어떡하지?"

형철이 사라졌어도 상황은 여전히 암울했다. 돌아갈 방법이 없었기 때문이다. 나 혼자 먹고 살아야 한다면 그것도 나쁘지 않은 상황이었지만, 내게는 딸린 사람이 많았다. 자이로콥터를 타고 게토로 떠날 수 있으리라는 희망도 아직 놓지 않았다. 무엇보다 혜진이 없는 곳에서 혼자 지내기 싫었다.

섬에 갇힌 기분이었다. 헤엄을 쳐서 육지로 건너가기엔 물속에 서식하는 악어 떼가 너무 많았다. 여기 오면서 사용했던 밧줄은 병원 옥상에 매달려 바람에 끼익끼익 흔들리는 중이었다.

내가 있는 곳과 끊긴 밧줄 사이의 단절된 공간을 주시했다. 무조건 저곳을 지나 병원으로 돌아가야 했다. 어떤 위험이라도 감수할 생각이었다. 그런 강한 열망 때문이었을까? 복잡한 건물들 사이로 문득 징검다리가 보이는 듯했다. 시야를 넓게 두고 차분하게 길을 되짚었다. 반복해서 이미지 트레이닝을 하다 보니 점점 더 길이 선명해졌다. 돌아갈 수 있다는 생각이 들었다.

"해보자."

난간 아래로 연결된 파이프를 붙잡고 미끄러지듯 아래로 내려왔다. 1층 담벼락에 올라서서 파이프를 놓고 균형을 잡았다. 집집마다 복잡하게 연결된 담벼락을 밟으며 쉬지 않고 걸어갔다. 골목과 면한 담벼락에 도착하자 곳곳에서 버려진 차들이 보였다. 멀지 않은 곳에서 트럭과 승합차가 징검다리처럼 이쪽과 저쪽 담장을 연결하고 있었다. 그리로 천천히 걸어간 다음 차를 밟고 길을 건넜다.

반대편 담장에 올라서서 숨을 골랐다. 이 너머는 병원 주차장이었다. 이곳은 골목에 비해 한산했다. 서너 마리의 좀비들이 어슬렁거리고 있었는데 충분히 따돌릴 수 있을 듯했다. 주차장을 가로질러서 본관 건물까지만 도착하면, 굴뚝에 묶어둔 밧줄을 타고 옥상으로 돌아갈 수 있을 터였다.

주차장에 있는 좀비들이 으슥한 곳으로 사라지길 기다렸다가 재빨리 담장에서 내려와 내달렸다. 놈들이 나를 발견하고 다가왔지만, 내가 더 빨랐다. 본관에 도착해 밧줄을 붙잡고 옥상으로 천천히 올라갔다.

아무리 익숙해졌다고 해도 밧줄을 타고 건물을 오르는 게 쉬운 일은 아니었다. 안간힘을 쓰며 힘을 쥐어 짜낸 끝에 간신히 꼭대기에 도착했다. 기진맥진한 채로 난간을 넘어와 바닥에 쓰러졌다. 어깨를 들썩이며 숨을 몰아쉬고 있자니 머리가 지끈거리고 몸이 으슬으슬했다. 몸살이 올 모양이었다.

호흡을 가다듬고 일어나서 난간 앞으로 걸어갔다. 지나온 길을 되짚어보니 그저 놀랍기만 했다. 당장은 돌아오는데 급급해서 식량을 챙기지 못했지만, 몸이 나으면 저곳으로 돌아가 통조림을 가져오리라고 다짐했다.

'저길 다시 간다고?'

생각만으로도 진저리가 났다. 그래도 가야 했다. 무사히 돌아왔는데 다시 가지 못할 이유는 뭐란 말인가? 이렇게까지 고생을 했는데 아무것도 챙기지 못하면 혜진에게도 면목이 없었다.

'일단은 좀 쉬고.'

돌아서서 굴뚝으로 걸어가는데 옆구리가 욱신거렸다. 긴장이 풀린 탓인지 형철에게 얻어맞은 자리가 본격적으로 아프기 시작했다. 움직일 때마다 온몸을 바늘로 쿡쿡 찌르는 기분이었다.

'그래도 살아남은 게 어디야.'

혜진을 위한 일이었기에 이런 고통도 훈장처럼 느껴졌다. 굴뚝에 다리부터 집어넣고 안으로 들어가 느릿느릿 통로를 내려왔다. 2층을 지날 즈음 어디선가 말소리가 들렸다. 처음엔 머리를 얻어맞은 후유증으로 환청을 듣는 줄 알았다. 하지만 아니었다. 그건 분명히 사람의 목소리였다.

소리가 흘러나오는 지점을 찾아 벽을 더듬었다. 2층 쓰레기 배출구 아래에 난 환풍구 쪽이었다. 그곳에 귀를 바싹 대자 윙윙대는 목소리가 보다 또렷해졌다. 하지만 내용을 알아들을 정도는 아니었다. 손으로 철망을 힘껏 당기자 투박한 마찰음을 내며 녹이 잔뜩 슨 덮개가 떨어져 나왔다. 비좁은 환풍구 통로가 앞으로 길게 뻗어 있었다. 덮개를 아래에 던져버리고, 몸을 굽혀 환풍구 안으로 기어들어갔다.

'내가 뭘 하는 거지?'

당장 돌아가서 쉬어도 부족할 판에 왜 이러는 건지 나조차도 의아했다. 하지만 왠지 예감이 좋지 않았다. 목소리에 섞인 웃음기가 자꾸만 신경에 거슬렸다. 이 찜찜한 기분을 없애기 위해서라도 확인해야 했다.

환풍구는 무척 비좁았지만, 못 움직일 정도는 아니었다. 통로를 따라 기다가 막다른 길에서 왼쪽으로 모퉁이를 돌았다. 앞에서 어스름하게 빛이 새어나왔다. 가까이 다가가니 낯익은 광경이 보였다. 환풍구는 뜻밖에도 창고로 이어져 있었다. 환풍기 틈으로 창고 안의 풍경이 보였다.

혜진과 문복이 소파에 누워 서로 끌어안고 있었다. 처음엔 문복이 혜진을 불러서 강제로 추행하는 줄 알았다. 하지만 그렇다고 보기엔 둘 다 표정이 밝았다. 내가 보는 광경을 이해할 수가 없었다. 문복이 혜진의 이마에 키스를 했다. 혜진이 간지럽다며 웃었다. 순

166

간 뒷목이 뻐근해졌다. 입술을 질끈 깨물고 그들을 주시했다. 이제는 말소리도 보다 또렷해졌다.

"확실히 그 놈이 뭔가 감추고 있다는 말이지?"

"응. 아까 오빠가 날 데리고 나가려 한다면서 슬쩍 떠봤거든. 그러니까 자기가 식량을 더 가져오겠다고 했어."

"잘했어."

문복이 혜진의 머리를 쓰다듬었다.

"너한테 아주 단단히 빠진 모양이야."

"그런 소리 하지 마. 그 난쟁이가 은근한 눈빛으로 쳐다볼 때마다 얼마나 소름이 끼친다고."

혜진의 목소리가 비현실적인 단어들을 뱉어냈다. 세치 혀에 돋아난 칼날이 내 심장을 난도질했다. 혜진이 문복의 목을 끌어안으며 말을 이었다.

"생긴 것도 정말 역겹잖아. 아까도 얘기하다 비위 상해서 죽는 줄 알았어."

"그건 그렇지. 하여튼 조금만 참아. 놈을 살살 구슬려서 식량을 내놓게 만들란 말야. 여기서 나갈 때까진 그 놈이 우리 생명줄이니까."

"걱정 붙들어 매셔."

이를 어찌나 꽉 깨물었는지 빠득 하는 소리가 났다.

"무슨 소리지?"

문복이 주변을 두리번거렸다.

"쥐 아닐까? 뭐 먹을 게 있다고 자꾸 어슬렁거리더라고."

혜진이 말했다.

"하여간 지긋지긋한 놈들."

"난쟁이보다?"

그들이 키득거리는 소리를 듣다가 귀를 막았다.

8
부러진 송곳니

    제자리에 머무른 채로 꼼짝도 하지 않았다. 불에 달군 쇳덩이를 삼킨 듯이 가슴이 쓰리고 아팠다. 조금이라도 움직이면 뱃속에서 꿈틀거리는 열기가 고함으로 터져 나올 듯했다. 시간이 지나자 조금씩 경직된 몸이 풀어지며 정신이 들었다. 지끈거리는 관자놀이를 손으로 문질렀다.

    그렇게 당하고도 결국 선택한다는 게 저런 놈이란 말인가? 아니, 선택이란 말은 어울리지 않았다. 애당초 나는 선택지에 들어 있지도 않았으니까.

    나는 그동안 뭣 때문에…….

    그녀를 위해 했던 많은 일들이 머릿속에 떠올랐다. 문복에게 식량을 양보한 것도, 기원에게 몹쓸 짓을 한 것도, 형철의 집에서 죽을 고비를 넘긴 것도 그저 속았기 때문이라고 생각하니 손이 덜덜 떨렸다.

어떻게 나한테 이럴 수가 있단 말인가. 좋은 의도로 도와주는 사람은 이용하고, 자신을 겁주고 괴롭히는 사람에겐 복종하는 그녀를 이해할 수가 없었다. 무엇보다 혜진이 나를 그토록 혐오하고 있다는 사실이 가장 충격이었다.

'것봐, 사람도 아닌 것이 사람 행세를 하려고 하니까 그런 꼴을 당하지.'

내면의 목소리가 그렇게 비아냥거렸다.

'닥쳐, 닥치라고.'

분노로 펄떡거리던 심장은 곧 싸늘하게 식었고, 나는 본능이 시키는 대로 움직였다. 환풍구를 빠져나와 휴게실로 돌아왔다. 상범은 책을 읽다 잠들었는지 매뉴얼을 머리맡에 펼쳐둔 채로 바닥에 배를 깔고 누워 코를 골았다. 기원이 갇힌 캐비닛에서도 고른 숨소리가 흘러나왔다. 그들을 지나 창고로 천천히 걸어갔다. 노크를 하자 혜진이 문을 열었다.

"성국 씨, 무슨 일이에요?"

나를 내려다보는 혜진에게 입술을 달싹였다. '얼른 고개 숙여 이 쌍년아.'

"네? 안 들려요."

혜진이 내가 무슨 말을 하는지 듣기 위해 고개를 숙이며 나와 눈을 맞췄다. 그 얼굴을 손으로 붙잡고 힘껏 입을 맞췄다. 그녀가 비명을 지르며 나를 떼어내려고 했지만, 나는 죽을힘을 다해 매달렸다. 그걸 본 문복이 달려와 내 얼굴을 발로 걷어찼다. 나는 '악' 하고 신음하며 바닥에 나동그라졌다.

그 소란에 상범이 깨어났다. 어리둥절한 표정으로 우리를 바라보던 그가 자리에서 일어나 문복을 붙잡고 말렸다. 문복은 성난 짐승처럼 날뛰며 욕설을 퍼부었다. 건물 밖을 배회하던 좀비들이 덩달아 광기어린 비명을 질러댔다.

"이거 놔. 저 자식 죽여 버릴 거야."

문복이 상범을 뿌리치고 내게 달려들었다.

"날 건드리면 앞으로 식량은 구경도 못할 거다."

나는 피할 생각도 하지 않고 말을 뱉었다. 주먹을 휘두르려던 문복이 멈칫했다.

"뭐, 이 새끼가 지금 협박해?"

"왜, 그럼 안 돼?"

문복이 당장에라도 달려들어 주먹을 휘두를 거처럼 부들부들 떨었다. 상범이 마른 침을 삼키고 입을 열었다.

"도대체 이게 무슨 일이에요?"

"저놈이 식량을 내놓으라면서 날 때렸어요. 내가 감추고 있는 걸 다 안다면서. 지금까지 내 몫의 절반도 더 가져간 주제에 염치도 없지."

나는 표정 하나 변하지 않고 술술 말을 뱉었다. 문복이 어이가 없다는 듯 붉게 달아오른 얼굴로 소리쳤다.

"무슨 개소리야. 네가 혜진이한테……."

"기원 씨나 꺼내줘요."

단칼에 말허리를 잘랐다. 머뭇거리던 상범은 내 말에 재빨리 캐비닛을 옆으로 돌려 세우더니 문을 열고 기원을 밖으로 끄집어냈다. 캐비닛에서 나온 기원은 바닥에 무릎을 꿇고 숨을 헐떡였다. 나는 문복을 쳐다보며 말했다.

"들어가."

"뭐?"

"캐비닛에 들어가라고."

"이 새끼가 진짜 보자보자 하니까." 숨을 씩씩 몰아쉬던 문복이 이내 입가에 조소를 머금었다. "싫은데? 내가 나가면 될 거 아냐, 혜진이 데리고 여길 나갈 거야."

그는 혜진에게 짐을 싸라고 소리치며 창고로 들어갔다. 내 눈치를 보던 혜진은 문복을 따라가 가방에 짐을 챙기기 시작했다. 금세 짐을 다 꾸린 문복이 혜진을 데리고 셔터 앞으로 걸어갔다.

"우린 갈 테니 잘해봐라."

문복이 셔터 앞에 주저앉아 자물쇠를 풀었다. 셔터 건너편에서 시체들의 웅얼거림이 들려왔다. 기운차게 자물쇠를 풀던 문복이 나를 힐끔 보는 게 느껴졌다. 말리길 바라겠지. 하지만 나는 꼼짝도 하지 않았다. 그가 재차 입을 열었다.

"혜진아, 짐 다 챙긴 거 맞아? 뭐 빼놓은 거 없어? 저 난쟁이 새끼가……"

"나가."

그의 말을 끊고 내가 단호히 말하자 문복이 움찔거렸다.

"하, 나간다고, 나가."

"그러시든가."

하지만 문복은 나가지 않고 셔터 앞에서 미적거렸다. 아까 문복이 흥분해서 소리친 것 때문에 셔터 근처에는 좀비들이 몰려든 상태였다. 이대로 나가면 사지로 뛰어드는 거나 마찬가지다. 혜진도 어쩔 줄 모르고 나와 문복을 번갈아 보았다.

"아, 꺼지라고."

내가 버럭 소리를 질러봤지만 그들은 움직이지 않았다. 나는 기원과 상범을 돌아봤다.

"어차피 받아오는 식량도 삼 인분인데 나가면 딱 인원이 맞겠네요. 그리고 저놈이 여기 있는 한 난 식량을 가져오지 않을 겁니다. 이 추위에 누군 좋아서 옥상까지 죽을 고생 하러 나가는 줄 아나."

순간 사람들의 표정이 달라졌다. 특히 문복 때문에 캐비닛에 갇혔던 기원의 눈빛은 살벌했다. 상범도 식량이 걸리자 예전처럼 방관하지만은 못했다. 두 남자가 다가가니 문복도 당황한 기색이었다. 그는 기원과 상범에게 팔을 한쪽씩 붙잡혔다. 문복이 저항하려고 했지만, 혼자서는 역부족이었다.

"그만 해요."

넋을 놓고 있던 혜진이 기원의 어깨를 붙잡고 매달렸다. 하지만 그가 거칠게 팔을 휘두르자 힘없이 나동그라졌다. 그녀는 어찌할 바를 모르고 울먹였다. 이리저리 힘을 써보던 문복이 안 되겠던지 나를 돌아보며 소리쳤다.

"성국아, 인마 왜 그래. 난 몰라도 혜진이는 밖에 나가면 위험하다고."

입술을 비집고 나오는 실소를 삼켰다. 넌 결국 그거밖에 안 되는 인간이야. 나는 고개를 저었다. 문복이 급한지 사정을 했다.

"알았어, 알았어. 내가 캐비닛에 들어가서 얌전히 있을게, 웅?"

"늦었어."

그러자 혜진이 내게 다가와 무릎을 꿇었다.

"성국 씨 대체 왜 이래요. 제발 문복 오빠 내보내지 말아주세요. 시키는 건 뭐든 할게요. 제발······."

혜진의 행동에 심장이 저렸다. 애당초 헛된 기대를 품었던 내 잘 못이었다. 상황이 이렇게 됐어도 누가 나 같은 난쟁이를 좋아하겠는 가. 분노와 허탈이 머릿속을 어지럽게 떠다녔다. 문복을 내보낸다고 해도 내 마음이 편해질 것 같지 않았다. 그래서 생각을 바꿨다. 이 들에게 내가 받은 상처를 돌려주기로.

"뭐든 한다고?"

혜진은 눈물로 젖은 얼굴로 고개를 끄덕였다.

"좋아. 저 녀석을 내보내는 건 당분간 미루지. 앞으로 네가 하는 걸 봐서 결정하겠다는 뜻이야."

나는 기원과 상범을 돌아봤다.

"일단 그 녀석 캐비닛에 가둬요."

그들은 주저 없이 문복을 데리고 와서 캐비닛에 집어넣었다. 문 을 닫고 바닥으로 향하게 뒤집자 캐비닛 안에서 '크윽' 하고 신음이 흘러나왔다.

'꼴좋다.'

자리에서 일어나 창고로 걸어갔다.

"뭐해? 안 따라오고."

문을 열고 혜진을 돌아보며 말했다. 혜진은 쭈뼛거리며 일어나 내 쪽으로 다가왔다. 그녀를 먼저 창고에 들여보내고 나도 따라 들 어가 문을 닫았다.

"소파에 앉아."

그녀는 고분고분 내 말을 따르면서도 울먹이며 말했다.

"성국 씨가 어떻게 나한테 이래요."

이렇게 억울한 일은 처음 당해본다는 투였다. 어이가 없어서 하마터면 아까 목격한 것을 모조리 털어놓을 뻔했다. 그러나 여자에게 버림받고 화풀이하는 한심한 난쟁이가 되고 싶은 마음은 없었다. 그런다고 진실이 달라지진 않겠지만, 이들에게 치부를 들킬 수는 없는 일이었다. 그럴 바에야 악당이 되는 편이 나았다.

"네, 비위 맞추는 게 지겨워졌어. 그뿐이야."

천천히 손을 뻗어 그녀의 볼을 쓰다듬었다. 혜진은 모든 걸 체념한 듯 고개를 푹 숙였다. 양손을 무릎에 모으고 몸을 부들부들 떨었다. 눈가에는 눈물마저 비쳤다. 순간 내 자신이 혐오스러운 벌레라도 된 기분이었다. 이건 아니었다. 이렇게 그녀를 정복하고 싶지는 않았다.

'넌 결국 나한테 매달리게 될 거야.'

손길을 거두고 그녀에게 감시창으로 아버지가 오는지 지켜보라고 말했다. 혜진은 작게 한숨을 내쉬더니 자리에서 일어나 셔터 앞으로 걸어갔다. 그녀가 바닥에 주저앉아 감시창을 열고 밖을 살피는 동안 나는 소파에 드러누웠다. 속에 쌓인 화를 쏟아낸 탓인지 멍하고 나른한 기분이었다.

'앞으론 참지 않을 거야.'

그렇게 중얼거리며 주먹을 말아 쥐었다. 차츰 눈꺼풀이 무거워졌다. 그간 쌓인 피로가 한꺼번에 밀어닥치는 듯했다. 혜진의 뒷모습을 바라보다가 까무룩 잠이 들었다.

얼마나 잤을까?

셔터 밖에서 무슨 소리가 들리는 듯했다. 눈을 뜨고 상체를 일으켜 세웠다. 혜진이 보이지 않았다. 화장실이라도 갔나? 손으로 미간을 누르며 마른침을 삼키는데 밖에서 쿵쿵하고 셔터를 두드리는 소리가 들렸다. 처음엔 근처를 지나가던 좀비가 부딪친 거라고 생각했다. 그러나 간격을 두고 같은 소리가 연달아 울렸다. 그것은 분명 어떤 의도를 가진 자가 하는 노크였다.

소파에서 일어나 셔터로 걸어갔다. 감시창을 열자 캄캄한 어둠 속에서 흩날리는 눈발이 어렴풋이 보였다. 그밖엔 아무것도 없었다. 웬일인지 오늘따라 좀비들도 보이지 않았다. 잘못 들었나 싶어 돌아서려는데 감시창에 썩어가는 얼굴이 나타났다. 흠칫 놀라 뒤로 물러섰다. 가만히 보니 얼굴이 어딘가 낯익었다.

"아버지."

그랬다. 그건 아버지였다. 감시창으로 나를 노려보던 아버지가 대뜸 입을 열었다.

"또 일을 저질러 버렸구나."

뜻밖의 말에 정신이 번쩍 들었다. 좀비가 말을 하다니 믿기지 않았다. 그동안 무슨 돌연변이라도 일어난 걸까? 내가 대답하지 않고 머뭇거리자 아버지가 재차 말했다.

"넌 항상 그런 식이었어. 일이 뜻대로 되지 않으면 사람들을 엿먹이곤 했지."

"그런 적 없어요. 이번에는 충분히 화낼 만했다고요."

발끈해서 소리치자 아버지가 어깨를 으쓱했다.

"거짓말하지 마라. 넌 그 여자를 차지하지 못해서 화가 났을 뿐이잖아."

"그렇게 말하지 말아요. 아버지가 뭐라고 하던 그들이 잘못했다는 사실은 변하지 않으니까. 그리고 이젠 상황이 달라졌어요. 여자도 내가 차지했다고요."

아버지가 어깨를 들썩이며 웃었다.

"그래, 참 자랑스럽겠구나. 너를 벌레만도 못하게 생각하는 여자를 차지해서. 네 그릇은 언제나 그 정도였다만."

"어차피 힘으로 해결하는 건 다 마찬가지에요. 나만 특별한 게 아니라고요."

아버지는 심드렁한 듯 손가락으로 구멍 난 얼굴 가죽을 긁었다.

"글쎄다. 넌 걔가 문복이랑 있을 때 어떻게 웃었는지 기억도 못하는가 보구나."

정곡을 찌르는 말에 얼굴이 달아올랐다.

"하지만 이들은 내가 아니면 벌써 굶어 죽었을 걸요?"

"나도 그랬지. 네 덕분에 목숨을 연명했다. 그건 고마운 일이었어. 하지만 내가 결국 어떻게 됐는지는 너도 잘 알고 있지?"

"그건······."

"여러 사람 힘들게 하지 말고 이쪽으로 오지 그러냐? 넌 차라리 좀비가 되는 게 나아. 그게 사회에 보탬이 되는 길이라고."

말을 마친 아버지가 감시창으로 손을 쑥 집어넣었다. 억세고 날카로운 손톱이 내 가슴을 파고든 순간 나는 비명을 지르며 벌떡 일어났다. 소파에 앉아 몸을 마구 더듬었다. 하지만 통증도, 상처도 느껴지지 않았다. 악몽을 꾼 것이다.

'하필이면······.'

숨을 몰아쉬며 손으로 마른 세수를 했다. 감시창으로 햇살이 비쳐들었다. 잠깐 졸았다고 생각했는데 밤이 다 지나가 버렸다. 입맛을 다시며 고개를 옆으로 돌리자 벽에 기대어 잠을 자는 혜진이 보였다. 소파에서 내려와 그녀를 내려다봤다. 얼굴이 전에 없이 수척해 보였지만, 딱히 가엽지는 않았다.

창고를 나오니 사람들은 아직 다들 잠들어 있었다. 바닥에 눕혀 둔 캐비닛으로 걸어가 한 뼘 길이의 틈을 들여다봤다. 밤을 꼬박 새웠는지 문복이 퀭한 눈으로 나를 바라봤다.

"잘 잤냐?"

그에게 간밤에 무슨 일이 있었는지 들려주었다.

"혜진이가 생각보다 말을 잘 듣더라고. 저런 여자를 혼자만 독차지 하려고 하다니 너무 욕심이 많은 것 아냐?"

문복은 부들부들 떨다가 이내 입을 꾹 다물었다. 아무래도 좋다는 표정이었다. 나는 일정한 톤으로 말을 이었다.

"그래서 다른 아저씨들한테도 한 번씩 빌려줄까 생각 중이야."

"……."

여전히 아무런 대답도 하지 않는 문복을 보고 있자니 못마땅했다. 그에게 상처를 주고 싶었다. 잠시 고민한 끝에 좋은 생각이 떠올랐다.

"원장 말야."

순간 문복이 숨을 삼켰다. 이번에는 제대로 짚은 듯했다.

"좀비가 돼서 2층 응접실에 갇혀 있어. 그거 누가 그렇게 만들었을까?"

"이 개새끼가. 죽여 버릴 거야."

문복이 괴성을 지르며 캐비닛 안에서 마구 발광을 했다. 그 소리에 사람들이 놀라서 깨어났다. 그제야 속이 후련했다. 손으로 캐비닛을 가볍게 두드렸다.

"넌 계속 굶어라."

캐비닛 옆에 놓인 쌀자루를 집어 들고 일어나서 다른 사람들을 돌아봤다.

"앞으로 배급은 내가 합니다. 밥도 아침에 한 끼만 먹을 거고요. 혹시 따로 식량을 숨겨두거나 허락 없이 쌀을 가져간 사람은 응분의 처벌을 받을 겁니다."

솔직히 이렇게까지 하고 싶진 않았지만, 좋게 말로 하면 또 호구가 되고 말 터였다. 지금까지 무수한 경험으로 뼈저리게 깨달았다. 힘이 있는데 사용하지 않는 것은 어리석은 일이었다.

"너무 하는 거 아닙니까?"

기원이 굳은 표정으로 말했다.

"뭐가요?"

"성국 씨는 지금 선을 넘고 있습니다."

"누가 선을 넘어요? 다 같이 살자고 이러는 건데."

"당신 이런 사람 아니었잖아요. 대체 왜 이렇게 변한 겁니까?"

순간 가슴이 뜨끔했다. 나 때문에 고초를 겪은 기원에겐 조금 미안한 마음이 들었다. 어느 정도 상황이 안정되면 그에겐 그만한 보상을 해줄 생각이었다. 하지만 당장은 내가 예전 같지 않다는 것을 이들이 깨달아야 했다.

"그동안 나도 참을 만큼 참았어요. 더는 아닙니다."

"그거야 알지만 적당히 해야죠."

"됐고, 나 길게 얘기 안 합니다. 불만 있는 사람은 나가요. 안 잡으니까."

기원이 미간에 주름을 잡고 나를 쳐다봤다.

"가진 사람이 베풀 줄을 알아야죠."

"그게 무슨 말이에요?"

"성국 씨야 밖에서 잘 먹고 다니는지 몰라도 우린 아니라고요."

"따로 숨긴 음식은 없다고 얘기했을 텐데요?"

"솔직히 우리가 당신 말을 믿을 이유가 없잖아요. 성국 씨만 아는 곳에 식량을 숨겨두고 있으면 알 방법이 없으니까."

"이제야 본색을 드러내는군." 나는 입 꼬리를 올리며 그를 쳐다봤다. "그렇게 치면 나도 마찬가지예요. 안 숨겼다는 걸 무슨 수로 증명합니까?"

"아니 내 말은……."

"입 다물어요. 또 캐비닛에 들어가기 싫으면."

싸늘한 목소리로 말허리를 자르자 기원의 표정이 굳었다. 그는 입술을 질끈 깨물고 돌아섰다. 나는 창고에서 사인펜을 가지고 나와 쌀자루에 눈금을 그어 남은 양을 표시했다.

"얼마나 남았는지 딱 봐놨으니까 허튼짓할 생각 말아요."

그런 다음 배낭을 둘러매고 쓰레기 배출구로 걸어갔다. 칸막이를 열고 들어가려다가 사람들을 돌아봤다. 다들 불만이 가득한 얼굴이었지만, 아무도 내게 그걸 표시하진 못했다.

'이건 시작에 불과해.'

어차피 미움 받을 거라면 눈치 따윈 보지 않겠다. 쓰레기 배출구로 머리를 집어넣었다. 그동안 살이 빠지고 대신 근육이 붙은 덕분에 움직임이 한결 매끄러웠다. 옥상으로 올라가는 내내 약해지지 말자고 마음을 다잡았다. 꼭대기에 도착해 굴뚝을 빠져나오며 숨을 길게 내쉬었다.

이제 형철의 집에 두고 온 통조림을 가져올 차례였다. 스트레칭으로 몸을 풀고, 손을 비비며 해야 할 일을 찬찬히 떠올렸다. 일의 순서는 분명했다. 형철의 집에서 병원으로 돌아온 과정을 거꾸로 되짚으면 되는 거였다. 무섭지 않다면 거짓말이겠지만, 어차피 이젠 잃을 것도 없었다.

그래도 준비는 철저히 하고 가야 했다. 전에는 운이 좋아서 무사히 돌아왔지만 또 그러리라는 보장은 없었으니까. 난간에 묶인 좀비들을 피해 비상구로 걸어갔다. 문을 열고 안으로 들어서자 역한 냄새가 풍겼다. 바지 호주머니에서 헤드랜턴을 꺼내 차고 불을 밝혔다. 비상구 내부는 계단이 무너져서 층계참까지만 이동이 가능했고, 밀폐된 공간이나 마찬가지였다.

천천히 계단을 내려가며 좀비들이 남긴 흔적을 찾아다녔다. 계단 끝에서 형체를 알아보기 힘들 정도로 훼손된 시체를 발견했다. 커터 칼로 살점을 적당히 도려내어 몸에 문질렀다. 이렇게 하면 놈들의 체취가 나를 감춰줄 터였다. 밖으로 나와 묶여 있는 좀비들 근처로 다가갔지만, 놈들은 내게 관심을 보이지 않았다.

'역시 생각대로야.'

곧장 건물 뒤편으로 돌아가 아래를 내려다봤다. 주차장에는 전처럼 좀비 셋이 비틀거리며 걸어 다녔다. 난간을 넘어가 밧줄에 몸을 싣고 천천히 아래로 내려갔다. 2층에서 잠시 멈춘 다음 놈들이 멀어지길 기다렸다가 재빨리 지면으로 내려왔다.

신경을 바짝 곤두세우고 정문으로 걸어갔다. 그런데 몇 걸음 떼기도 전에 놈들이 방향을 틀어 이쪽으로 다가왔다.

'벌써?'

제자리에 멈춰 서서 숨을 죽였다. 놈들은 코를 벌름거리며 내 곁을 맴돌면서도 쉽사리 내게 달려들지는 않았다. 어디선가 맛있는 냄새가 나는데 정확한 위치를 몰라 헤매는 쥐떼 같았다. 이리저리 방황하던 놈들이 나를 지나쳐 바람이 부는 방향으로 걸어갔다. 길게 숨을 뱉어내며 다시 걸음을 옮겼다.

외벽에 도착해 쓰레기통을 밟고 위로 올라갔다. 도로에 가득한 놈들을 바라보자 입이 말랐다. 배에 힘을 주고 마음을 다잡았다. 전처럼 길가에 방치된 차량 지붕을 밟고 도로를 가로질렀다. 맞은편 돌담에 도착한 뒤에야 숨을 골랐다. 하얀 입김이 허공으로 흩어졌다. 이마에 맺힌 땀을 손등으로 문지르고 담벼락을 따라 걸었다.

균형을 잡으며 천천히 걸음을 내디딘 끝에 형철의 집에 도착했다. 잠시 멈춰 서서 손으로 붙잡을 곳을 가늠한 뒤 파이프를 타고 위로 올라갔다. 옥상에 도착하자 형철에게 얻어맞았던 기억이 환영처럼 눈앞에 떠올랐다.

'어차피 죽은 사람이야.'

고개를 흔들어 잡념을 털어버리고 계단을 내려갔다. 1층에 도착하자 계단 옆에 쌓인 통조림이 보였다. 어제와 같은 모습이었다. 잠시 휴식을 취하고 나서 가지고 간 배낭에 통조림을 담았다. 열다섯 개가 한계였다. 무리를 하면 더 집어넣을 수는 있겠지만, 그럼 짊어지고 다니기가 힘들었다. 배낭을 둘러매고 다시 옥상으로 올라왔다.

반나절 동안 형철의 집과 병원을 오간 끝에 백오십 개 정도의 통조림을 옮겼다. 물론 그걸 사람들에게 곧바로 가져다주는 어리석은 짓은 하지 않았다. 이젠 그럴 이유가 없었으니까.

대신 옥상에 통조림을 보관할 생각이었다. 연일 몰아치는 한파는 그 자체로 천연 냉동고가 되어줄 터였다. 굴뚝 옆에 통조림을 가지런히 쌓았다. 작업을 마치고 그대로 서서 나의 업적을 바라보고 있자니 마음이 든든했다. 식량이 그 자체로 내게 힘을 주는 기분이었다. 이래서 사람들이 그렇게 식량을 모아두라고 했나 보다. 옥상 바닥에 널려 있는 현수막을 끌어다가 통조림을 덮어두었다.

닭 가슴살과 아스파라거스 통조림으로 배불리 점심을 먹고 나서 다시 일을 시작했다. 저녁까지 쉬지 않고 오간 끝에 모든 통조림을 옮겼다. 이 정도면 앞으로 일 년은 거뜬할 듯했다. 처음엔 그것으로 충분하다고 생각했다. 그러나 사람 마음이 그렇지가 않았다. 지하실에는 그만큼의 통조림이 더 있었다. 그걸 포기하는 건 멍청한 짓이었다.

결국 나머지도 모두 가져오기로 결심하고 형철의 집으로 돌아갔다. 1층으로 내려가 지하로 통하는 비좁은 구멍에 몸을 욱여넣었다. 일단 지하실에서 통조림을 빼낸 다음, 나머지 작업은 내일 할 생각이었다.

하지만 지나친 욕심은 화를 부르는 법이었다. 지하실로 연결된 통로가 어느새 한계에 도달했다는 것을 나는 몰랐다. 붕괴에 필요한 조건은 그저 약간의 무게였다. 내 몸무게는 딱 알맞은 조건이었다. 내가 지하실로 내려오자 붕괴가 시작되었다. 드드득, 하고 귀에 거슬리는 소리가 지하실을 가득 채웠다.

본능적으로 뭔가 잘못됐다는 생각이 들었다. 통조림을 포기하고 다시 구멍으로 들어갔다. 통로는 예전보다 더 비좁아져서 움직이기가 힘들었지만, 혼신의 힘을 다해서 꾸역꾸역 위로 올라갔다. 이제야 조금 살 만해지는가 싶었는데 이런 곳에서 죽을 수는 없었다.

"제발."

내가 구멍을 빠져나온 것은 거의 기적이었다. 어딘가에 발등을 긁히는 바람에 상처를 입긴 했지만, 심하지는 않았다. 그러나 지하실의 붕괴가 연쇄반응을 일으켰는지 형철의 집이 불안하게 흔들리기 시작했다. 다리를 절뚝거리며 옥상으로 올라갔다. 파이프를 타고 담벼락으로 내려오기가 무섭게 거칠고 투박한 소리를 내며 형철의 집이 완전히 무너져 내렸다. 조금만 늦었으면 나도 깔려 죽었을 터였다.

병원으로 돌아가는 내내 다리가 후들거렸다. 내가 발 딛고 살아가는 세상이 얼마나 위험한지 새삼 피부로 느껴졌다.

'이건 게임이 아니야.'

집이 무너지던 광경이 자꾸만 머릿속에 떠올랐다. 욱신거리는 발등의 통증도 현실을 일깨워주었다. 간신히 자동차로 연결된 위태로운 다리를 건너 맞은편 담벼락에 올라섰다. 땀이 흥건하게 맺힌 손바닥을 바지에 문질러 닦고 담벼락을 내려왔다. 천천히 걸어가면 놈들의 눈에 띄지 않는다는 것을 알면서도 마음이 급해서 거의 뛰다시피 걸었다.

'캬아아악.'

놈들이 마침내 나를 알아보고 달려들었다. 이를 악물고 뛰었다. 병원에 도착해 밧줄을 움켜쥐고 위로 올라갔다. 그런데 얼마 가지 못하고 어떤 놈에게 다리를 붙잡혔다. '으아아아'하고 비명을 지르며 다리를 버둥거렸다. 놈의 얼굴을 발로 마구 걷어찼다. 찰나의 순간 놈이 손을 놓쳤고, 나는 허겁지겁 밧줄을 타고 위로 올라갔다.

옥상에 도착하자마자 무너지듯 바닥에 주저앉았다. 온몸이 벌벌 떨렸다. 제자리에서 한참 동안 심호흡을 하고 나서야 떨림이 조금 잦아들었다. 신발을 벗고 발부터 살폈다. 발등에 길게 갈라진 상처에서 피가 조금씩 배어 나왔다. 그래도 물리지 않아서 다행이었다. 절뚝거리며 걸어가 굴뚝으로 들어갔다.

기진맥진해서 1층으로 돌아왔다. 그런데 뜻밖의 광경이 나를 기다리고 있었다. 문복이 휴게실 바닥에 주저앉아 가방에 자신의 짐을 챙기는 중이었다.

"뭐야?" 사람들을 돌아보며 말을 이었다. "누구 허락 받고 꺼내줬어요?"

"그게……."

기원이 뭐라 말하려 하자 문복이 끼어들었다.

"나 나갈라고. 왜 불만 있냐?"

"나간다고……."

그렇게 되뇌다가 입을 다물었다. 문복의 목소리에 담긴 진심이 느껴졌기 때문이었다. 독이 바짝 오른 들개가 물어뜯을 건수만 노리고 있었다. 아무 말도 못하고 가만히 그를 쳐다봤다.

"성국 씨가 좀 말려 봐요. 항체 보유자라고요."

기원이 내 옆으로 다가와 속삭였다.

"나보고 뭘 어쩌라고요?"

"이제 그만 용서해 준다고 해요."

그의 말에 미간을 찌푸렸다. 나도 그가 밉지만 진짜 나가리라고는 생각하지 못했다. 팔짱을 끼고 잠시 생각을 정리한 뒤에 문복에게 말했다.

"굳이 나가야겠어?"

"내가 언제까지 갇혀 있을 줄 알았냐?"

"하지만……."

그가 날카로운 눈빛으로 나를 쏘아보며 말을 끊었다.

"몸조심해라. 내 손에 죽기 전까지."

날이 잔뜩 선 목소리에 그를 잡고 싶은 생각이 사라졌다.

"형도 잘해봐."

순간 문복의 볼이 파르르 떨렸다. 날카롭게 찢어진 눈에 매서운 적의가 스쳤다. 그가 벌떡 일어나 내게 다가오려 하자 기원이 막아섰다. 문복은 붉게 달아오른 얼굴로 기원을 노려보면서도 섣불리 덤비지 않았다. 이전의 싸움으로 상대의 실력을 알기 때문이었다. 그는 돌아서서 가방을 둘러멨다.

"혜진아, 나가자."

그러곤 창고 쪽으로 성큼성큼 걸어갔다. 하지만 혜진은 그를 따라가지 않았다. 문복이 창고 앞에서 그녀를 돌아봤다.

"뭐해? 안 오고?"

"난 안 나갈 거야."

혜진이 한 걸음 뒤로 물러서며 말했다. 싸늘한 눈으로 혜진을 바라보던 문복은 이내 혀로 입술을 훑어 내리며 '큭큭' 하고 웃었다.

"저놈에게 붙겠다는 거로군."

그는 창고로 건너가 자물쇠를 풀고 셔터를 들어 올렸다. 기원이 가서 그를 말리려고 했지만 역부족이었다.

"어디 잘들 살아봐라."

그는 끝내 밖으로 나가버렸다. 우두커니 서서 그의 뒷모습을 바라보던 기원이 셔터를 내리고 내게 다가왔다.

"진짜로 내보내면 어떡합니까?"

"제 발로 나가는 거 못 봤어요?"

"당신이 잡았으면 안 나갔을 거라고요."

"나간다는데 잡긴 뭘 잡아요? 게다가 기원 씨도 저번에 내보내려고 했잖아요. 왜 이제 와서 딴 소리예요?"

"그건 겁만 주려는 거였습니다."

그는 한숨을 푹 내쉬며 항체는 이제 어쩔 거냐고 타박했다. 나는 입맛을 다시며 말했다.

"어차피 확실한 것도 아니잖아요. 가서 정확한 검사를 해봐야 한다면서요?"

"가능성이 중요한 거죠. 사람이 왜 이렇게 꽉 막혔습니까?"

계속된 비난이 영 거슬렸다.

"그렇게 항체가 중요하면 같이 나가든가."

순간 기원이 입을 다물었다. 턱이 툭 불거지도록 이를 앙다문 그를 지나 창고로 들어갔다. 소파에 누워 길게 한숨을 뱉었다. 언제까지 문복을 가둬둘 생각은 없었다. 적당한 시기가 오면 풀어주려고 했다. 그러나 그는 기다리지 않았다. 게다가 나를 협박까지 했다. 그가 스스로 자신의 운명을 선택했으니 책임도 온전히 그의 몫이었다. 더는 내가 참고 희생하면서 문제를 억누르지 않을 터였다.

'난 예전의 내가 아니야.'

남은 이들이 기억해야 할 사실은 오직 그것뿐이었다. 몸을 옆으로 돌려 눕는데 발이 욱신거렸다. 무릎을 굽히고 상처를 들여다봤다. 아까보다 피가 더 많이 새어나오는 중이었다. 아무래도 소독을 해야 할 듯했다.

"야, 최혜진."

누운 채로 소리를 지르자 혜진이 창고 문을 열고 들어왔다. 그녀에게 구급상자를 가지고 오라고 지시했다. 그녀는 순순히 내 말을 따랐다. 소파 앞에 구급상자를 내려놓는 그녀를 보며 발을 내밀었다.

"치료해."

혜진은 흠칫 놀라더니 바닥에 주저앉았다. 그녀는 능숙한 솜씨로 구급상자에서 소독약을 꺼내 발등에 뿌렸다. 그러곤 솜을 조금 찢어서 핏자국을 꼼꼼하게 문질러 닦아냈다. 따끔거리는 통증이 느껴졌지만 개의치 않았다. 끝으로 연고를 바르고 붕대까지 동여맸다. 깔끔한 솜씨였다. 구급상자를 챙겨서 일어나는 그녀를 보며 말했다.

"날 원망해도 상관없어. 어차피 이젠 나도 너에게 잘 보일 생각 없으니까. 하지만 이거 하난 알아둬. 네가 하는 만큼 나도 너에게 해줄 거야. 문복이 형도 사라졌으니 어떻게 처신할지 잘 생각해."

혜진은 잠시 내 얼굴을 바라보다가 아무런 대답 없이 창고를 나갔다.

9
모자(母子)

그간의 고생에 보상이라도 받듯 편안한 나날이 이어졌다. 그러나 몸이 안락함에 젖어갈수록 정신은 차츰 병들어가는 기분이었다. 지독한 소외감. 사람들과 나 사이에는 보이지 않는 벽이 세워진 듯했다.

그래도 약해지지 말자고 마음을 다잡았다. 밤이 되면 소파에 태아처럼 웅크린 채로 잠을 잤고, 깨서는 상처를 소독하고 옥상으로 올라가 통조림을 뜯어먹었다. 남은 통조림과 옥상에 묶어둔 좀비의 상태를 확인하는 일도 빼먹지 않았다. 꾸준한 치료 덕분에 상처도 빨리 회복되는 듯했다.

휴게실에서도 약간의 변화가 생겼다. 혜진은 내가 돌아오길 기다렸다가 수건을 내밀곤 했는데, 일전에 내가 했던 말의 대답인 모양이었다. 그녀는 튀는 행동을 하지 않으면서도 식사와 빨래처럼 일상적인 일을 도맡았다. 나는 더 이상 터무니없는 명령으로 그녀를 괴롭히지 않았다.

그리고 깊은 밤, 마침내 혜진이 스스로 나를 찾아왔다. 그녀는 실오라기 하나 걸치지 않은 알몸이었다. 나는 소파에 누운 채로 그녀를 쳐다봤다. 혜진은 조금 부끄러운 듯이 팔로 가슴과 음부를 가렸다. 이윽고 내가 손가락을 까딱거리자 그녀가 내게 다가왔다. 가느다란 숨결에서 떨림이 느껴졌다. 나는 그녀의 귀에 대고 속삭였다.

"잘 봤어. 이제 나가봐."

혜진은 수치심에 얼굴이 벌겋게 달아올랐다. 굳은 표정으로 몸을 떨던 그녀는 이내 옷을 입고 창고를 나갔다. 그녀의 등 뒤로 문이 닫히자 정적이 밀려왔다. 나는 조용히 일어나 셔터 앞으로 걸어갔다. 감시창을 열고 눈발이 휘날리는 어두컴컴한 길거리를 내다보며 나직하게 말했다.

"이래도 내가 여자 때문에 이러는 거 같아요?"

문제는 그것만이 아니었다. 상범이야 원래 회색지대에서 웅크리고 속을 내보이지 않았지만, 기원은 문복을 내보낸 후로 내게 종종 반감을 드러냈다. 불만이 가득한 눈으로 나를 쳐다보거나 나와 대화를 하지 않으려는 것쯤은 참아 넘겼다.

하지만 내가 옥상에 갈 때마다 사람들을 모아 놓고 무슨 얘기를 수군대는 건 솔직히 거슬리는 일이었다. 하도 목소리가 작아서 이제는 엿들을 수도 없었다. 그리고 내가 돌아오면 언제 그랬냐는 듯이 사람들과 떨어져서 입을 다물었다.

"요즘 무슨 불만 있어요?"

대놓고 물어도 의뭉스럽게 미소를 지으며 없다고 답할 뿐이었다. 심지어는 혼자서 고생하는 내게 고맙다는 말까지 했다. 겉으로는 순종하는 체하면서 이렇게 사람의 신경을 건드리는 것을 보면 뒤로 무슨 짓을 꾸미는지 모를 일이었다. 그래서 적당히 제재를 가하기로 했다. 명분을 만들어내는 것쯤은 간단한 일이었다.

"좀비들의 움직임이 심상치 않아요. 오늘부터 돌아가면서 불침번을 서도록 해요. 한 시간 간격으로 감시창을 살피란 말입니다."

"그게 효과가 있을까요?"

"당연하죠."

사실 효과 따윈 아무래도 좋았다. 진짜 이유가 따로 있다는 걸 모르는 사람은 아무도 없을 터였다. 물론 나는 실컷 잤다. 전자시계로 알람을 맞추고 중간에 깨어났을 때 아무도 불침번을 서고 있지 않으면 책임을 물어 밥을 굶겼다.

이틀 밤을 꼬박 지새우고 나서야 기원이 백기를 들었다. 그는 묻지도 않은 자신의 잘못을 내게 고했고, 다른 사람들도 마찬가지였다. 덕분에 나는 그들이 식량을 조금씩 빼돌리고 있었다는 사실을 알게 되었다.

"식량을 숨기는 건 큰 범죄예요. 다음엔 추방할 겁니다."

"……"

"왜 대답이 없어요?"

그제야 모두들 알겠다고 대답했다. 시범 케이스로 기원을 캐비닛에 가두려다가 그만두었다. 일전에 갇혀서 고초를 치른 데 대한 보상이었다.

'이제 난 빚진 것도 없어.'

그들이 빼돌린 식량을 모아서 밥을 지어 먹었다. 사람들은 침묵으로 일관하며 쌀밥을 꾸역꾸역 삼켰다. 불현듯 그들의 얼굴이 좀비처럼 보여서 흠칫 놀랐다. 고개를 흔들어 망상을 털어냈다.

그때 셔터에서 '쿵' 하고 무언가 부딪치는 소리가 들렸다. 지나가던 좀비가 부딪쳤으리라 생각했는데 연달아 소리가 마구 울렸다. 누군가 문을 두드리는 중이었다. 숟가락을 내려놓고 창고로 건너갔다. 한층 더 절박하게 울리는 소리를 들으며 감시창을 열었다. 셔터 밖에서 어두운 낯빛으로 이쪽을 바라보는 남자가 보였다.

"성국아, 나 좀 살려줘……."

문복이었다. 그는 겁에 질린 표정으로 연신 뒤를 돌아봤다. 그의 몰골은 그야말로 처참했다. 놈들의 체액을 발라 위장했는지 온몸에 검붉은 핏자국이 가득했고, 역겨운 냄새가 풍겼다.

"제 발로 나갔으면서 여긴 어쩐 일이야?"

"내가 무조건 잘못했다. 제발 셔터 좀 열어줘."

흐느끼다시피 애원하는 목소리에서 그간의 고생이 묻어났다. 그러는 동안 휴게실에 있던 사람들이 창고로 넘어왔다. 다들 섣불리 말을 꺼내지 못하고 내 눈치만 살폈다.

"성국 씨."

기원이 나를 불렀다. 나는 아무런 대답도 하지 않고 가만히 문복을 쳐다봤다. 거리에서 배회하던 좀비들이 점차 문복에게로 다가왔다.

"앞으로 네가 시키는 거라면 뭐든지 할게."

문복이 사색이 되어 비명에 가깝게 애원했다. 마음 같아서는 계속 이대로 두고 싶었지만, 그러기엔 상황이 급박했다.

기원에게 고개를 끄덕여 보이자 그가 바닥에 주저앉아 자물쇠를 풀고 셔터를 들어 올렸다. 문복은 비틀거리며 창고로 뛰어들었다. 관에서 꺼낸 시체처럼 창백한 몰골로 사지를 바들바들 떨었다.

"대체 어떻게 살아남은 거야?"

그가 나간 지 못해도 일주일은 지났을 터였다. 문복은 떨림이 진정되자 더듬거리며 입을 열었다.

그는 밖에 나가 자신을 받아줄 곳을 찾아봤지만 어느 곳 하나 찾을 수 없었으며, 그래서 다시 병원으로 돌아오려 했지만 시체들에게 쫓겨 정신없이 달아나다가 무작정 어느 모텔 1층 방에 들어가 거기에 은거했다고 한다. 이미 눈을 부릅뜬 채 그 방 침대에 누워 있는 시체와 함께 추위에 떨며 지냈고, 배고픔에 시달릴 때면 비좁은 창으로 들이치는 눈을 먹고 버텼다고 한다. 그러다 한계에 도달한 그는 마지막으로 시체의 피부를 갈라 피와 살점을 몸에 바르고 탈출을 감행했고, 다행히 이곳까지 기적적으로 온 것이다.

"뭐 좀 먹여요."

내 말에 혜진이 휴게실에 가서 냄비를 들고 왔다. 그녀가 냄비를 건네자 문복이 눈물을 뚝뚝 흘렸다. 그는 숟가락으로 밥을 퍼서 입에 꾸역꾸역 집어넣었다. 그 모습을 보며 다들 굳은 표정으로 말없이 고개를 숙였다.

'이제 누가 위인지 다들 확실히 알았겠지.'

그간 마음속에 뭉쳐 있던 응어리가 다 풀리는 기분이었다.

해가 저물 무렵 멀리서 사이렌이 울렸다. 식량 보급 헬기가 온다는 신호였다. 벌써 일주일이 지났다니. 시간이 참 빨리도 흘렀다. 배낭을 둘러메고 쓰레기 배출구로 걸어갔다. 모든 사람들이 손을 모으고 일어나 나를 배웅했다. 가면을 뒤집어 쓴 듯한 그들의 얼굴에서 적의가 슬금슬금 기어 나오는 듯했다.

'빌어먹을.'

그들을 잠시 바라보다가 쓰레기 배출구로 들어갔다. 옥상에 올라가 헬기가 도착하길 기다렸다. 금세 건물 위로 날아온 헬기는 허공에 멈춘 채로 쌀자루를 내려 보냈다. 이번에도 좀비 몫까지 3인용이었다. 넘쳐나는 식량을 보니 어느 때보다도 마음이 든든했다.

"이런 낙이라도 있어야지."

자조적으로 중얼거리며 쌀자루를 배낭에 옮겨 담았다. 시야의 가장자리에 작은 그림자가 어른거렸다. 움찔하며 돌아서자 난간 위에서 꾸물거리는 것이 보였다. 검정색 줄무늬 고양이였다.

"너였냐?"

한숨을 뱉어내며 어깨를 늘어트렸다.

"살아 있었구나."

반가운 마음에 손을 내밀었지만 고양이는 아무런 반응도 보이지 않았다.

"맨 입으로는 어림없다 이거지?"

덮어둔 현수막 아래에서 고등어 통조림을 꺼냈다. 뚜껑을 따서 바닥에 내려놓자 녀석이 귀를 쫑긋 세우며 혀를 날름거렸다. 경계하듯 눈치를 살피던 고양이는 이내 난간에서 내려와 내게 다가왔다. 녀석은 얼마나 굶었는지 깡말라 홀쭉한 입을 오물거리며 고등어를 맛있게 먹었다.

"많이 먹어라."

그렇게 중얼대며 고양이를 바라봤다. 통조림이 얼어서 먹기가 불편하지 않을까 싶었는데 그렇지도 않았다. 그러고 보니 요즘 들어 날이 좀 풀린 듯했다. 추위야 여전했지만, 환경에서 미세한 변화가 느껴졌다. 눈이 조금 녹았고, 바람도 어제만큼 차갑지 않았다. 밧줄에 묶인 채로 손을 허우적거리는 좀비들도 머리와 어깨에 쌓였던 눈이 녹으면서 얼굴을 씻어준 덕분에 전보다 말끔해졌다.

'봄이 오려는 걸까?'

잘은 몰라도 날이 더 따뜻해진다면 살기는 좋아질 터였다.

'물론 하늘을 날 때도……'

그렇게 중얼거리다 한숨을 내쉬었다. 사실 요즘 자이로콥터는 뒷전이었다. 옥상에 올라와도 통조림만 둘러보다가 그냥 내려왔다. 바빠서라기보다 어차피 열쇠가 없으면 무용지물이기 때문이었다. 아버지가 죽은 후로 시간이 너무 많이 흘렀다. 지금쯤이면 모든 기억을 잃어버렸을 터였다. 아버지는 돌아오지 않는다. 그런 생각에 창고에도 점차 발길을 끊게 되었던 것이다.

그때 어디선가 여자의 비명이 들렸다. 어찌나 크고 날카롭던지 듣는 순간 온몸에 솜털이 모조리 곤두서는 듯했다. 난간 앞으로 걸어가 아래를 내려다봤다. 소리가 난 곳을 찾아 눈을 굴리다가 편의점 쪽에서 눈길을 멈췄다.

배낭을 둘러맨 중년 여자와 어린 남자아이가 굳게 닫힌 편의점 셔터 앞에서 발을 구르고 있었다. 그런데 자세히 보니 아이의 얼굴이 낯익었다. 일전에 옥상에서 화살에 빵을 매달아 내게 주려던 아이였다. 그런데 어쩌다가 저렇게 쫓겨난 걸까?

그들은 셔터를 두드리며 제발 들여보내 달라고 애원했지만 문은 굳건히 닫혀 열리지 않았다. 좀비들이 괴이쩍은 소리를 내며 그들에게 몰려들었다. 저대로 두면 죽을 게 뻔했다. 모른 체할 수만은 없었다.

"이쪽으로 와요."

입가에 손나발을 만들어 대고 외쳤다. 그들이 고개를 들고 주변을 두리번거렸다. 나는 팔을 크게 휘저으며 소리를 질렀다. 마침내 나를 발견한 그들이 주저하지 않고 이쪽으로 달리기 시작했다.

나는 재빨리 달려가 굴뚝으로 뛰어들었다. 양쪽 벽에 팔을 뻗어 몸을 지탱하고, 미끄러지듯 내려와 쓰레기 배출구를 빠져나왔다. 팔다리가 뻐근해서 후들거렸지만 조금도 머뭇거리지 않고 창고로 내달렸다.

"무슨 일이에요?"

기원이 묻는 말에도 대답하지 않고 창고에 들어갔다. 한시가 급했다. 셔터 앞에 주저앉아 자물쇠를 푸는데 기원이 다가와 내 어깨에 손을 올렸다.

"뭐 하는 거냐고요."

"밖에 아이가 있어요. 살려야 해요."

"뭐라고요?" 기원이 미간을 좁혔다. "우리가 지금 누굴 챙길 입장이 아니잖아요."

"하지만 모른 체할 수는 없어요."

"들어오면 식량은요? 우리 먹을 것도 부족한데 여기서 입을 더 늘린다고요?"

기원이 재차 말했지만 그래도 물러서지 않았다.

"그건 내가 어떻게든 할게요."

"절대 안 돼요."

기원도 완강했다. 다른 사람들도 전부 창고에 들어와 나를 둘러 쌌다.

"오지랖도 정도껏 부려야죠."

상범이 못마땅한 표정으로 말했다.

"하지만 당장 아이가 죽게 생겼다고요."

"이 난리통에 죽은 애가 어디 한둘이에요? 괜한 짓해서 다른 사람까지 위험하게 하지 말아요."

상범이 재차 말했다. 자신의 이익이 걸리니 그도 더 이상 방관하지만은 않았다. 문복과 혜진은 아무런 말도 하지 않고 지켜보기만 했다.

그들과 실랑이하는 동안에도 시간은 매몰차게 흘렀다. 여자와 아이가 앞에 도착해 셔터를 마구 두드렸다. 밖에서 들리는 비명에 몸이 달았다. 내가 억지로 셔터를 열려고 하자 기원이 내 팔을 붙잡았다.

"놔요."

그의 손을 거칠게 뿌리쳤지만 다시 붙잡혔다. 한 번 더 뿌리치자 아예 기원이 나를 밀치더니 셔터 앞에 주저앉았다. 속에서 불길이 치밀었다.

"씨발, 열라면 그냥 열어."

이마로 그의 얼굴을 들이받았다.

"나한테 빌붙어들 사는 주제에. 확 다 굶어 죽고 싶어?"

버럭 소리를 지르자 주변이 조용해졌다. 기원의 코에서 피가 주

르륵 흘러내렸다. 손으로 코를 감싸 쥐고 멍한 표정으로 나를 바라
보던 그의 표정이 순식간에 야차처럼 일그러졌다.

"뭐만 한 새끼가 봐줬더니 졸라 기어오르네."

그가 커다란 손을 번쩍 치켜들었다. 나는 그의 눈을 똑바로 마
주 보며 말했다.

"굶어 죽고 싶으면 쳐봐."

기원은 연신 숨을 씨근덕대면서도 차마 날 건드리지 못했다.

"비켜."

나직하게 말하자 그가 이를 악물고 옆으로 물러섰다. 곧장 셔터
앞으로 걸어가 자물쇠를 풀었다. 셔터를 들어 올리자 여자와 아이
가 비명을 지르며 창고로 뛰어들었다. 그들을 따라 입에 긴 머리카
락을 잔뜩 문 좀비가 다리를 질질 끌며 창고로 진입을 시도했다. 모
두 악을 쓰며 달려들어 좀비를 넘어뜨리고 머리를 짓밟았다. 걸쭉
하게 터져나간 사체의 일부가 바닥을 검게 물들였다. 또 다른 놈이
들어오기 직전에 간신히 셔터를 내리고 자물쇠를 채웠다.

그대로 물러서서 꼼짝도 하지 않고 숨소리를 죽였다. 셔터 앞에
서 발광하던 놈들은 시간이 지나자 잠잠해졌다. 어깨를 축 늘어트
리고 그녀를 돌아봤다.

"어떻게 된 거예요?"

아이를 품에 안은 채로 눈치를 살피던 여자가 떨리는 목소리로
입을 열었다.

"편의점에서 추방당했어요."

"어쩌다요?"

"건물 주인이……."

여자가 더듬거리며 설명했다. 건물 주인이었던 늙은이가 그녀에게 육체관계를 요구해 왔단다. 그는 노골적이고 끈질기게 그녀를 괴롭혔지만 자신의 뜻을 이루지 못했다. 이에 앙심을 품고 그녀의 아들에게 음식을 도둑질했다는 누명을 씌웠다. 결국 사람들을 선동해 그들 모자를 쫓아냈다는 것이다.

"우리 애는 절대로 도둑질을 하지 않았어요."

여자가 아이를 꼭 끌어안으며 말했다. 아이는 비 맞은 강아지처럼 몸을 덜덜 떨었다.

"근데 성함이……."

"난 오경자라고 해요. 얜 아들 윤지호고요."

그녀의 말에 고개를 끄덕였다.

"일단 휴게실로 가시죠."

자리에서 일어나 창고를 나왔다. 경자가 지호를 품에 안고 나를 따랐다. 다른 사람들이 그 뒤를 이었다. 나는 간이침대 앞으로 걸어가 담요를 걷어 올리며 그녀를 돌아봤다.

"애를 여기에 눕히세요."

"그래도 될까요?"

그녀는 머뭇거리며 다른 사람들의 표정을 살폈다.

"어차피 아무도 안 쓰는 곳이니까 부담 갖지 말아요."

거듭 권하자 경자는 고맙다고 말하며 고개를 꾸벅 숙였다. 그녀는 지호를 침대에 눕히고 작은 발에 신은 신발을 벗겨서 바닥에 내려놓았다.

"엄마, 나 추워."

지호가 몸을 부르르 떨며 거칠게 숨을 몰아쉬었다. 경자가 담요를 덮어주어도 떨림이 멎지 않았다. 감기라도 걸린 모양이었다. 끙끙 앓는 아이를 보니 안타까웠다. 창고에서 쌀자루를 꺼내 들고 화장실로 들어갔다. 영양분을 보충하면 지호의 상태가 보다 나아지리라 생각했다. 냄비에 쌀을 붓고 욕조에 담긴 얼음물로 쌀을 씻었다.

냄비에 물을 넉넉하게 담아서 휴게실로 돌아왔다. 전자레인지에 냄비를 넣고 쌀을 끓였다. 팔짱을 낀 채로 잠시 기다리자 조리가 완료된 전자레인지에서 '삑' 소리가 났다. 문을 열고 김이 모락모락 피어오르는 냄비를 꺼내 경자에게 가지고 갔다.

"이것 좀 드세요."

그녀는 머뭇거리다가 냄비를 받아들었다. 자신은 입에도 대지 않고 숟가락으로 죽을 떠서 지호의 입에 흘려 넣어주었다. 아기 새처럼 입을 벌려 죽을 받아먹는 지호를 보자 입가에 절로 미소가 떠올랐다.

아이는 하루가 다르게 상태가 좋아졌다. 침대에서 안정을 취하며 규칙적으로 음식을 섭취한 덕분에 며칠 만에 자리를 털고 일어났다. 보급품이 늘었다는 핑계로 통조림을 적당히 섞어서 가지고 내려왔기에 식량이 부족해지는 일도 없었다.

지호는 기운을 차리자 어린아이 특유의 활기로 휴게실 분위기를 밝게 만들었다. 한번은 좀비의 표정과 동작을 흉내 내며 걸어 다녔는데 어찌나 우스꽝스러운지 나는 큰 소리로 껄껄 웃었다. 하지만 사람들은 그런 지호가 탐탁지 않은 듯했다.

"애새끼가 재수 없게 그런 걸 흉내 내?"

문복이 험악한 얼굴로 말하자 지호는 금세 풀이 죽어서 엄마 품으로 가서 안겼다. 나는 문복을 향해 미간을 찌푸렸다.

"형, 애한테 말이 심해?"

"……."

문복이 내 따가운 시선을 피해 눈길을 돌렸다. 가서 하던 화장실 청소나 마저 하라고 명령했다. 떨떠름한 표정으로 일어나 화장실에 들어가는 그를 보며 혀를 찼다.

그간 이들은 나를 없는 사람 취급했다. 명령을 내리면 복종은 하지만, 그 이상은 아니었다. 그들은 교묘한 방식으로 나를 따돌렸고, 그때마다 나는 깊은 소외감을 느꼈다. 하지만 지호와 경자가 오면서 그런 수법은 더 이상 통하지 않았다.

지호 덕분에 고립된 뒤로 잊고 지내던 대화의 즐거움을 새삼 깨달았다. 내가 창고에 들어가 혼자만의 시간을 보내고 있으면 지호가 따라와서 재미있는 이야기를 해달라고 졸라댔다. 그러면 나는 일전에 겪었던 여러 경험담을 들려주었고, 지호는 눈동자를 빛내며 얘기를 들었다.

"그때 나만 빼고 다들 냉동고에 갇혀버린 거야."

"그래서 어떻게 됐어요?"

정육점에서의 아찔했던 순간을 들려주다가 말을 멈추고 어깨를 으쓱했다.

"다음 얘기는 옥상에 다녀와서 해줄게."

"에이, 그런 게 어딨어요. 궁금하단 말이에요."

"이제 곧 날이 저물 거야. 늦기 전에 식…… 아니 좀비들이 잘 있는지 확인해야지."

아쉬워하는 지호를 뒤로하고 옥상으로 올라갔다. 좀비들을 대충 둘러보고 통조림을 쌓아둔 곳으로 걸어갔다.

좀비 핑계를 대긴 했지만 사실은 지호에게 오늘 저녁은 특별히 꽁치 통조림 찌개를 먹게 해주고 싶었다. 통조림은 옆 건물 남자에게 선물로 받았다고 둘러댈 속셈이었다. 형철의 집에서 가져온 것이니 아주 틀린 말도 아니었다. 사람들이 의심하겠지만, 상관없었다. 옥상에서 잠시 시간을 보내다가 통조림을 챙겨서 1층으로 내려왔다.

그런데 내가 칸막이를 열고 나오자 무슨 얘기를 하던 사람들이 갑자기 말을 멈췄다. 괜히 내 눈치를 보며 헛기침을 했다. 어쩐지 묘한 분위기였다. 사람들 옆에서 웅크리고 앉은 경자와 지호의 표정도 어딘가 어색했다.

"왜 사람이 오니까 말을 멈춰요?"

"누가요?"

다들 뭔 소리냐며 고개를 갸웃거렸지만, 아무래도 이상했다. 혹시 내가 없는 사이에 이들이 경자와 지호에게 무슨 협박이라도 한 걸까? 사람이 더 들어오면 식량이 부족해진다며 말리던 이들이니 충분히 가능한 얘기였다. 추가로 통조림을 가지고 오긴 했지만, 그것도 원래는 자기들 몫이었다고 생각할지 몰랐다.

거기까지 생각이 미치자 화가 치밀었다. 사실이라면 이번에는 그냥 넘어가지 않을 터였다. 그래도 확인은 해봐야 했다. 지호를 데리고 창고로 들어갔다. 최대한 평정심을 유지하며 내가 없는 동안 무슨 얘기를 했느냐고 물었다.

"아저씨가 여기서 어떤 위치인지 너도 알지? 그러니까 솔직히 얘기해도 돼. 아무도 너한테 뭐라고 그럴 사람 없으니까."

지호가 입을 열었다.

"사람들이 성국이 아저씨를 칭찬했어요. 식량도 가져다주고 아주 좋은 사람이라고."

"뭐?"

"엄마랑 저한테도 잘해주시고, 친절한 분들이에요."

뜻밖의 대답에 말문이 막혔다.

"그럼 왜 갑자기 말을 하다 말았어?"

"부끄러워서 그랬겠죠."

그럴 사람들이 아니었다. 틀림없이 다른 꿍꿍이가 있을 터였다. 어쩌면 지호를 자기들 편으로 포섭하려고 그러는지도 몰랐다. 지호마저 내게 등을 돌린다면 다시 나를 고립시킬 수 있을 테니 말이다.

"저 사람들 너무 믿지 마."

"왜요?"

"거짓말을 입에 달고 사는 사람들이야. 지금 친절하게 구는 것도 너를 이용하려고 그러는 거라고."

하지만 지호는 고개를 저었다.

"설마요."

"진짜라니까. 처음에 네가 엄마랑 이곳에 들어오는 것도 모두 반대했어. 내가 우겨서 받아준 거야."

"다들 겁나니까 그랬겠죠. 저도 전에 살던 곳에서 다른 사람들이 안 들어오길 바란 적 있거든요."

지호는 벌써 사람들에게 마음을 빼앗긴 듯했다. 도대체 애를 어떻게 구워삶았기에 이렇게 적극적으로 저들을 변호해 준다는 말인

가. 깊은 상실감이 밀려왔다.

저들은 왜 내가 가진 거라면 뭐든 빼앗아가려는 걸까?

그대로 돌아서서 창고를 나왔다. 숨을 씩씩대며 사람들을 하나씩 쏘아봤다. 움찔하며 나를 마주보는 이들에게 나직하게 말했다.

"오늘 저녁은 다들 굶어요. 경자 아주머니랑 지호, 그리고 나만 먹을 겁니다."

"이유가 뭔데요?"

기원이 말했다.

"그건 당사자가 더 잘 알겠죠."

"아저씨 그러지 말아요."

지호가 나를 뒤 따라 나오며 말했다.

"넌 가만히 있어."

"제발 그냥 같이 먹어요."

"어른들 하는 일에 끼어드는 거 아니야."

내가 그렇게 대답했지만 지호는 물러서지 않았다.

"싫어요. 왜 다 아저씨 마음대로 하는데요?"

"너 진짜 혼나 볼래?"

내가 표정을 굳히고 말하자 지호가 입술을 비쭉 내밀었다.

"그럼 저도 굶을래요. 저녁은 아저씨 혼자 먹어요."

지호는 그렇게 말하고 경자에게 걸어갔다. 아이의 냉정한 뒷모습에 가슴이 지끈거렸다. 힘들게 얻은 소중한 친구를 잃어버린 기분이었다. 입술을 잘근잘근 물어뜯다가 다시 창고로 들어가 문을 닫았다. 소파에 주저앉아 길게 한숨을 뱉었다.

어쩌면 사람들 잘못이 아닐 수도 있었다. 지호는 그저 나 같은 난쟁이보다 키 크고 멀쩡한 사람들과 더 친해지고 싶은지도 몰랐다. 그리고 내겐 지호가 다른 이들과 친해지는 것을 막을 아무런 권리도 없었다.

기대를 하면 언제나 상처를 받았다. 이번엔 다르리라고 생각했지만 아니었다. 사실을 확인하고 나니 우울했다. 바닥 없는 늪으로 빨려 들어가는 기분이었다. 소파에 누워 멍하니 천장을 올려다봤다.

'아무도 날 좋아하지 않아.'

그때 오래된 나무 마찰음을 내며 문이 열렸다. 옆으로 고개를 돌리자 창고 안으로 들어오는 지호가 보였다. 아이는 잔뜩 풀이 죽은 표정으로 내게 다가와 고개를 숙였다.

"죄송해요."

"뭐가?"

갑자기 태도가 바뀐 지호가 못 미더웠다. 식량 때문에 억지로 하는 사과라면 받고 싶지도 않았다.

"사실은 제가 거짓말을 했어요."

지호의 말에 상체를 일으켜 세웠다.

"무슨 말이야?"

"사람들이 아저씨를 칭찬한 게 아니었다고요."

고개를 갸웃거리는 내게 지호가 사정을 설명했다. 내가 옥상에 올라간 사이 사람들이 경자와 지호에게 내 험담을 한 모양이었다. 자기들끼리 뭉쳐서 나와 대적해야 한다는 말에 지호는 그렇지 않다고 항변했다. 결론이 나지 않는 말로 옥신각신 하는 사이에 내가 돌아왔고, 다들 서둘러 입을 다문 것이다.

"그런데 아저씨가 갑자기 저녁을 굶으라고 하면 사람들 말이 맞는 거잖아요. 그래서 저도 모르게 화를 낸 거예요."

잠시 머뭇거리던 지호가 이어 말했다.

"하지만 저는 누가 뭐래도 아저씨 편이에요. 아저씨가 얼마나 좋은 사람인지 알아요. 그래서 다른 사람들도 아저씨를 좋게 봤으면 좋겠어요."

그제야 상황이 이해됐다. 지호는 나를 위해 그렇게 행동했던 것이다. 아이의 진심을 듣자 싸늘하게 얼어붙은 마음이 녹아내리는 듯했다.

"미안하다. 아저씨가 어른답지 못했어."

잠시 머뭇거리다가 말을 이었다.

"네 말대로 앞으로는 다른 사람들과도 잘 지내도록 노력할게."

그러자 지호가 미소를 지으며 고개를 끄덕였다.

"거봐요. 제 말이 맞잖아요."

경자가 국자로 음식을 퍼서 사람들에게 나눠주었다. 냄비에 꽁치통조림과 쌀, 그리고 고추장을 넣어서 만든 꿀꿀이죽이었다.

"더 드시고 싶으면 말씀하세요."

"냄새가 아주 좋네요."

나는 그릇에 코를 대고 킁킁거리며 말했다. 숟가락으로 죽을 떠서 입안에 넣자 놀랄 정도로 맛이 좋았다. 빈약한 재료로 이 정도의 요리를 만들어낸 그녀가 존경스러웠다.

음식이 맛있어서 그런지 휴게실 분위기도 꽤나 화기애애했다. 아무도 얼굴을 찡그리거나 큰소리를 내지 않았고, 사람들은 간간이 농담도 주고받았다. 오늘만 같으면 모두와 잘 지낼 수도 있으리라고 생각했다. 사실 내가 마음만 먹으면 언제든 가능한 일이었다. 이렇게 쉬운 일을 어째서 그렇게 오래 끌어왔는지 새삼 놀라웠다. 당한 만큼 갚아줘야 한다는 생각에 너무 오랫동안 갇힌 탓일까?

'이제라도 깨달아서 다행이야.'

모두 지호 덕분이었다. 작은 입을 오물거리며 죽을 먹는 지호가 고마웠다. 이 아이와 오랫동안 함께 우정을 쌓으며 지내고 싶었다.

금세 냄비가 텅 비었다. 다 함께 역할을 나눠 뒷정리를 했다. 문복과 기원은 빈 그릇을 들고 화장실에 들어갔고, 나머지 사람들은 방을 치웠다. 정리를 마친 뒤에도 나는 창고에서 배낭을 가져와 쓰레기 배출구 옆에 놓아두고, 물건을 손질하며 부산을 떨었다.

"좀 쉬어요."

경자의 말에 고개를 저었다.

"내일은 식량이 올지도 몰라요. 미리 준비해 둬야죠."

"성국 씨가 고생이 많네요."

"뭘요, 아닙니다."

그러자 지호가 눈동자를 빛내며 말했다.

"내일은 저도 옥상에 같이 갈래요."

그 말에 일순간 방안이 조용해졌다. 모든 사람들의 시선이 한 점으로 모였다. 하나 같이 똑같은 표정으로 지호를 바라봤다. 나는 그들의 눈에 떠오른 묘한 기운에 어떤 불길한 예감을 느꼈다. 확실히 지호라면 쓰레기 배출구에 들어갈 수 있을 터였다. 그게 무엇을 의미하는지 깨닫자 관자놀이에 피가 몰리는 기분이었다.

"넌 안 돼!"

내 목소리는 호통에 가까웠다. 순간 사위가 고요해졌다. 지호는

갑작스런 호통에 놀란 듯 선 채로 굳어서 침을 꿀꺽 삼켰다. 경자
도 동작을 멈추고 당황한 눈으로 나를 바라봤다. 나는 상황을 깨닫
고 더듬거리며 말했다.

"올라가다 떨어지면 큰일 나."

그래도 안심이 되지 않아 말을 덧붙였다.

"저 아래엔 좀비가 득실거리거든."

"아저씨 말 들었지? 지호 너 절대로 옥상에 가면 안 된다."

경자가 옆에서 신신당부했다. 지호는 실망한 표정으로 고개를 끄
덕였다. 내심 불안했지만, 이내 고개를 저었다. 고작 10살짜리 아이
였다. 아무리 쓰레기 배출구에 들어갈 수 있다고 해도 5층까지 올
라가는 건 다른 문제였다. 게다가 단단히 주의를 주었으니 겁이 나
서라도 들어가지 않으리라고 생각했다.

"이제 그만 잡시다."

가장 먼저 잠자리에 누웠다. 기원과 상범도 피곤했던지 곧장 내
옆에 담요를 깔고 바닥에 등을 붙였다. 경자는 지호를 데리고 간이
침대 위로 올라갔다. 어정쩡하게 서서 눈치를 살피던 문복과 혜진
이 슬그머니 창고로 들어갔다. 나는 그들에게 아무 말도 하지 않
았다.

'마음대로 하라지.'

이제는 별로 관심도 없었다. 경자와 지호가 오면서 마음의 균형
을 찾은 기분이었다. 싫다는 사람에게 집착하면 나만 상처받을 뿐
이었다. 앞으론 나를 좋아하는 사람들과 함께 좋은 기억만 쌓으면
서 지내고 싶었다. 내겐 그만한 힘이 있었다. 앞으론 사정이 더 나
아질 터였다. 식량도 충분했고, 매서운 한파도 조금씩 물러가는 중

이었으니까.

'모든 걸 제대로 통제하고 있어.'

몸을 돌려 눕자 어두컴컴한 방안에서 은은하게 빛나는 지호의 야광신발이 보였다. 불현듯 아까 지호가 한 말이 생각나서 꺼림칙한 기분이 들었지만, 고개를 흔들어 흩어버렸다.

'넌 걱정이 너무 많아.'

눈꺼풀이 무겁게 내려가는 순간에도 다 괜찮을 거라고 믿었다.

10
빨갛게 물든 나날

떠들썩한 소리에 잠에서 깨어났다. 눈을 비비며 상체를 일으켜 세웠다. 창문의 판자 틈으로 새벽의 희붐한 빛이 새어 들어왔다. 언제 일어났는지 사람들이 모두 쓰레기 배출구 앞에 모여 있었다. 먼지투성이가 된 지호의 옆으로 길게 쌓인 통조림이 보였다. 지호가 의기양양한 목소리로 말했다.

"옥상에 이것들이 있었어요."

순간 심장에서 쿵 하는 소리가 났다. 아이는 모두가 잠든 사이 자신의 은밀한 상상을 실행에 옮겼다. 그리고 지금은 칭찬을 기다리는 강아지처럼 기대에 찬 표정으로 사람들을 바라보는 중이었다.

"너무 많아서 일단 이것만 가지고 왔는데 저 잘했죠?"

지호의 말이 끝나기 무섭게 사람들의 시선이 내게로 향했다. 그 눈들이 내게 무언의 질문을 던졌다.

'그렇게 발뺌하더니 역시 음식을 빼돌렸네?'

문복이 지호에게 말했다.

"너 다음에도 또 갈 수 있어?"

"네, 춥지만 진짜 재미있었어요. 좀비도 묶여 있고."

아이의 말을 들은 문복이 혜진에게 뭐라고 귓속말을 했다. 혜진은 나를 힐끔 쳐다보곤 경자에게 다가갔다.

"언니, 잠깐 저랑 창고에 가서 얘기 좀 하실래요? 지호도 같이요."

"뭔데요? 여기서 해요."

경자가 고개를 갸웃거리며 말했다.

"잠깐이면 돼요."

혜진이 미소를 지었다. 입은 웃는데 눈은 전혀 웃고 있지 않았다. 그녀가 계속 재촉하자 경자는 마지못해 지호를 데리고 창고로 들어갔다.

이제 휴게실에는 문복과 기원, 상범, 그리고 나만 남았다. 분위기가 이상하게 돌아갔다. 나는 쓰레기 배출구로 주춤거리며 걸어갔다. 문복이 성큼 다가와 내 앞을 막아섰다.

"비켜, 난 옥상에 갈 거야."

그래도 문복은 꿈쩍하지 않았다.

"왜 이래?"

순간 뒤에서 그림자가 드리워지며 담요가 내 얼굴을 덮었다.

"밟아."

목소리와 함께 허리에 충격이 밀려들었다. 그대로 픽 쓰러지자 주먹과 발길질이 사정을 두지 않고 날아들었다. 몸을 웅크리고 있자니 눈앞이 번쩍거리고 온몸에 격통이 몰아쳤다. 엉금엉금 기어서 달아나려고 할 때마다 날아드는 발길질에 번번이 가로막혔다.

"그만, 제발 그만해."

손으로 얼굴을 가리고 소리쳐 봐도 소용없었다. 비명을 지르다가 버티지 못하고 축 늘어졌다. 눈앞이 가물거렸다. 문복이 담요를 걷어내고 숨을 몰아쉬며 말했다.

"개자식아. 맛이 어떠냐?"

"시간 끌지 말고 빨리 끝내자."

문복이 벌겋게 달아오른 얼굴로 내 머리채를 움켜잡았다. 우악스러운 손에 이끌려 복도 쪽 출입구로 끌려갔다. 문 앞에 도착하니 라디에이터 옆에 우두커니 선 기원이 보였다. 그에게 손을 뻗으며 간신히 목소리를 쥐어 짜 냈다.

"나 좀…… 살려……."

그때 기원이 품에서 칼을 꺼내 들었다.

"마무리는 내가 해도 되겠지?"

문복이 나를 바닥에 내동댕이치자 기원이 다가와 내 목에 칼날을 댔다. 눈앞이 흐려졌다. 이번에는 정말 죽겠구나 싶었다. 그들은 이런 순간을 오랫동안 기다리며 합을 맞춘 것처럼 빠르고 정확했다.

그때 창고 문이 열리며 경자가 뛰쳐나와 내 앞을 막아섰다.

"지금 뭣들 하는 거예요?"

"아줌마, 다치기 싫으면 비켜."

문복이 눈을 부라렸지만 경자는 고개를 저었다.

"절대 안 돼요. 성국 씨 해치면 우린 여기서 나갈 거예요."

"비키라고."

문복이 재차 소리쳤다. 그래도 경자는 꿈쩍하지 않았다. 지호가 창고 앞에서 나를 보더니 울기 시작했다. 붉으락푸르락한 얼굴로 경자와 지호를 번갈아 바라보던 그가 욕설을 뱉었다.

그가 눈짓을 하자 기원이 내 목에 댔던 칼을 거뒀다. 대신 그는 나를 번쩍 들어 캐비닛 앞으로 가더니 문을 열고 안에 던져 넣었다. 문이 닫히고, 어둠이 밀려들었다. 내 기억은 거기까지였다.

정신이 들자 격렬한 통증이 온몸을 물어뜯었다. 왼쪽 눈이 부어서 잘 보이지 않았다. 혀를 굴리다가 앞니도 두 개나 부러졌다는 사실을 깨달았다. 어디 한군데 안 아픈 곳이 없었다.

"괜찮아요?"

캐비닛 틈으로 경자의 목소리가 들렸다.

"미안해요, 저희 때문에……."

그녀가 재차 말했지만 나는 대답할 기운도 없었다.

"물 좀……."

경자는 대접에 물을 떠 와서 캐비닛에 조금씩 흘려보냈다. 얼굴에 떨어지는 물을 혀로 핥아먹었다. 차가운 물이 깨진 이에 닿자 소름끼치는 통증이 밀려들었다. 치아가 부러지면서 신경을 다친 모양이었다. 눈을 질끈 감고 통증을 견뎠다.

"당장은 힘들 것 같고, 사람들이 조금 누그러지면 꺼내달라고 해볼게요."

경자는 그 뒤로도 무슨 말을 더 했지만 나는 다시 정신을 잃고 말았다. 그 후로 기억은 드문드문 이어졌다. 나를 보며 울고불고 떼 쓰는 지호의 얼굴, 아이를 설득하는 경자, 캐비닛을 발로 걷어차는 문복과 그를 말리는 사람들, 좀비들의 괴성, 헬기 소리⋯⋯.

정신이 든 것은 깊은 수렁을 한참 동안 헤맨 뒤였다. 처음에 비하면 통증은 많이 가라앉은 상태였다. 그러나 폭행의 후유증으로 아직도 머리가 멍했다. 명치끝이 타는 것처럼 쓰렸는데 그게 구타 때문인지, 아니면 허기 때문인지 분간이 되지 않았다. 내가 얼마나 오랫동안 기절했는지도 몰랐다.

본드로 붙인 것처럼 빽빽한 눈꺼풀을 억지로 밀어 올렸다. 사방이 온통 캄캄했다. 그대로 일어나려다 차갑고 딱딱한 캐비닛에 머리를 부딪치고 나서야 내가 처한 현실을 다시금 깨달았다.

'맞아, 난 갇혔지.'

어두컴컴하고 비좁은 캐비닛 안에서는 몸을 제대로 가누기도 힘들었다. 간신히 모로 누워 캐비닛에 난 작은 틈에 눈을 바싹 붙였다. 그제야 이곳이 창고라는 사실을 깨달았다. 각도의 한계로 보이는 부분이라곤 천장 일부뿐이었다. 가만히 귀를 기울여 보아도 들리는 소리가 없었다. 그 후로 무슨 일이 일어났고, 지금은 어떤 상황인지 몰라 답답했다.

'개자식들.'

바지 호주머니를 뒤적이자 커터 칼과 헤드랜턴이 나왔다. 다행히 놈들은 내 소지품을 건드리지 않았다. 불을 켜고 내부를 비췄다. 거무튀튀한 철제 벽을 이리저리 비춰 봤지만, 빠져나갈 구석은 보이지 않았다. 밖에서 문 열리는 소리가 들렸다. 캐비닛 틈으로 시선을 돌렸다. 낯익은 얼굴이 눈앞에 나타났다.

"아저씨. 일어났어요?" 지호가 떨리는 목소리로 속삭였다. "안 깨어나는 줄 알고 얼마나 걱정했다고요."

정말 다행이라며 눈물을 글썽이는 아이를 보니 상황에 어울리지 않게 마음이 놓였다. 누군가 나를 걱정해 준다는 사실에 대한 본능적인 안도였다. 하지만 곧 내가 누구 때문에 이런 꼴이 됐는지 떠올렸다.

"옥상에는 대체 왜 갔어?"

"죄송해요. 저는 이렇게 될 줄 몰랐어요."

지호는 눈물을 뚝뚝 흘리며 고개를 숙였다. 연신 잘못했다고 말하는 지호의 모습을 보니 화를 낼 기분도 사라졌다. 이제 와서 누구를 탓하겠는가. 따지고 보면 처음부터 솔직하게 말하지 않은 내 잘못이었다. 한숨을 뱉어내며 뒤통수를 바닥에 붙였다. 싸늘한 냉기가 등허리를 파고들자 팔뚝에 소름이 돋았다. 통증에 조금씩 익숙해질수록 명치끝이 점점 더 쓰려왔다.

"내가 얼마나 정신을 잃었지?"

"이틀이요."

벌써 그렇게 지났나? 그동안 계속 굶었을 테니 허기를 느끼는 게 당연했다. 보이지 않는 손이 집요하게 위벽을 긁어대는 느낌이었다. 지호도 그런 내 상태를 눈치챘는지 작은 목소리로 속삭였다.

"아저씨를 꺼내달라고 할게요."

"소용없을 거야."

사람들에게 쌓인 감정의 골은 생각보다 훨씬 깊었다. 그들의 태도로 보아 당장 나를 죽이지 않는 것만도 다행이었다. 결국은 나를 여기서 굶어 죽도록 내버려두겠지만.

"걱정 마요."

지호가 다부진 목소리로 말했다. 아이는 자리에서 일어나 창고를 나갔다. 그리고 다시 정적이 이어졌다. 간혹 밖에서 문복의 호통이 들리기도 했는데 윙윙거리며 귓속을 울리는 소리 때문에 무슨 말인지는 전혀 알아들을 수가 없었다.

한참이 지나서야 문이 열리며 기원이 안으로 들어왔다. 그는 캐비닛을 뒤집어 단숨에 나를 바깥으로 끄집어냈다. 그러곤 바닥에 주먹밥을 툭 던졌다.

"먹어."

나는 조금도 망설이지 않고 주먹밥을 주워서 깨물어 먹었다. 아무런 양념도 되지 않은데다 딱딱해서 끔찍한 맛이 났지만 개의치 않았다. 밥을 다 먹자 기원은 화장실로 나를 데려가 용변을 보도록 시켰다.

다시 창고로 돌아오자 기원이 캐비닛에서 밧줄을 꺼내 나를 소파 다리에 묶었다. 매듭을 조일 때마다 절로 신음이 새어나왔지만, 그의 표정은 냉정했다.

"그런 눈으로 보지 마. 다 네가 자초한 일이니까."

사람들은 새로운 식량 조달자의 심기를 거스르고 싶어 하진 않았지만, 나를 용서할 생각도 없었다. 그래서 절충한 것이 지금의 상태였다.

나를 돌보는 일은 경자가 도맡았다. 그녀는 하루에 두 번씩 창고에 들어와 직접 만든 음식을 내게 먹여줬다. 밥을 다 먹으면 플라스틱 통을 들고 와서 바닥에 내려놓고, 내 바지를 내려줬다. 그럼 나는 통에 주저앉아 용변을 봤다.

경자는 불편한 기색 없이 뒤처리까지 묵묵히 해주었다. 그러나

216

그녀가 보는 앞에서 생리 현상을 해결할 때마다 삶에 회의가 들었다. 모든 과정이 끝날 때까지 상범이 문 앞에 서서 우리를 감시했다.

"조금만 참으면 풀려날 거예요."

경자는 매번 그런 말로 나를 위로했다. 자기들 때문에 내가 곤경에 처했다며 미안하다는 말도 입버릇처럼 되뇌었다. 그건 사실이었지만, 솔직히 고마웠다. 나를 모른 체한다고 해도 달리 방법이 없었다. 그런데도 끝까지 책임지고 이렇게 험한 일까지 맡아서 해주는 게 쉬운 일은 아닐 터였다.

혜진은 이따금 굉장한 분노에 휩싸인 채로 창고에 들어와서 나를 발로 걷어찼다. 대개는 한밤중이었는데, 무슨 악몽을 꾼 듯했다. 나는 그녀의 화가 풀릴 때까지 폭력과 욕설에 시달렸다. 사람들은 뒤늦게 잠에서 깨어나 그녀를 말렸다.

그래도 대부분의 시간은 혼자서 보냈다. 창고에 묶인 채로 병적인 회상에 빠져들다 보면 분노와 절망 사이를 헤매게 마련이었다. 그건 스스로의 정신을 갉아먹는 일이었고, 가끔은 폭력보다 더 나를 고통스럽게 만들었다.

멀리서 사람의 비명이 들렸다. 누군가 좀비의 먹이가 된 모양이었다. 이제는 저런 소리를 들어도 별다른 감흥이 없었다. 그저 멍하니 허공을 바라보며 눈만 끔뻑였다. 그것이 전부 잃고 밑바닥으로 추락한 남자에게 어울리는 행동이었다.

'난 전부 잃었어.'

팔다리를 축 늘어트리고 중얼거렸다. 누구보다 강력한 힘을 가졌다고 생각했지만, 그건 착각이었다. 어린 아이가 발로 차면 부서질 모래성에 불과했다. 실제로 그렇게 되었고 이젠 창고에 홀로 버려졌다.

다리가 저려서 몸을 움직이려고 했지만 그것도 쉽지 않았다. 팔다리를 타이트하게 옥죈 밧줄은 소파에 아주 단단히 고정됐다. 움직이려고 할 때마다 밧줄이 손목을 파고들었고, 사람들에게 얻어맞은 자리가 욱신거렸다. 두통이 미꾸라지처럼 두개골 안쪽에서 활개치고 다녔다.

힘을 주어 간신히 자세를 바꿨다. 다리 저림이 잦아든 대신 미꾸라지가 두 마리로 분열한 듯했다. 헛구역질까지 나는 걸로 보아 어쩌면 뇌에 무슨 손상이 왔는지도 몰랐다.

'그래봐야 치료할 방법도 없지만.'

간신히 숨을 뱉어내며 주변을 둘러봤다. 내가 살아가는 일상적인 공간이 이토록 두렵고 힘겨운 장소로 돌변하리라고는 생각도 못했다. 언제쯤이면 풀려날 수 있을까? 아니 풀려날 수 있기나 할까?

길게 심호흡을 하자 가슴이 욱신거렸다. 혀로 입안을 훑어 내렸다. 목이 말랐다. 물을 한 잔만 마실 수 있다면 소원이 없을 듯했다. 하지만 사람들을 부르지 않았다. 정해진 시간이 아니면 내겐 먹거나 용변을 볼 자유도 없었으니까.

'꼴좋네.'

어쩌면 처음부터 이렇게 될 운명이었는지도 몰랐다. 난쟁이로 태어나 스스로 운명을 선택한다는 것이 가당키나 할까? 그동안은 주제도 모르고 남의 욕망까지 빌려서 흥청망청 써댔으니 이제 빚을 갚을 때가 온 것이다.

218

혀를 살짝 깨물었다. 아릿한 통증이 느껴지자 기분이 조금 나아졌다. 언제든 내 스스로 목숨을 끊을 수 있다. 그건 내 운명의 주인이 아직은 나라는 뜻이었다. 최악의 선택이지만, 좀비들에겐 그런 선택권조차 없었다.

'그래도 좀비보단…….'

갑자기 웃음이 터졌다. 이젠 자신의 존재를 증명하기 위해 좀비까지 끌어들여야 한단 말인가? 이게 무슨 정신승리란 말인가. 어깨를 들썩이며 웃고 있자니 눈에서 눈물이 주르륵 흘러내렸다.

감정이 잦아들자 깊은 무력감이 밀려들었다. 몸을 앞으로 힘껏 굽힌 다음 다시 소파에 등을 기댔다. 고개를 옆으로 돌리자 셔터 틈새로 새어 들어오는 붉은 노을이 보였다. 이제 곧 밤이 오겠지만, 잠이 들지는 의문이었다.

'수면제라도 맞으면 조금 나아질 텐데.'

캐비닛을 바라보며 그렇게 생각하다가 고개를 저었다. 불가능한 기대는 현실의 고통을 더욱 크게 만들 뿐이다. 그저 스스로의 내면으로 가만히 가라앉았다. 그러다 보면 통증도, 허기도, 목마름도 생각나지 않았다.

"언제 시작할까?"

선잠이 들었다가 어디선가 들리는 목소리에 눈을 떴다. 창고는 어두컴컴했고, 나 혼자뿐이었다. 환청을 들었나 싶었는데 아니었다. 머리 위의 환풍기 구멍에서 속삭이는 목소리가 새어나오는 중이었다.

"놈을 해치우면 통조림을 안 가져온다잖아."

"과연 그럴까? 그럼 제 어미도 굶을 텐데."

목소리가 하도 작아서 누가 누군지는 알 수 없었지만, 목소리만은 분명하게 들렸다. 처음엔 감을 잡기가 힘들었지만 계속 듣다 보니 무슨 내용인지 감이 왔다. 사람들이 나를 죽이려고 상의하는 중이었다.

"둘 다 나간다고 하면 어떡하지?"

"죽을 거 뻔히 알면서 퍽이나."

"그래도 혹시 모르니까."

"누가 총대를 메면 어떨까? 나머지는 몰랐다고 하면 지들이 어쩔 거야."

"그것보다……."

그 뒤로도 무슨 얘기가 계속 이어졌지만, 더는 알아들을 수가 없었다. 아마도 화장실에 들어가서 상의를 하는 모양이었다. 환풍기 통로와 가까운 곳이었고, 덕분에 목소리가 잠시 들려온 듯했다.

'결국 이렇게 되는 건가?'

어쩌면 저들은 처음부터 나를 살려둘 생각이 없었는지도 몰랐다. 무엇이 자신에게 이익이 될지를 따져보느라 잠시 시간을 가졌을 뿐이다. 난 이렇게 묶여 있다가 예정된 죽음을 맞이하는 수밖에 없었다.

'누구 맘대로.'

다 포기하려니 분통이 터졌다. 그동안 어떻게 살아남았는데 이렇게 허무하게 죽을 수는 없었다. 무슨 수를 써서라도 여기서 빠져나가야 했다.

몸을 마구 뒤틀며 묶인 줄을 풀려고 했지만 그럴수록 줄은 더욱

살을 파고들었다. 손을 위아래로 번갈아 움직이며 틈을 만들려고
해봐도 역부족이었다. 워낙 단순한 공간이라 주변에는 도구로 삼을
만한 물건도 보이지 않았다.

'염병할.'

한참을 꿈지럭거리다가 이내 한숨을 뱉어내며 어깨를 늘어트렸
다. 밧줄은 절대로 풀리지 않을 듯했다. 게다가 밧줄을 푼다고 해
도 여기서 탈출하려면 휴게실에 있는 사람들을 지나서 쓰레기 배
출구로 들어가야 했다.

'그게 가능할까?'

스스로 반문해 봐도 아니라는 대답이 돌아왔다.

'난 여기서 죽고 말 거야.'

눈을 감고 고개를 숙였다. 순간 어떤 생각이 뇌리에 번뜩였다. 고
개를 들고 뒤를 돌아보니 위쪽 벽에 붙은 환풍기가 눈에 들어왔다.
일전에 문복과 희원을 엿봤던 곳이었다. 소파를 끌어다가 아래에
받치고 올라가면 저 안으로 들어갈 수 있을 듯했다. 그건 나 말고
는 아무도 모르는 사실이었다.

'그럼 밧줄만 풀면 돼.'

다시금 의욕이 샘솟았다. 팔을 계속 움직이며 밧줄을 풀려고 시
도했다. 날은 금세 저물었다. 모두가 잠든 뒤에도 나는 쉬지 않고 팔
을 움직였다. 이 밤은 내게 허락된 마지막 시간일지도 몰랐다. 나중
에는 손목이 다 까지고 근육이 아파서 팔을 움직이기도 힘들 지경
이었다. 이마에 흥건한 땀이 뺨을 타고 미끄러졌다.

'빌어먹을.'

한숨을 내쉬며 소파에 등을 기댔다. 머릿속에 밀려드는 온갖 부

정적인 생각에 입술을 깨물었다. 너무 피곤해서 의욕이 나질 않았다. 조금만 쉬었다가 하자. 눈을 감고 숨을 고르다가 그만 까무룩 잠이 들고 말았다.

"그만 일어나요."

어깨를 흔드는 손길에 소스라치며 눈을 떴다. 내 옆에서 주먹밥을 든 경자가 보였다. 그녀의 등 뒤로 상범이 팔짱을 끼고 서 있었다. 셔터 틈새로 새어 들어오는 햇빛을 보자 심장이 덜컥 내려앉았다. 어느새 밤이 다 지나버린 것이다. 기가 막혔다. 어떻게 이런 상황에서 잠이 들 수가 있을까? 내 자신이 한심해서 미칠 지경이었다.

"힘들죠? 조금만 참아요."

"지호는요?"

"밥 먹고 옥상에 갔어요. 바람 쐬고 온데요."

언제 저들이 나를 죽일지는 몰랐다. 일주일이나 한 달일 수도 있지만, 오늘이 아니라는 보장도 없었다. 당장 여기서 나가고 싶었다. 그러려면 어떻게든 상범의 시선을 돌려야 했다. 하지만 그는 꼿꼿하게 서서 나를 내려다볼 뿐이었다. 경자가 내민 주먹밥을 천천히 깨물어 먹었다. 어찌나 긴장했는지 아무 맛도 나지 않았다. 눈치를 살피다가 음식을 삼키고 입을 열었다.

"박 선생님. 초콜릿 드시고 싶지 않으세요?"

그렇게 운을 떼자 상범이 고개를 갸웃거렸다. 나는 화장실 천장에 초콜릿을 숨겨뒀으니 몰래 가져가서 먹으라고 말했다. 유일하게 나와 척을 지지 않아서 고마운 마음에 알려주는 거라고 하자 그는 감동한 기색이었다.

물론 그건 거짓말이었다. 그러나 그는 입맛을 다시며 뒤를 슬쩍 돌아보더니 창고를 나가 화장실로 들어갔다. 문복이나 누가 문제 삼으면 어쩌나 걱정했지만 다행히 아니었다. 그리고 바로 지금이 내게 남은 마지막 기회였다. 경자에게 작은 목소리로 속삭였다.

"사람들이 나를 죽이려고 해요."

"그게 무슨 말이에요?"

경자가 뒤를 힐끔 돌아보더니 내게 가까이 다가왔다. 나는 밤에 들었던 말을 빠르게 설명했다. 얘기를 들은 경자가 고개를 갸웃거렸다.

"설마요. 사람들은 조만간 성국 씨를 풀어준다고 했는걸요."

"그건 거짓말이에요." 답답해서 미칠 지경이었다. "제발 날 좀 믿어주세요."

눈물까지 글썽이며 말했다. 그제야 경자도 상황이 심상치 않음을 깨달았는지 표정이 굳었다.

"그럼 어떡하죠?"

"지호 어머니가 절 좀 풀어주세요."

경자가 어깨를 움찔하며 출입문을 힐끔거렸다.

"어쩌려고요?"

"저 위층으로 갈 겁니다. 거기서 다시는 돌아오지 않을 거예요."

"그래도……."

그녀는 섣불리 대답하지 않았다. 고개를 숙이고 자꾸 애꿎은 입술만 물어뜯었다.

"알아요. 쉽지 않은 일이라는 거. 하지만 부탁 좀 드릴게요. 목숨이 걸린 일이라고요. 제가 지호랑 지호 어머니 구해드린 거 벌써 잊으셨나요?"

순간 경자의 눈동자가 흔들렸다. 그제야 결심이 섰는지 그녀가 알겠다고 대답했다. 그때 난쟁이 감시 안 하고 화장실에서 뭐 하는 거냐고 떠드는 문복의 목소리가 들렸다.

"빨리요."

경자가 떨리는 손으로 내 손목에 묶인 줄을 풀기 시작했다. 하지만 워낙 줄이 꽉 묶여서 쉽지가 않았다. 휴게실을 연신 쳐다보며 그녀를 재촉했다. 간신히 손목에 묶인 줄을 풀고 발목으로 넘어갔다. 그동안 나는 소파 다리와 내 몸통에 묶인 부분을 풀었다. 모든 줄을 풀자마자 그대로 일어나 벽 쪽으로 소파를 끌어당겼다. 행여 끌리는 소리가 날까 봐 최대한 느리게 움직였다.

마침내 소파를 벽에 붙이고 그 위에 올라서서 위로 손을 뻗었다. 경자는 내 뒤에서 초조한 표정으로 나를 바라보고 있었다. 손을 뻗어 환풍기를 붙잡아 당겼다. 어찌나 꽉 붙어 있는지 좀처럼 떨어지지 않았다. 이를 악물고 힘을 주자 '빠직'하는 소리와 함께 환풍기가 떨어져 나왔다.

"무슨 소리야?"

휴게실에서 문복의 목소리가 넘어왔다. 마음이 급했다. 재빨리 턱을 붙잡고 위로 올라갔다.

"이 새끼가……."

창고에 들어온 문복이 소리치며 내게 달려들었다.

"빨리 도망가요."

경자가 그를 붙잡고 막아서며 소리쳤다. 나는 벽에 매달려 다리를 버둥거리다가 간신히 환풍구 안으로 들어갔다. 순간 억센 손아귀가 쑥 들어와 내 다리를 붙잡았다. 머리털이 올올이 일어서는 기분이었다.

나는 미친개처럼 발광하며 바지 호주머니에서 커터 칼을 꺼내 그의 손을 베고 찔렀다. 비명과 함께 손이 풀렸다. 정신없이 기어서 환풍구를 빠져나온 다음 조금도 쉬지 않고 위로 올라갔다.

옥상에 도착하니 비로소 숨통이 트였다. 굴뚝에서 기어 나와 바닥에 털썩 주저앉았다. 손을 덜덜 떨며 심호흡을 두어 번 했지만 도무지 진정되지 않았다. 난간 앞에 서 있던 지호가 나를 보고 달려왔다.

"아저씨."

"여기 있었구나."

"네, 그런데 어떻게⋯⋯." 지호는 의아한 표정으로 나를 보다가 뭔가 깨달았는지 빙긋 웃었다. "이제 용서 받은 거예요?"

"으응, 그렇지 뭐."

말을 얼버무리자 지호가 내 손을 잡으며 기뻐했다. 다른 의도라곤 조금도 보이지 않는 순수한 반응에 마음이 가라앉았다. 어느 정도 떨림이 잦아들자 자리에서 일어나 지호와 함께 난간으로 걸어갔다.

우리는 한동안 옥상에서 바람을 쐬며 황량한 도시를 내려다봤다. 이제는 눈이 거의 녹아서 거리가 온통 질척거렸다. 죽어서 널브러진 시체들도 발에 채일 정도로 많았다. 좀비들은 전혀 개의치 않고 일정한 보폭으로 거리를 걸어 다녔다. 근심도 고민도 없이 그저 본능에 따라 움직이는 그들의 처지가 새삼 부러웠다.

그런데 가만 보니 병원 앞에 어떤 형체가 아른거렸다. 완전히 죽어서 널브러진 좀비였다. 거리가 멀어서 확실하진 않지만 어딘가 낯이 익었다. 눈을 가늘게 뜨고 자세히 살핀 끝에 그것의 정체를 깨달았다.

"아버지."

그랬다. 그건 아버지였다. 그동안 눈에 파묻혀 보이지 않다가 날씨가 풀리면서 얼음이 녹자 모습을 드러낸 것이다. 오른손에는 여전히 자이로콥터 열쇠가 매달려 있었다. 기가 막혔다. 그토록 찾아 헤맨 아버지가 그동안 코앞에서 잠들어 있었다니. 가슴속에서 뭔가가 울컥 치밀며 눈시울이 젖어들었다.

"지호야, 아저씨 부탁 하나만 들어줄래?"

"뭔데요?"

나는 손가락으로 아버지를 가리켰다.

"저 아래 완전히 죽은 좀비 보이지?"

"네."

"내려가서 저 좀비가 손에 쥐고 있는 열쇠를 아저씨한테 가져다 줘."

"그거야 어렵지 않죠. 아저씨가 나한테 해준 게 얼만데. 잠깐만 기다려요."

지호는 잽싸게 돌아서서 굴뚝으로 달려갔다. 나는 아이의 뒷모습을 바라보다가 창고로 걸음을 옮겼다. 셔터를 들어 올리자 먼지가 부옇게 일었다. 손으로 입을 막고 창고 안을 들여다봤다. 순간 머릿속이 물감을 엎지른 듯 새하애졌다. 자이로콥터는 예전의 모습이 아니었다. 옆으로 쓰러져 날개가 부러진 상태였다.

왼편 창문으로 찬바람이 밀려들었다. 바닥에 유리파편이 널려 있는 것으로 보아 폭풍 때문에 낡은 유리창이 깨졌고, 자이로콥터마저 쓰러진 듯했다. 하지만 이유가 뭐든 무슨 상관이란 말인가? 이젠 다 끝났다. 어쩌면 내가 자이로콥터 관리를 그만둔 순간부터 예정된 일이었는지도 몰랐다.

비틀거리는 걸음으로 창고를 나왔다. 어디로 가는지 몰랐다. 두 다리에 의지가 있어서 나를 멋대로 데려가는 기분이었다. 굴뚝에 도착해 안을 들여다봤다. 중간쯤 내려간 지호의 모습이 희끄무레하게 보였다.

"지호야."

"왜요?"

"잠깐만."

발아래에 깨진 돌무더기가 보였다. 그 중 묵직한 것으로 집어 들었다. 굴뚝 안에서 지호의 목소리가 흘러나왔다.

"무슨 일인데요?"

"아저씨도 내려가려고."

통로 안으로 돌덩이를 떨어트렸다. 투박한 마찰음과 함께 지호의 비명이 들렸다.

"아저씨…… 오지 마세요. 여기 뭐가 떨어져요."

지호는 세 번째 돌덩이를 맞고 추락했다. 작고 여린 비명이 어딘가에 부딪치는 소리와 뒤섞이더니 이내 잦아들었다.

11
원더랜드로 가는 길

어두컴컴한 굴뚝 안을 들여다보고 있자니 온몸에서 기운이 모조리 빠져나가는 느낌이었다. 다리에 힘이 풀려 덜덜 떨리는 손으로 굴뚝을 붙잡았다. 그대로 허리를 굽히고 바닥에 헛구역질을 했다. 손등으로 입술을 문지르고 일어나 다시 굴뚝을 들여다봤다. 어둠 속에서 아직도 지호의 비명이 들리는 것만 같았다.

'하지만 이젠 돌이킬 수 없어.'

이를 악물고 굴뚝으로 들어갔다. 1층으로 내려왔을 때에는 등허리가 식은땀으로 흠뻑 젖었다. 지독한 몸살이라도 걸린 듯 온몸이 쑤시고 아팠다. 쓰레기 배출구 앞에서 머뭇거리다가 칸막이를 들어올렸다. 엉거주춤하게 서서 굳은 표정으로 이쪽을 바라보는 사람들이 보였다.

'너희들 때문이야.'

응분의 대가를 치르게 하리라 다짐하며 투입구에 머리를 집어넣었다. 그런데 바닥에 점점이 박힌 핏자국이 눈에 들어왔다. 이게 뭐지? 어떤 예감에 다시 고개를 들고 안을 둘러봤다. 간이침대 아래로 삐져나온 작은 발이 보였다. '어라?' 하고 고개를 갸웃거리는 순간 문복이 달려와 등 뒤에 감추고 있던 냄비로 내 머리를 후려쳤다.

비명을 지르며 고개를 뒤로 뺐지만 재차 날아든 냄비에 손가락을 찍혔다. 붙잡은 턱을 놓치자 중력이 나를 잡아당겼다. 깊은 무력감이 전신을 휘감았다. 짧은 활강 끝에 바닥에 충돌한 순간 숨이 턱 막히며 눈앞이 제멋대로 일그러졌다. 온몸에 밀어닥치는 무시무시한 통증에 손가락 발가락이 오그라들었다.

컴컴한 어둠 속에서 나를 발견하고 기성을 내며 다가오는 좀비들의 흐릿한 형체가 보였다. 숨을 헐떡이며 바닥을 북북 기었지만, 지하주차장 어디에도 몸을 숨길 곳은 없었다. 내가 떨어진 천장의 사각 구멍까진 3미터는 족히 됐다. 그 구멍에서 문복의 목소리가 들렸다.

"넌 내가 직접 죽이고 싶었는데."

머리맡으로 다가온 놈들이 시커먼 손을 뻗어왔다. 정신없이 바닥을 구르다가 간신히 옆에 있는 낡은 승합차 아래로 기어들어가서 숨을 몰아쉬었다. 놈들이 차 주변을 에워쌌다.

"으흐흐흑."

힘없이 누워서 덜덜 떨고 있자니 울음이 터졌다. 아무리 발버둥쳐도 운명이란 놈은 내 작은 몸뚱이를 자꾸만 사지로 몰아넣었다. 한 치 앞도 모르면서 멋대로 설치다가 결국 이 꼴이 되고만 내 자신이 한심하고 불쌍했다. 잠시 후 울음이 잦아들자 오기가 치밀었다. 살아남으려고 무슨 짓을 했는데 이렇게 죽는단 말인가.

"죽어도 못 죽어."

눈에 흘러들어 간 핏물을 소매로 닦아내고 자동차 아래로 밖을 살폈다. 컴컴한 어둠을 노려보고 있자니 어떤 생각이 떠올랐다. 주차장 끝에는 차고가 있었다. 일전에 상범은 그곳에 열쇠 보관함과 휴대용 차량 충격기까지 비치되어 있다고 했다. 순간 뒤죽박죽으로 헝클어졌던 머릿속이 단숨에 정리되며 살 길이 보였다.

일단 여기서 빠져나가야 했다. 다행히 놈들이 차를 전부 에워싼 것은 아니었다. 뒷바퀴 쪽에 빈틈이 보였다. 몸을 비틀어 자세를 고쳐 잡고 놈들이 없는 쪽으로 천천히 기어서 빠져나왔다. 일어서려는 순간 무릎에서 소름끼치는 통증이 밀려들어 하마터면 다시 넘어질 뻔했다. 트렁크를 손으로 붙들고 간신히 균형을 잡았다.

떨어지면서 무릎을 다친 듯했다. 그렇다고 사정을 봐줄 놈들이 아니었기에 한쪽 다리를 질질 끌며 창고 쪽으로 걸어갔다. 사방에서 좀비들이 손을 허우적거리며 내게 다가왔다. 절반도 못 가 어떤 놈에게 어깨를 붙잡혔다. 팔을 홱 뿌리치다가 그대로 바닥에 나동그라졌다.

"크윽."

무릎이 떨어져 나가는 듯했다. 당장은 일어서기도 힘들 지경이었다. 숨을 몰아쉬며 차고 쪽으로 엉금엉금 기어갔다. 입에서 단내가 나고 눈앞이 부옇게 번졌다. 따라오는 놈들의 불쾌한 숨소리가 집요하게 귀를 파고들었다.

아슬아슬한 추격전 끝에 간신히 차고에 도착했다. 좀비들에게 붙잡히기 직전 차고로 들어가 문을 닫았다. 그러나 놈들이 문에 달

230

라붙어 밀어대자 낡은 문이 버티지 못하고 앞으로 확 기울었다. 당장이라도 무너질 기세였다.

"안 돼."

바지주머니에서 헤드랜턴을 꺼내 머리에 쓰고 불을 켰다. 노란색 빛이 차고 안을 밝혔다. 열 평 남짓한 공간에 구급차와 철제 수납함이 나란히 늘어서 있었다. 구급차는 오랫동안 방치된 것치곤 상태가 꽤 좋았다. 정말 열쇠가 있으면 시동을 걸 수 있을지도 몰랐다.

'서둘러야 해.'

맞은편에 보이는 보관함으로 절뚝거리며 걸어갔다. 문을 열자 벽에 걸린 자동차 열쇠가 보였다. 그것을 집어들고 구급차로 돌아와 운전석에 올랐다. 재빨리 키를 꽂고 시동을 걸었지만, 차는 미동도 없었다. 순간 휴대용 차량 충격기가 뇌리를 스쳤다.

"염병할!"

버럭 소리를 지르며 차에서 내렸다. 어딘가에 있을 충격기를 찾아 차고 안을 샅샅이 뒤졌다. 그러는 동안에도 차고 문은 점점 더 틈을 벌렸다. 수납장으로 다가가 서랍을 모조리 열어본 끝에 가장 아래쪽 칸에서 충격기를 발견했다. 태블릿 PC보다 조금 작은 크기에 모서리에는 쇠 집게가 연결된 검은색과 빨간색 전선이 매달려 있었다.

충격기를 들고 구급차로 돌아와 보닛을 열었다. 집게가 두 갠데 어느 쪽에 배터리를 연결해야 하는지 감을 잡을 수가 없었다. 예전에 아버지가 충전하는 걸 어깨너머로 보긴 했는데, 상황이 급박하다 보니 하나도 기억이 나질 않았다.

그때 문에서 뭔가 깨지는 소리가 났다. 황급히 고개를 돌리자 완전히 열린 문으로 쏟아져 들어오는 놈들이 보였다. 눈앞이 새하얘졌다. 집게를 배터리에 맞물리고 차에 올랐다. 문을 닫으려는 순간 비틀대며 다가온 좀비 하나가 안으로 팔을 쑥 집어넣었다.

"아악, 비켜."

왼손으로 놈을 밀어내며 남는 손으로 시동을 걸었다. 폐병 환자의 기침 같은 소리를 몇 번 토해내던 구급차에서 곧 우렁찬 엔진 소리가 들렸다. 제대로 해낸 것이다. 사이드 브레이크를 풀고 기어를 후진에 맞췄다. 좌석 아래로 내려가 무작정 가속페달을 밟았다. 차가 후진을 하며 셔터를 부수고 지하주차장으로 빠져나갔다. 그 충격으로 운전석에 달라붙었던 놈이 떨어져 나가 바닥을 뒹굴었다.

전진 기어로 바꾸고 핸들을 옆으로 홱 비틀며 다시 가속페달을 힘껏 밟았다. 차는 맹렬한 기세로 내달리기 시작했다. 앞을 가로막는 좀비들은 여지없이 차에 치여 몸이 박살 나거나 바퀴에 깔렸다. 놈들이 차에 부딪칠 때마다 차가 덜컥거리며 위태롭게 흔들렸지만, 조금도 속력을 늦추지 않았다. 나는 거의 제정신이 아니었다.

"죽어라, 이 새끼들아."

있는 대로 소리를 지르며 놈들을 깔아뭉갰다. 나는 짧은 다리로 가속페달을 밟느라 거의 선 채로 운전을 했는데 그래도 높이가 부족해서 앞이 잘 보이지 않았다. 더구나 좀비들의 체액이 앞 유리를 완전히 덮으면서 거의 눈을 감고 운전을 하는 지경이 됐다. 아슬아슬하게 질주하다가 어느 순간 벽에 정면으로 충돌하고 말았다. 운전대에서 터진 에어백에 얼굴을 부딪치고 의자 등받이에 처박혔다.

눈앞이 괴상하게 일그러지며 귀에서 '삐' 하고 이명이 길게 늘어졌다. 세상이 제멋대로 빙글빙글 돌았다. 몸을 일으키려고 안간힘을 썼지만 번번이 옆으로 고꾸라질 뿐이었다. 한참 만에 이명이 잦아들며 시야가 안정을 되찾았다. 몸에 힘이 들어가지 않았다. 문을 열고 차에서 내리자마자 바닥에 쓰러졌다.

주변을 돌아보니 좀비들의 피와 살점으로 주차장은 아비규환이었다. 놈들은 대부분 차에 깔려 고깃덩어리가 됐지만, 위험은 사라지지 않았다. 밖에서 소리를 들은 또 다른 좀비들이 주차장 출입구로 꾸역꾸역 밀고 들어왔기 때문이다.

간신히 일어나 다시 구급차에 올랐다. 그런데 시동이 걸리지 않았다. 몇 번을 시도해 봐도 마찬가지였다. 핸들을 붙잡고 갈팡질팡하는데 창문 너머로 주차장 천장을 가로지르는 동파이프가 보였다.

'저기가 살길이야.'

운전석 문을 열고 의자와 문짝을 징검다리 삼아 밟으며 지붕으로 올라갔다. 동파이프는 자동차 지붕에서 사선으로 1미터가량 떨어진 곳에 위치했다. 손을 아무리 힘껏 뻗어도 닿지 않는 거리였다. 아래에는 어느새 좀비들이 다가와 내가 떨어지기를 기다리며 입을 쩍 벌렸다.

한쪽 다리로 몸을 지탱하고 서서 동파이프를 노려봤다. 심호흡을 몇 번 하다가 지붕을 박차며 몸을 날렸다. 아슬아슬하게 동파이프를 붙잡고 매달렸다.

"해냈어."

나무를 타는 원숭이처럼 손과 발을 동파이프에 걸치고, 조금씩 쓰레기 배출구 쪽으로 이동했다. 얼어붙은 동파이프에 손을 댈 때마다 냉기에 피부가 떨어져 나갈 듯했다. 입술을 깨물며 정신을 다잡았다.

쓰레기 배출구로 통하는 구멍 아래에 도착해 숨을 골랐다. 한쪽 손을 힘껏 뻗어 쓰레기 배출구 통로와 연결된 파이프를 붙잡은 다음 끌어안듯이 매달렸다. 그런 채로 손과 발을 놀려 조금씩 위로 올라갔다. 손이 시려서 감각마저 사라질 지경인데 이마에는 땀이 송골송골 맺혔다.

죽을힘을 쏟아 부어 2층에 도착했다. 쓰레기 배출구로 빠져나와 바닥에 등을 대고 누웠다. 빙글빙글 돌아가는 천장을 바라보며 발작적으로 기침을 했다. 끊임없이 밀어닥치는 추위와 통증 때문에 정신이 나갈 것만 같았다. 톱날 이빨을 가진 괴물이 온몸을 잘근잘근 물어뜯는 듯했다. 이대로 있으면 얼어 죽는 건 시간문제였다. 휴게실로 돌아가야 했다.

'하지만 어떻게…….'

턱을 덜덜 떨며 고민하고 있자니 문득 어떤 생각이 떠올랐다. 위험한 방법이었지만, 지금은 선택의 여지가 없었다. 손으로 바닥을 짚고 일어나 다시 쓰레기 배출구로 빠져나왔다. 아래로 조금 내려가 1층 환풍구로 들어갔다. 앞으로 길게 뻗은 통로를 따라 기어가다 막다른 곳에서 왼쪽으로 방향을 틀자 창고가 보였다. 아까 내가 탈출한 길이었다.

창고 문은 활짝 열려 있었지만, 안에 사람은 없었다. 잠시 귀를 기울여보니 휴게실에서 저들끼리 무슨 얘기를 나누는 듯했다. 사람들 말소리에 간간이 섞여드는 경자의 울음을 듣자 가슴이 지끈거렸다.

'빌어먹을.'

잠시 기다려 보았지만 창고에는 아무도 들어오지 않았다. 다행히 소파도 치우지 않았다. 환풍구 너머로 다리부터 빠져나와 모서리를 붙잡고 매달렸다. 심호흡을 하다가 손을 놓아 다리부터 소파에 떨어졌다. 쿠션이 완충작용을 했는데도 떨어진 순간 무릎에서 소름 끼치는 통증이 일었다. 이를 악물고 새어나오는 신음을 삼켰다. 소파에서 내려와 다리를 절뚝거리며 출입문으로 걸어갔다. 재빨리 문을 닫고 잠금 버튼을 눌렀다.

"뭐야?"

밖에서 문복의 목소리가 들렸다. 그가 다가와 문고리를 돌리는지 덜컥거리는 소리가 났다. 문이 열리지 않자 밖에서 웅성대는 소리가 점차 커졌다.

"난쟁이가 살아 있어."

누군가 비명처럼 소리쳤다. 동시에 사람들이 문을 발로 걷어차기 시작했다. 문이 덜컹거리며 크게 흔들렸다. 사람들이 밖에서 발광하는 동안 캐비닛을 뒤졌다. 가방을 열고 각종 공구와 수면제 상자를 마구 쓸어 담았다. 당장이라도 열릴 것처럼 들썩이는 문을 등지고 가방을 둘러맸다.

'서둘러야 돼.'

소파로 걸어가 등받이에 올라섰다. 까치발을 들고 환풍구 쪽으로 손을 뻗는데 소파가 점점 옆으로 기울었다. 중심을 잃기 전 점프를 뛰어 환풍구 턱을 붙잡았다. 안간힘을 쓰며 위로 기어 올라가려니 힘이 부쳤다. 체력이 거의 한계에 이른 듯했다.

'제발 한 번만……'

입술을 피가 나도록 깨물며 모든 힘을 쏟아 부었다. 간신히 환풍구에 상체를 걸치고 힘겹게 몸을 끌어당겼다. 순간 투박한 소리와 함께 창고 문이 열렸다.

"거머리 같은 자식."

달려드는 문복을 피해 완전히 통로 안으로 올라왔다.

"병신, 어디 잡아 보시지."

앞으로 엉금엉금 기어가며 소리치자 문복이 악에 받쳐 욕설을 지껄였다. 놈을 뒤로 하고 2층으로 돌아왔다. 벽에 기대어 앉아 잠시 숨을 고른 다음 가방을 열어 챙겨온 물건을 꺼냈다. 장도리와 망치, 드라이버, 혈청, 녹음기, 그리고 작은 종이 상자가 보였다. 상자를 열고 12개의 수면제 앰풀을 확인한 뒤에야 고개를 끄덕였다.

'이정도면 충분해.'

혹시 나중에 필요할지도 모르니 혈청과 녹음기는 바지 호주머니에 따로 챙겨 넣었다. 그런 뒤 휴게실 구조를 머릿속으로 떠올리며 소아과 로비를 이리저리 걸어 다녔다. 그러다 책상으로 막아둔 응접실 문 앞에서 걸음을 멈췄다. 이 아래가 화장실 욕조의 위치였다. 계획을 실행하려면 책상을 치워야 했다. 그러나 응접실 안에는 원장을 가둬뒀다.

'어떡하지?'

고민은 길지 않았다. 내 체력은 이제 거의 한계였고, 추위는 빠르게 생기를 앗아가는 중이었다. 책상을 옆으로 치우고 대신 바닥에 굴러다니는 널빤지를 집어 문을 받쳤다. 그리고 바닥에 주저앉아 장도리로 바닥을 긁기 시작했다.

우리는 욕조에 눈을 담아 녹여서 식수로 사용했다. 이 정도 날씨라면 눈은 완전히 녹았을 터였다. 욕실 천장에 구멍을 뚫어 그곳에 수면제를 탈 생각이었다. 주사제나 먹는 약이나 성분은 비슷하다는 말을 병원 청소부로 일할 때 의사의 어깨 너머로 들었다. 내 착각이라고 해도 이젠 다른 방법이 없었다.

쉬지 않고 긁어낸 끝에 바닥에 작은 구멍이 뚫렸다. 위치를 잘못 잡았을까봐 걱정했지만 다행히 구멍 아래 욕조가 보였다. 앰풀을 꺼내 뚜껑을 부수고 약물을 그 안으로 흘려보냈다. 12개를 모두 쏟아 붓고 허리를 펴자 낯익은 얼굴이 보였다. 문복이었다.

"뭐하나?"

"어떻게……."

말을 흐리며 주변을 살폈다. 문이 활짝 열린 원장실 바닥에 구멍이 뚫려 있었다. 내가 욕조를 찾아 바닥에 구멍을 내는 동안 그도 같은 작업을 한 모양이었다.

"그거 뭐야?"

"아무것도……."

말을 마치기도 전에 턱이 옆으로 홱 돌아갔다. 바닥이 위로 솟구치며 내 얼굴을 강타했다. 내가 바닥을 구르는지 세상이 멋대로 도는지 분간이 되지 않았다. 문복은 더 이상 사정을 봐주지 않고 온 힘을 다해 나를 때렸다.

"그만 좀 뒈져 새꺄."

그의 발에 옆구리를 걷어차이고 바닥을 굴렀다. 어찌나 아픈지 숨을 쉬기가 힘들었다. 엉금엉금 기어서 달아나려 했지만 문복이 달려와 재차 나를 후려 찼다. 허공을 살짝 떠서 옆으로 날아가다가 바닥에 처박혔다. 손으로 가슴을 움켜쥐고 꺽꺽 거리며 숨을 몰아쉬었다. 경황이 없는 와중에도 머리맡에 굴러다니는 드라이버가 보였다. 천천히 그쪽으로 기어가며 말했다.

"아직 나 쓸모 있어. 나 죽이지 마."

문복이 천천히 다가오며 혀를 찼다.

"네가 그러고도 살길 바라냐?"

"지호 결국 살았잖아. 그럼 됐지. 나쁜 짓은 형도 많이 했잖아."

버럭 소리를 지르자 문복이 혀로 입술을 훑으며 나를 무섭게 내려다봤다.

"이게 아직도 분위기 파악을 못 하네."

"뭐가?"

"너 뭔가 착각하는 모양인데. 나 지호 때문에 이러는 거 아냐."

"그럼 뭔데? 내가 뭘 그렇게 잘못했냐고."

악을 쓰면서 조금씩 드라이버 쪽으로 기어갔다. 문복이 어깨를 들썩이며 웃었다.

"잘못은 누구나 해. 원래 인간은 이기적인 존재니까. 나도 그 정돈 이해한다고. 근데 기르는 개가 주인을 물면 얘기가 다르지."

코앞까지 다가온 문복이 얼굴에서 웃음기를 거두고 말을 이었다.

"넌 주제 파악을 못해서 죽는 거라고. 알아들어?"

"못 알아듣겠다. 개새끼야."

드라이버를 집어서 문복의 정강이에 박아 넣었다. 문복이 비명을 지르며 바닥에 풀썩 쓰러졌다. 그를 피해 쓰레기 배출구 쪽으로 엉금엉금 기어갔다. 그러나 절반도 못 가서 뒤따라온 문복에게 다리를 붙잡혔다. 그대로 끌려가 문복의 커다란 몸뚱이에 깔렸다.

눈물과 땀에 전 얼굴로 나를 바라보던 그가 괴성을 지르며 주먹을 휘둘렀다. 꼼짝도 못하고 누워서 쏟아지는 주먹질을 고스란히 얼굴로 받아냈다. 한 대씩 맞을 때마다 몸 전체에 경련이 일었다. 정신이 가물거리고 나중에는 이상하게 통증조차 느껴지지 않았다.

짧은 다리를 뻗어 문복의 정강이에 박힌 드라이버를 걷어찼다. 문복이 비명을 지르며 내게서 떨어져 나갔다. 손으로 바닥을 짚고 일어서려는데 입에서 핏물과 함께 치아가 후드득 떨어졌다. 여전히 몸에 아무런 감각이 없어서 아픈 줄도 몰랐다. 하지만 그것은 곧 닥쳐올 무시무시한 통증의 전조였다. 다가올 고통을 예감하며 마음의 준비를 하라고 몸이 주는 찰나의 유예시간.

고통의 파도가 본격적으로 밀어닥친 순간 내 정신은 육체에서 탈출해 심연으로 숨어들었다. 그곳은 고통도 갈등도 없는 아주 평화로운 내면의 우주였다. 따뜻한 햇살 아래 아버지가 구부정하게 서서 내게 손짓했다. 무슨 좋은 일이 있는지 표정이 무척 밝았다. 나는 신이 나서 달려갔다. 그런데 중간에 단단한 벽이 놓여서 넘어갈 수가 없었다. 발을 동동 구르며 벽을 더듬다 보니 손에 문고리가 걸렸다. 그것을 잡아 돌리자 문이 열렸다.

"거기가 네 묏자리냐?"

문복의 말에 정신이 돌아왔다. 이제 보니 나는 응접실 앞에 서서 막 문을 연 참이었다. 절뚝거리며 내게 다가온 문복이 어느새 집어든 장도리를 번쩍 치켜들었다. 그 모습을 멍하니 바라봤다. 그때 내 머리 위로 그림자가 드리워졌다.

"아빠?"

문복은 얼빠진 목소리로 중얼거리다 쇳소리를 내며 달려드는 원장에게 휩쓸려 뒤로 넘어졌다. 뒤늦게 정신을 차린 문복이 넘어진 채로 장도리를 휘둘러 원장의 쇄골을 부줬다. 원장은 끄떡하지 않고 문복의 목덜미를 물어뜯었다. 그가 투레질을 하자 사방으로 피가 튀었다. 문복이 비명을 지르며 원장을 떼어내려 했지만, 역부족이었다. 둘이 사투를 벌이는 동안 나는 엉금엉금 기어 쓰레기 배출구를 빠져나왔다.

1층과 2층 통로 사이의 환풍구로 들어가 그대로 쓰러졌다. 숨을 쉴 때마다 옆구리가 송곳으로 찌르는 것처럼 아팠다. 갈비뼈가 부러진 듯했다. 목이 간질간질하더니 기침이 터져 나왔다. 입에서 핏물이 길게 늘어졌고, 열도 심하게 났다. 고치에 들어간 애벌레처럼 몸을 웅크리고 눈을 감았다. 위층에서 울리는 문복의 비명을 듣다가 귀를 막았다. 고통과 두려움으로 가득한 시간을 묵묵히 견뎠다.

얼마나 지났을까? 문복의 비명도, 아래에서 들리던 사람들의 기척도 어느새 잦아들었다. 환풍구를 나와 1층으로 내려갔다. 칸막이를 들어 올리자 어두컴컴한 방안에서 사람들의 코 고는 소리가 들렸다. 물을 마셨든 아니든 이젠 한계였다.

최대한 소리를 죽이고 쓰레기 배출구로 들어갔다. 목덜미를 스치는 훈훈한 온기에 하마터면 다리에 힘이 풀려 주저앉을 뻔했다. 심호흡을 하며 바지 주머니에서 커터 칼을 빼들었다. 앞이 잘 보이지 않아 더듬거리며 걸어갔다. 지호를 죽여야 할지 아니면 그밖에 나머지를 해치워야 할지 판단이 서지 않았다.

그때 간이침상 아래에서 은은하게 빛나는 녹색 빛이 보였다. 지호의 야광 신발이었다. 이미 한 번 했는데 두 번이라고 못할까? 바닥에 쓰러져 고른 숨을 뱉어내는 사람들을 지나 간이침대로 걸어갔다. 담요를 붙잡아 끌어당긴 순간 침상에 누워 있던 그림자가 벌떡 일어나 날카로운 것으로 내 어깨를 찔렀다.

"아악."

비명을 지르며 뒷걸음질을 치다 바닥에 널브러졌다. 순간 누군가 불을 켰고, 휴게실이 밝아졌다. 간이침대에 누워 있던 사람은 기원이었다. 잠든 줄 알았던 사람들이 일제히 일어나 쓰러진 나를 둘러쌌다. 지호는 창고에 숨겨두었는지 보이지 않았다.

"드디어 잡았다."

기원이 말했다. 그가 손에 쥔 대검에서 피가 뚝뚝 떨어졌다.

"개자식. 네가 사람이야?"

상범이 나를 손가락질하며 소리쳤다. 경자는 얼마나 울었는지 퉁퉁 부은 눈으로 나를 노려봤다. 옆에서 경자를 부축하고 선 혜진이 얼른 저걸 죽이라고 소리쳤다. 기원이 침대에서 내려와 내게 다가왔다.

"벌 받을 시간이다."

어느 모로 보나 막다른 길이었고, 더는 갈 데도 없었다. 그러자 분노가 치밀었다.

"날 이렇게 만든 게 누군데? 나 아니었으면 진즉에 죽었을 것들이 날 무시하고 이용하려고만 했으면서. 니들은 뭐 나랑 다른 줄 알아?"

나를 바라보는 이들의 얼굴을 하나하나 마주 보며 말을 이었다.

"난 그저 너희들이 내게 했던 짓을 똑같이 돌려줬을 뿐이야. 내가 벌을 받아야 한다면 너희들도 마찬가지라고."

"우리야 그렇다 쳐도 지호는 무슨 죄가 있는데? 넌 충분히 도망

쳐서 혼자 살 수도 있었는데 그러지 않았어. 지호를 죽이려고 했
잖아."

기원이 한 걸음 더 다가오며 말했다.

"지호도 똑같아. 그놈이 약속을 어기고 옥상에 가서 식량을 가
져온 게 정말 몰라서였을까? 뻔히 상황 알면서 내 자리를 차지하려
고 그런 거야. 난 정당한 복수를 했을 뿐이라고."

주먹을 꽉 움켜쥐고 악을 썼다.

"그럼 내가 이러는 것도 이해하겠네."

기원이 대검을 번쩍 치켜들었다. 그때 작은 그림자가 달려와 그
의 앞을 막아섰다.

"안 돼요. 성국 아저씨 죽이지 말아요."

지호였다. 창고에서 소리를 듣고 달려나온 듯했다. 아이는 몸을
가누기 힘든 듯 조금씩 비틀거리면서도 양팔을 펼치고 꼼짝도 하
지 않았다.

"뭐 하는 거야? 안 비켜?"

"제발 아저씨 한 번만 살려주세요."

"너 정말……."

기원이 제자리에 서서 말을 흐렸다.

"지호야, 물러서. 저놈이 널 죽이려고 했어."

경자가 소리를 질렀다. 그녀의 눈에서 또다시 눈물이 흘렀다. 가
만히 경자를 쳐다보던 지호가 고개를 저었다.

"엄마, 그건 내가 쓰레기 배출구에 들어갔기 때문이야. 내가 아
니었으면 아저씨가 그러진 않았을 거라고. 아저씨는 우리를 구해준
착한 사람이잖아."

"시끄러워. 얼른 비켜."

기원이 재차 소리치며 다가왔다. 그가 지호를 붙잡기 전에 내가 먼저 뒤에서 지호의 목을 왼팔로 감았다. 그리고 오른손에 쥔 커터 칼을 지호의 목에 가져다 댔다.

"가까이 오지 마."

순간 기원이 주춤거리며 걸음을 멈췄다. 모두의 표정이 굳었고, 경자가 비명을 질렀다. 나는 숨을 헐떡이며 창고를 등지고 섰다.

"성국 씨 제발 그러지 말아요."

경자가 울부짖었지만, 나는 조금도 동요하지 않았다.

"아저씨. 우리 다 같이 잘 지내요."

지호가 울먹이며 말했다.

"잘 지내? 웃기지 마. 내가 또 속을 것 같아? 무슨 꿍꿍인지 모르겠지만, 이렇게 되니까 아차 싶지? 그러게 왜 나서서 명을 재촉해."

커터 칼을 꽉 그러쥐었다. 이제 지호만 죽이면 된다. 전처럼 실수하지 않고 확실하게 끝내면 모든 것이 제자리로 돌아갈 터였다. 그러나 내가 손에 힘을 주기 직전 둔중한 충격이 머리를 뒤흔들었다. 비틀거리며 중심을 잡으려고 하다가 다리가 풀려 그대로 쓰러지고 말았다. 등 뒤의 창고에서 커다란 그림자가 비틀거리며 걸어 나왔다.

"넌 내가 죽인다고 했잖아."

문복이었다. 손에 원장의 이름이 새겨진 명패를 든 그가 싸늘한 눈으로 나를 내려다봤다. 그의 파헤쳐진 목덜미에서 피가 쉼 없이 흘러나왔다. 그러나 이상하게도 눈동자가 멀쩡했다.

'원장에게 물리는 걸 봤는데 어떻게……'

아무리 원장을 해치웠다고 해도 지금쯤이면 변하고도 남을 시간이었다. 아니면 최소한 증상이라도 나타나던가. 문복은 둘 다 해당 사항이 없었다. 그에게 바이러스의 항체가 있다던 기원의 말이 떠올랐다. 가능성에 불과하다고 생각했는데 아니었나 보다. 그가 나를 완전히 끝장내려는 듯 명패를 번쩍 치켜들었다. 그걸 보면서도 나는 이상하게 피할 생각을 하지 않았다.

그가 명패를 휘두른 순간 지호가 달려들어 나를 감쌌다. 명패는 지호의 작은 머리를 후려쳤다. 아이가 내 위로 쓰러졌다. 이성을 잃은 문복이 재차 명패를 들어 올리자 기원이 몸을 날려 그를 덮쳤다.

그들은 엎치락뒤치락하며 몸싸움을 벌였다. 다른 사람들도 모두 나서서 기원을 도왔다. 나는 아무래도 상관없었다. 멍한 표정으로 지호를 내려다봤다. 떨리는 손으로 아이의 머리에서 흐르는 피를 닦아냈다.

"너, 왜 그랬어? 왜……."

지호는 힘겹게 눈을 뜨더니 희미하게 미소를 지었다.

"아저씨랑 같이 잘 지내고 싶다고 했잖아요."

지호의 말을 들은 순간 눈물이 후드득 쏟아졌다. 나도 잘 지내고 싶었다. 누구보다 그러길 바랐는데도 결국 이렇게 되고 말았다. 그게 다 저들 때문이라고 생각했다. 그러나 그건 절반의 진실이었다. 나머지 절반의 책임은 내게 있었다. 식량을 숨긴 것도, 자이로콥터의 관리를 그만둔 것도, 지호를 해친 것도 모두 나였다.

애당초 거짓말을 하지만 않았어도 상황이 이렇게까지 악화되진 않았을 터였다. 중간에 그만두고 싶다고 생각했지만, 멈출 수가 없었다. 꼬리를 물고 이어지는 복수의 굴레에 갇히고 말았기 때문이다. 그래도 그땐 그게 최선이라고 생각했다. 극한 상황에서는 누구나 이기적이 될 수밖에 없었으니까.

그러나 모두가 그런 건 아니었다. 지호는 몇 번이나 자신을 죽이려고 했던 나를 끝까지 보호했다.

'그저 잘 지내고 싶어서……'

거짓말을 입에 달고 살았기에 아이의 진심을 믿지 못했다. 어쩌면 그걸 인정하는 것이 두려웠는지도 모르겠다. 이젠 아니었다. 손에 쥐고 있던 커터 칼을 그대로 떨어트렸다.

"미안하다. 지호야. 내가 틀렸어."

흐느끼며 지호를 끌어안았다. 이쪽으로 다가오는 발소리가 들려 고개를 들자 기원이 보였다. 어느새 문복을 제압해서 묶어놓고 대검을 손에 쥔 채 나를 내려다보는 중이었다. 눈물 젖은 얼굴로 그를 올려다봤다. 이제는 살고 싶은 마음도 들지 않았다. 모든 것을 받아들이자 오히려 마음이 차분해졌다.

그러나 기원은 내게 아무 짓도 하지 않았다. 그는 그저 지호를 안아 들고 돌아서서 간이침대로 걸어갔다.

"죽여. 날 죽이라고."

소리를 지르자 기원이 멈춰 섰다.

"착각하지 마. 당장이라도 해치워버리고 싶지만, 지호 때문에 참는 거니까."

그는 그대로 걸어가 지호를 간이침대에 눕혔다. 혜진과 상범, 그리고 경자도 내게서 시선을 거두고 돌아서서 지호에게 다가갔다. 홀로 덩그러니 바닥에 앉아 있으려니 그저 허탈하기만 했다.

'나는 그동안 뭐 때문에······.'

그런데 뭔가 기분이 이상했다. 머리가 어질어질하고 눈에 초점이 제대로 맞지 않았다. 눈을 끔뻑이면 어느 순간 세상이 온통 붉은빛으로 물들었다가 다시 정상으로 돌아왔다. 이상한 예감에 손바닥을 들어보니 빨갛게 갈라진 빗금이 보였다. 무언가가 베고 지나간 흔적이었다. 아까 문복에게 얻어맞고 넘어지면서 내가 쥐고 있던 커터 칼에 베이던 기억이 떠올랐다.

'아, 그런 거였나.'

자리에서 일어나 쓰레기 배출구 쪽으로 걸어갔다. 아무도 나를 보고 있지 않았다. 간이침대에 누운 지호를 보며 혼잣말을 중얼거렸다.

'꼭 살아남아.'

쓰레기 배출구 칸막이를 열고 안으로 들어갔다. 짧은 활강 끝에 다시 지하주차장의 차가운 콘크리트 바닥에 충돌했다. 시야기 기묘한 모양으로 일그러지며 온몸에 격한 통증이 밀려들었다. 평상시만큼은 아니었지만, 그래도 아팠다. 주변을 거닐던 좀비들이 내게 달려들었다.

'아직은 사람이라 이건가?'

변할 때 변하더라도 잡아먹히고 싶지는 않았다. 시야의 끝에 보닛이 찌그러진 승용차가 보였다. 죽을힘을 다해서 기어가 승용차에 올랐다. 좀비들이 다가와 차를 빼곡히 둘러쌓았다.

힘없이 의자에 앉아 있자니 가슴이 지끈거렸다. 육체의 통증 때문만은 아니었다. 그동안 살아남으려고 온갖 일을 했지만, 뭐 하나

이룬 거 없이 비참하게 죽는다는 자괴감 때문이었다. 한때는 내게도 희망이 있었다. 사람들을 위해 좋은 일을 하고 싶다는 꿈도 꾸었다. 모두 망쳐버린 지금에 와서는 그저 후회밖에 남지 않았다.

바지 호주머니에서 녹음기와 문복의 혈청이 든 냉각케이스를 꺼냈다. 이것만 게토에 전해줄 수 있다면 그래도 조금이나마 마음 편히 죽을 수 있을 텐데.

한 번만 더 내게 기회가 주어진다면…….

이젠 덧없는 바람이었지만, 그렇기에 더욱 간절한 마음이 들었다. 하지만 이제 곧 나는 좀비가 되고 만다. 그렇게 생각한 순간 어떤 깨달음이 뇌리에 번뜩였다.

'그래 맞아.'

어쩌면 방법이 있을지도 몰랐다. 좀비가 되어도 생전의 기억에 한동안은 영향을 받는다. 만약 내가 게토에 가고 싶다는 강한 열망을 품은 채로 좀비가 된다면 어떨까?

'가능하지 않을까?'

가슴이 뛰기 시작했다. 어쩌면 이건 내 잘못을 속죄할 마지막 기회인지도 몰랐다. 죽기 전에 내가 살아온 날들을 복기하는 것만큼 기억을 생생하게 유지하는 방법도 없을 터였다. 그만큼의 시간이 남아있는지는 몰라도 시도해보기로 했다. 녹음기를 꺼내 버튼을 누르고 떨리는 목소리로 이야기를 시작했다.

"거짓말은 나를 전쟁터로 내몰지만, 나를 믿는 이들은 지옥으로 떨어트린다. 그날 거인에게……."

* * *

그리고 여기까지다. 문복이 좀비에게 물리고도 변하지 않았으니 혈청은 진짜가 틀림없다. 인류를 구하고 세상을 재건할 등불이니 만약 내가 실패하더라도 누군가 이 녹음기를 습득한다면 그에게 뒷일을 부탁하고 싶다. 무모한 도전이지만, 이제는 그것만이 전부다. 너무 늦지 않기를 바랄 뿐이다.

남은 힘이 별로 없다. 곧 마지막 순간이 찾아오겠지. 차츰 몸에 열기가 느껴졌다. 머리가 몽롱해지며 집요하게 나를 괴롭히던 통증이 거의 잦아들었다. 셔츠를 벗고 피로 가슴에 글자를 적었다.

'주머니에 혈청 있음.'

차 문을 열고 밖으로 나왔다. 좀비들은 이제 내게 달려들지 않았다. 놈들을 헤치며 앞으로 걸어가는 동안 약에 취한 것처럼 몸에 감각이 조금씩 사라지는 느낌이 들었다. 지하주차장을 빠져나와 대로로 접어들자 칼바람이 살갗을 훑었다. 그러나 이제는 별로 춥지도 않았다. 게토에 가려면 며칠을 쉬지 않고 걸어야겠지만, 이런 기분이라면 얼마든지 사람을 잡아먹을 수가 있을 듯했다.

응? 뭐라고? 아니, 내 말은 사람의 살점을 뜯어먹으면 정말 기분이 좋을 텐데. 아니. 아니다. 그러니까 내가 하고 싶은 말은…… 그래 게토다. 이런 기분이라면 얼마든지 갸능할 드테따. 거루믄서 개속 가뚠마를 쭝올고료따. 나눈 곗호에 갸아 하다. 곗호에 갸가꼬 샤람꼬기럴 머꾸썹따. 곗호…… 에…… 캬아아악.

〈끝〉

난쟁이가 사는 저택

1판 1쇄 찍음 2016년 10월 7일
1판 1쇄 펴냄 2016년 10월 14일

지은이 | 황태환
발행인 | 김세희
편집인 | 김준혁
펴낸곳 | 황금가지
도움 주신 분 | 손태영, 김동희, 전우주

출판등록 | 2009. 10. 8 (제2009-000273호)
주소 | 06027 서울 강남구 도산대로 1길 62 강남출판문화센터 5층
전화 | **영업부** 515-2000 **편집부** 3446-8774 **팩시밀리** 515-2007
홈페이지 | www.goldenbough.co.kr

도서 파본 등의 이유로 반송이 필요할 경우에는 구매처에서 교환하시고
출판사 교환이 필요할 경우에는 아래 주소로 반송 사유를 적어 도서와 함께 보내주세요.
06027 서울 강남구 도산대로 1길 62 강남출판문화센터 6층 민음인 마케팅부

© 황태환, 2016. Printed in Seoul, Korea
ISBN 979-11-5888-165-8 03810

㈜민음인은 민음사 출판 그룹의 자회사입니다.
황금가지는 ㈜민음인의 픽션 전문 출간 브랜드입니다.